엔젤 화이트

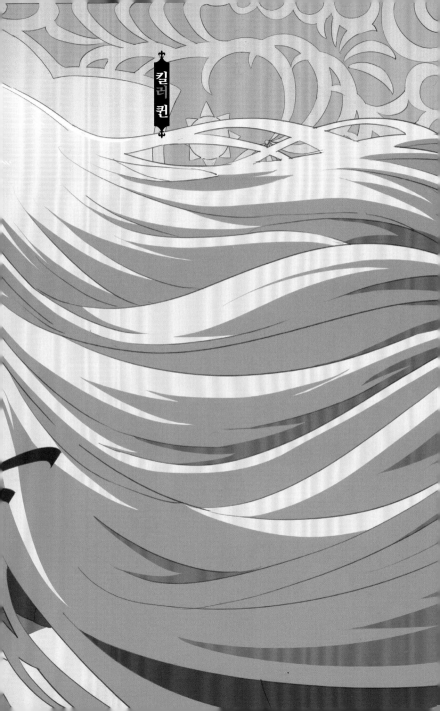

Maousama
Retry!

리마
트왕
라님,
이
!

칸자키 쿠로네
Kurone Kanzaki

[ill] **이이노 마코토**
Makoto Iino

8장 마왕의 귀환

마왕님 리트라이! 6

대륙지도

마왕님, 리트라이! 에는 3개의 세계가 존재한다!

이야기의 무대.
지구와 비슷한 환경으로, 언어 같은 것도 일본과 흡사한 게 많다.
오오노 아키라는 이 이세계에 오게 되어 '마왕'으로 살아가게 된다.

먼 옛날 누군가가 만든 세계.
그곳은 신이 저버리고 천사가 절망하는 세계.

이세계

현실세계

INFINITY GAME

현재의 지구.
오오노 아키라는 현대 일본에서 생활했다.
2016년을 끝으로
이후의 모습은 알려지지 않았다.

오오노 아키라가 운영하던 대규모 게임.
일주일 동안 실시간으로 연동하는 회장에서
다른 플레이어와 싸워 죽이고
살아남는 지옥 같은 내용이었다.
끝까지 살아남은 한 명이 우승자가 된다.
회장이 종료될 때마다 레벨이나 스테이터스는 리셋.
플레이어는 새 회장이 개최될 때마다
「리트라이」
매번 재도전해야만 했다.

Maousama
Retry!

마
왕
님,
리
트
라
이
!

태풍이 지나간 뒤

회의실에서 하나둘씩 수인장들이 떠나갔다.

그 표정은 기뻐하는 자, 얼굴을 시뻘겋게 붉히며 분노한 자, 수심에 잠긴 자, 아무 생각도 없어 보이는 자까지 다양하다. 조금 전까지 수인장들은 '사태의 전말'에 대해 보고받았다.

물론 벨페고르와 있었던 일련의 사건에 대해서다.

회의는 주장이 난립하며 원인들의 폭주를 비난하는 자, 반대로 쌍수를 들고 박수갈채를 보낸 자, 왜 자신들을 데려가지 않았냐고 분노를 드러내는 자마저 있었다.

수인장들의 의견이 엇갈리는 건 이번만의 일이 아니긴 하나, 이번에는 회의를 통솔하는 용인이 자리에 없었기 때문에 결론이 나오지 않은 채 해산이라는 흐름이 되었다.

"우끼끼! 녀석들의 얼굴 봤냐? 이 몸의 활약을 듣고 얼굴이 구겨졌다고."

"이번에는 나리의 독무대였으니까. 다만 타츠 님의 부재가 마음에 걸리는데…………."

회의실 안쪽에서 원인의 수장인 몽키 매직과 그의 참모인 샤오쇼가 나타났다. 한쪽은 어깨를 으쓱거리고, 다른 한쪽은 떨떠름한 얼굴이었다.

"타츠 님도 지금쯤 이 몸의 활약을 기뻐하고 계시겠지!"

"나리는 단순해서 부럽수다…………."

떠들썩한 두 사람 뒤로 복도에는 눈물을 글썽이며 서 있는 여자가 있었다. 몽키 매직과는 말 그대로 견원지간의 '개'를 맡은 수인장이다.

"오, 후각이 자랑이신 강아지가 울고 있잖아? 이 몸의 활약에 감동했나? 응~?"

"…………윽."

"우끼끼! 이 몸의 위대함을 이해했어? 그럼 세 바퀴 돌고 왕! 하고 짖어!"

"…………똑똑히 기억해둬라. 이대로는 안 끝날 테니."

여자는 그 말만 남기고는 '와앙!' 하고 울면서 떠나갔다.

그 뒷모습에 원숭이와 캇파가 손뼉을 치며 웃었다.

"봤느냐, 하게마루! 저 강아지의 억울한 얼굴!"

"크히히! 저것이 바로 패배견! 그리고 나는 대머리가 아니야!"

————명청이가 명청한 얼굴로 명청한 목소리를 내지 마라.

떠들썩한 두 사람 뒤에서 얼음 같은 목소리가 날아왔다.

샤오쇼는 어깨를 움츠리고, 몽키 매직은 기계처럼 딱딱하게 고개를 돌렸다. 그곳에 서 있는 사람은 '뱀'의 수인장이었다.

옅은 하늘색 머리카락과 같은 색의 눈동자.

그 시선은 더없이 날카롭고, 분위기마저 면도날 같은 여자였다. 외모는 아름답지만 냉혹한 분위기가 그를 압도해버린다.

"나, 나나나나나나기 씨…………."

몽키 매직은 침을 꿀꺽 삼키며 직립부동의 자세로 '뱀'을 마주

보았다. 그녀는 "이 야만적이고 천박함의 결정체 같은 남자"라고 말해도 납득할 수밖에 없는 분위기를 두르고 있는 여자였다.

"멍청한 목소리를 들려주지 말라고 했다. 입 다물어."

분위기만이 아니라 그 입에서 나오는 말도 싸늘한 내용이었다. 연하늘색 머리카락의 일부가 뱀이 되어 그 끝에서 붉은 혀를 날름거렸다.

샤오쇼는 폭풍이 지나가기를 기다리듯 몸을 웅크렸다. 몽키매직은 직립부동 자세인 채 얼굴이 새빨개졌다.

"이번에는 타츠 님의 귀환을 기다렸다가 추후에 판결하마."

"나, 나나나나나기 씨⋯⋯! 그⋯⋯⋯⋯!"

"입 다물고. 대답은."

"아, 아아아알겠습니다!"

"일일이 더듬지 마라, 꼴사납긴. 지능이 있나? 없었지. 죽어."

나기라고 불린 여자는 진심으로 더러운 것을 보는 듯 뱉어냈다. 그녀는 주로 국내의 감시를 맡고 있으며 가장 두려움을 받는 존재였다.

최근에는 일부 주민들이 인간과 뒤에서 거래한다는 소문이 퍼졌기에 감시가 매년 강화되고 있었다.

그녀는 국내 여기저기에 감시망을 펼쳐놓고 밀고도 크게 권장하고 있다. 엄격하리만치 법과 풍기를 단속하는 모습은 냉혹함을 넘어 잔인하다고 불리는 수준이었다.

"나, 나나나나나기 씨, 저, 저는, 늘, 당신을, 위해!"

"너는 머리부터 발끝까지 전부 쓸모없는 남자다. 멍청함이 옷을 입고 걸어 다닌다는 건 너를 가리키는 말이기도 하지."

"○△×□~~~~!"

"다만, 그래……………… 머리 액세서리 취향만은 나아진 모양이구나."

"─────!"

그 말을 끝으로 나기는 소리 없이 떠나갔다. 복도에는 말문이 막힌 두 사람만이 남았다.

샤오쇼는 한숨 돌렸다는 듯 접시에 맺힌 땀을 닦았다. 몽키 매직은 어깨를 떨면서 무언가를 참고 있는 듯했다.

"드, 들었냐. 하게마루!"

"나리……. 하고 싶은 말은 대충 아니까 아무 말도 하지 말아 주실래요?"

"나, 나나나기 씨가! 나를 칭찬했다고!"

"아니, 아무리 들어도 칭찬이 아니었는데…………."

샤오쇼는 글러 먹었다는 양 터덜터덜 걷기 시작했다. 몽키 매직은 잔뜩 들뜬 모습으로 그 뒤를 쫓아갔다.

"내! 머리의! 이걸! 칭찬했다고!"

"그거 악신의 저주라는 걸 까먹으셨수?"

"나, 나나나기 씨의 그 눈! 완벽하게 나에게 반한 눈이었어!"

"내 생각에 그건 더러운 걸 보는 눈이었는데…………."

"우끼끼! 하게마루, 내 인기를 질투하지 마라!"

원숭이는 캇파의 등을 찰싹찰싹 때리면서 홍소했다.

참으로 글러 먹은 광경이다.

"나리, 그 여자는 무섭지만 딱 하나 단점이 있는데⋯⋯⋯⋯."

"단점? 아름다운 나나나나나기 씨에게 단점 같은 게 어디 있다고!"

"잡화 수집⋯⋯ 그것도 이상한 것만 주워다 집에 가져간다는 소문이 있거든."

샤오쇼의 말대로 나기의 취미는 잡화 수집이다.

그것도 기묘한 모양의 돌멩이, 이상한 생김새의 나뭇잎, 아무런 특징도 없는 조개껍데기, 100명이 보면 100명이 다 촌스럽다고 생각하는 액세서리 등 다양했다.

즉 그녀가 '좋다'고 느낀 잡화는 전부 쓸모없거나 촌스럽다. 당연히 마왕이 장착시킨 '긴고아'도 멋과는 멀리 떨어져 있다.

"지, 집에, 가져간다⋯⋯⋯⋯ 나나나나나기 씨가, 나, 를⋯⋯⋯⋯."

"나리, 내 이야기 들은 거 맞아? 그러니까 그 머리의."

"우끼이이이이! 이 몸의 인기남 전설이 시작됐다! 돌아가서 먼저 털 고르기부터!"

"이거 틀렸구만⋯⋯⋯⋯."

답이 없다는 듯 샤오쇼는 터덜터덜 걸어갔다. 몽키 매직은 신이 난 듯 폴짝거리며 정신없이 몸을 띄워댔다.

이날 회의에서 정해진 것은 오직 하나.

마족령에 잡혀있던 인간들을 조속히 인간들의 나라에 송환한다는 점이었다. 딱히 온정도 뭣도 아니고, 인간 따위는 '불필요'

하기 때문이다.

있어봤자 아무런 도움도 안 되는 데다 눈에 거슬린다는 이유였다.

물론 이건 신역에 사는 '대신주님'이 엮인 안건이라는 게 컸다.

그렇지 않았다면 그들의 운명은 어떻게 되었을까.

─────수인국, 거점 '비밀기지'─────

주변의 소란에서는 잊혀진 듯 그 거점은 말없이 서 있었다.

아무도 눈치채지 못하고 아무도 신경 쓰지 못한다. 시야 안에 들어와도 인식할 수 없다.

따라서 안에 있는 사람이 얼마나 시끄럽게 굴든 그 목소리가 밖으로 새어 나가는 일도 없다.

"크큭…… 맛있어 보이는 몸이잖아…………."

"키에에에에엑!"

마왕이 주워온 《그림자 버섯》이라 불리는 버섯을 향해 케이크가 다가갔다.

버섯은 괴성을 질렀지만 케이크는 아랑곳하지 않고 양 손가락을 꿈틀거리며 굶주린 짐승처럼 눈을 번들거렸다.

"소리쳐봤자 아무도 오지 않아………… 포기해. 너는 여기서 잡아먹히는 거야."

"키에에엑!"

"하하핫! 울어라! 소리쳐라! 내 입 안에서 발버둥 쳐보라고!"

"키이이에에에에에에에에에에엑!"

──────탁.

그곳에 노크도 없이 별안간 침입자가 나타났다.

물론 이 거점을 설치한 마왕이다. 그 모습은 결전 시의 모습 그대로이기에 머리카락 색부터 복장, 외모, 목소리마저 전부 다 평소와 달랐다.

"끄아아아아아아아악! 이 새끼는 누구야아아아아아!"

"키에에에에에에에에에에에에에에에에에엑!"

"…………시끄러워."

돌아오자마자 고함과 괴성이 맞아주자 마왕이 얼굴을 찌푸렸다.

비밀기지는 도시의 소란을 잊고 우아하게 보내는 게 콘셉트이기도 한데 분위기가 엉망이다.

"누, 누누누누구냐고 너!"

케이크는 헨젤이 갖고 있던 나이프를 쥐고 목소리를 떨었다. 그녀는 전투에 관련된 스킬이 없었지만 이 남자 앞에서는 도저히 맨손으로 있을 수 없었다.

"아, 그렇군. 아직 모습을 해제하지 않았던가…………."

마왕 주위에 검은 안개가 피어오르더니 그것이 검은 깃털이 되어 흩날렸다. 환상적인 깃털 난무와 함께 그곳에 서 있는 사람은 평상시의 마왕이었다.

"어…………? 마, 마왕님, 이세요…………?"

"그 외에 누구로 보인다는 거지? 그보다 나는 목욕하고 잠시 쉬마."

"아, 네…………."

"너도 쉬어라."

그렇게 말하며 마왕은 롱코트를 의자에 걸치더니 거친 손길로 정장을 벗고, 넥타이를 풀고, 셔츠를 착착 벗었다. 케이크는 왕녀답게 반사적으로 두 손을 들어 얼굴을 덮었지만, 손가락 사이로 마왕의 육체를 관찰했다.

'이 녀석 역시 장난이 아닌데……, 저 몸 뭐야…………!'

전신이 바위와도 같았고, 그러면서도 육식동물을 연상하게 만드는 탄력 있는 육체였다. 마왕은 케이크를 유치원생이나 초등학교 저학년 정도로 인식하는 건지 속옷만 남긴 상태로 움막 욕조로 향했다. 그 육체는 자리를 떠난 뒤에도 이상한 여운을 남겨서, 케이크는 연기가 아니라 진심으로 얼굴이 빨개졌다.

마왕이 떠난 뒤 케이크는 어깨에서 힘을 빼고 숨을 내쉬었다.

"진짜 괴물이잖아……. 조금 전의 깃털은 또 뭔데……. 그보다 크다고…… 여러모로……."

"끼에에엑…………. (동의) 끼엑?! (경악)"

케이크는 말없이 버섯에 나이프를 꽂은 뒤 대나무 꼬챙이에 꿰어 불에 구웠다.

그러고는 마왕이 난잡하게 벗어 던진 옷가지를 깔끔하게 개었다. 끔찍하게도 몸이 알아서 움직여버렸다.

이것도 악마를 모시기 위해 교육받은 결과 중 하나이다.

잠시 후 마왕이 목욕하고 나왔는데, 순백의 호화로운 가운을 걸치고 있어서 케이크는 조금 안심했다. 속옷 차림으로 돌아다녔다간 눈을 어디에 둬야 할지 알 수 없다.

단정하게 갠 옷을 보고 마왕은 순간 놀란 듯 눈을 크게 떴다.

"호오, 상당히 손재주가 좋은데. 내 옷은 더러움도 자동으로 정화되지만 네 옷도 한 번 제대로 빨아둬야겠군."

"아, 아뇨! 제 옷은 욕실에서 빨겠습니다…………"

"됐고 벗어. 여기에 있는 동안은 대신 이거라도 입고."

마왕은 옷장에서 작은 흰색 가운을 꺼내 케이크에게 던졌다. 말 그대로 도시를 떠나 느긋하게 휴양하는 호화로운 공간이었다.

"벗은 옷은 여기에 집어넣고 이 버튼을 눌러라."

"어, 저기…… 이건 뭡니까?"

"드럼식 세탁기다. 건조부터 구김 제거까지 전부 알아서 해주지."

"네, 네에……, ……네? 아뇨, 네!"

케이크는 마왕이 무슨 소릴 하는 건지 알 수 없었지만 거역하지 않고 고개를 끄덕였다. 이 세탁기도 당연히 대제국의 제품으로, 비밀기지의 분위기를 망치지 않도록 어레인지가 들어갔다.

몸통은 나무로 되었으며 나뭇결도 벽에 녹아들도록 설정되어 있다.

안에 옷을 넣으면 10분 만에 세탁부터 건조, 구김 제거까지 해주는 뛰어난 물품이다.

"그럼 나는 조금 쉬마. 그리고 목이 마르면 이걸 마시도록 해. 잘 들어라. 이건 요리와 술의 맛을 살려주는 신성한 물이다. 건강도 고려한 뛰어난 물품이야. 알겠지?!"

마왕이 꺼낸 건 또다시 《후지산의 약수》였다.

저주받은 물이네 어쩌네 하면서 온갖 말을 들은 걸 잊지 않은 모양이다. 그 말투는 오기로라도 이 물을 인정하게 만들겠다는 의지가 넘쳐났다.

"네, 넵. 푹 쉬세요!"

마왕은 그대로 로프트에 올라가 목조 침대에 누웠다. 홀로 남은 케이크는 잘 구워진 버섯을 후후 불어 거칠게 씹어먹었다.

'맛있어⋯⋯⋯! 오랜만에 먹는 호화식이야!'

입 안에 넣자마자 두툼한 식감이 구강을 기분 좋게 자극했다.

과거 한 나라의 왕녀였던 케이크도 수인국에서만 입수할 수 있는 《그림자 버섯》을 먹은 건 처음이었다. 부드러운 식감과 씹을수록 우러나오는 즙이 입 안을 사정없이 유린했다. 굶주림은 최고의 밥도둑이라고 하는데, 이 버섯만큼은 배가 불렀어도 맛있게 먹었으리라.

'후우, 후우⋯⋯ 앗뜨! 뜨거워!'

계속해서 버섯을 먹는 케이크의 얼굴에 환한 미소가 퍼졌다. 아무런 걱정 없이, 주변의 시선도 신경 쓰지 않고 식사하는 게 대체 얼마 만일까.

뜨거운 입을 식히려고 나무통에 든 물을 국자로 떠올린 케이크가 그 가련한 입술로 가져갔다.

그 순간, 몸 구석구석에 스며들듯 회복력이 퍼져나갔다.

"우와아아⋯⋯⋯! 개맛있어! 이 물 뭐야?"

맛 자체는 맑은 물에 불과했지만, 여태까지 쌓인 피로가 단숨에 녹아버리는 듯한 감각에 케이크는 연기도 잊고 본래의 목소리로 외쳤다.

"크으으으……! 끝내준다!"

입에서 흐른 물을 닦은 케이크는 버섯을 먹으며 후지산의 약수를 목에 흘려 넣었다.

말 그대로 극상의 시간이었다. 로프트에서 태평하게 뒹굴던 마왕도 그 목소리를 듣고는 쓴웃음이 절로 나왔다.

'본성과 가면이라…………. 뭐, 나도 남 말 할 처지는 아니지.'

이 남자도 다양한 이름과 이명, 때로는 외모마저 바꾸면서 연기하고 있으니 완전한 동류라고 할 수 있다.

마왕은 침대에 누운 채 관리화면을 열어 상황을 재확인하기로 했다. 거기에 적힌 수치는 이 남자의 얼굴에 함박웃음을 띠우게 하기 충분했다.

SP 잔량 3078————.

'이만큼 있으면 꽤 자유롭게 쓸 수 있어………….'

벨페고르 전투와 성을 파괴했을 때 남아있던 마물을 일소한 결과다.

마왕은 강탈해 온 뇌수를 옆에 놓고 한 모금 마시더니 만족스러운 듯 눈을 감고 밀려드는 졸음에 몸을 맡겼다.

?일 뒤————.

마왕은 머리맡에서 꿈틀거리는 기척에 눈을 떴다.

눈꺼풀을 들자 그곳에는 자신의 얼굴을 들여다보는 케이크가 있었다.

"아, 안녕히 주무셨어요. 마왕님!"

"…………음."

"계속 주무셔서 걱정했습니다."

"그런가. 내가 얼마나 잤지?"

"그러니까, 그로부터 사흘이 지났습니다…………."

이 남자는 비몽사몽한 상태로 가끔 뇌수를 마시고는 또 잠들기를 반복했다. 그 결과가 오늘이다.

며칠동안 잤다고 들으면 보통 사람은 놀랄 법도 하지만, 마왕의 표정은 변하지 않았다.

이 남자는 쉬지도 자지도 않고 일하다가 차단기가 떨어지듯 잠드는 생활을 몇 년씩 반복했기 때문에, 이틀 동안 잤든 사흘 동안 잤든 태연한 얼굴이었다.

"오랜만에 푹 잤군. 멋진 아침인데…………."

"아, 아뇨……. 이미 밤입니다…………."

"밤이라고? 그럼 또 마셔야겠군."

"아…………."

마왕은 뇌수를 잔에 따르더니 스트레이트로 마셨다.

며칠 동안 잔 데다 눈을 뜨자마자 술이다.

그 모습을 한마디로 표현한다면 그냥 '밥벌레'다.

"저, 저기, 슬슬 출발해야 하지 않나요…………?"

"…………아니, 먼저 목욕이다."

"아…………."

마왕은 거칠게 머리를 헝클어트리며 졸린 얼굴로 움막 욕조에 갔다. 일어나자마자 목욕하러 갈 줄은 상상도 못 했던 건지 케이크도 다급히 로프트에서 내려왔다.

"저, 저기, 그게………… 등이라도 밀어드릴까요…………?"

"필요 없다. 너도 편백나무 욕조라도 쓰도록 해. 아침 목욕은 최고로 기분이 좋거든."

"아, 아뇨, 이미 밤이니까요…………."

그 말을 끝으로 마왕은 움막 욕조에 가서 드워프의 집에서 강탈해온 화주를 꺼냈다. 목욕물에 몸을 담그며 술을 즐길 생각인 모양이다. 먼저 뜨거운 물로 얼굴과 전신을 씻은 뒤, 마왕은 술이 든 나무통을 안고 움막 욕조 안에 들어갔다.

"후우……. 여전히 좋은 물이군."

뜨거운 물이 전신을 뜨끈하게 데워주며 마음속까지 침입했다. 이 욕조의 특성이기도 한 '남자의 성취감'이 가슴을 채워주기 때문이다.

목욕물에 몸을 담그기만 해도 만족을 느낄 수 있다. 그 아늑함과 간편함은 마약과도 같은 위험을 지녔다고 해도 과언이 아니다.

"후우. 최근 너무 많이 일했으니까……. 역시 노동한 뒤에는 휴일이 필요해. 하아, 많이 일했다. 삼천세계를 둘러봐도 이만큼 많이 일한 남자는 또 없을걸."

그렇게 말하며 마왕은 화주가 든 잔에 나무통으로 뜨거운 물을 부었다.

소위 오유와리(일본에서는 술에 물을 타서 희석해 먹는 방식이 꽤 대중적으로 퍼져있는데, 그중 뜨거운 물을 타는 것을 오유와리라고 한다.)다. 원래 핫 브랜디라는 방식이 있는 것처럼, 브랜디는 온도를 데우면 향과 맛이 두드러지는 효과가 있다.

"으음, 이 술은 다양한 방식으로 마셔보고 싶어. 열심히 일한 나에게 걸맞은 술이 아닌가."

움막 욕조가 가져오는 효과가 그런 말을 하게 만드는 건지, 천성인 건지, 어쨌거나 참으로 태평하기 짝이 없는 발언이었다.

일했다고는 하나 이 남자는 헨젤이라는 악마를 도발해서 두들겨 패고, 마족령에 불꽃놀이를 마구 쏘아 올리고, 영지의 왕인 벨페고르를 짓밟고, 심지어 그의 거성을 겸사겸사라는 양 산산조각으로 파괴했을 뿐이다.

열심히 일하긴커녕 옆에서 본 그 모습은 단순한 파괴신이다.

지금의 천하 태평한 모습과 합쳐 본다면 그곳에는 '밥벌레 파괴신'이라는 무시무시한 캐치 프레이즈가 찍히는 형국이다.

"그럼 오르간에게도 한 번 연락을 넣어둘까⋯⋯⋯⋯."

마왕은 흡족한 얼굴로 화주를 마신 뒤 오르간에게 《통신》을 날렸다. 여태까지 몇 번이나 통신한 덕분인지 바로 반응이 돌아왔다.

《나다. 그 후의 움직임을 들려줘.》

《지금은 국경에 있는 아서 요새에 와 있다. 네 덕분에 루키 마을은 아주 난리가 났더군.》

《난리? 내가 뭘 했다는 거지?》

《밍크를 시켜 제1시장에 잡혀있던 인간들을 보냈잖아? 그

후처리로 나라에서도 홀리 브레이브도 골머리를 싸매는 모양
이다.》

그건 아카네가 한 짓이라고 말하고 싶었지만 입을 다물었다.
부하가 한 일도 최종적으로는 상사에게 책임이 돌아오기 때문
이다.

게다가 자신도 제2시장과 제3시장에 있던 인간을 루키 마을
에 보내라고 해버렸다.

《노예가 되었던 자들은 의탁할 곳이 없는 자가 많아. 집도 이
미 없어졌을 테니까.》

《그렇군……….》

마왕은 앞으로도 정기적으로 연락한다고 말한 뒤 통신을 적당
히 끝냈다. 기분 좋은 목욕 중에 너무 복잡한 생각은 하고 싶지
않다는 기분이기도 했다.

'뭐, 어떻게든 되겠지……. 아니, 당연히 될 거다. 그래야지.
크하하!'

남자의 성취감이 고개를 쳐들어 애매모호한 상태로 근거도 없
이 전부 해결된 듯한 얼굴이 된 마왕은 화주를 마셨다. 아무것
도 시작되지 않았는데 이미 끝났다는 표정이었다.

'그럼 이번엔 타하라에게 현황을 들을까……….'

마왕은 다음으로 타하라에게 《통신》을 보내 근황 보고를 받기
로 했다.

기다렸다는 듯 타하라가 즐거운 목소리로 대답했다.

《오오, 장관님의 통신을 기다리고 있었어.》

《호오, 뭔가 좋은 보고라도 있나?》

타하라는 라비 마을의 근황, 마담과 아츠의 화해 등을 상세하게 보고했다. 듣는 마왕은 적당히 맞장구를 칠 뿐이었지만, 마을 운영이 순조로운 듯해서 안도의 한숨을 쉬었다.

《웃길 정도로 당신이 그린 그림대로 흘러가고 있다니까. 어느새 중앙 사교계와 견원지간이었던 무관파가 사이좋게 손을 잡고 댄스를 추고 있으니.》

《…………글쎄, 나는 무슨 말인지 전혀 모르겠는데.》

마왕이 담담하게 말했지만 정말로 아는 게 없으니 최고로 악질이었다.

중앙 사교계와 무관파가 손을 잡는다는 건 이 남자가 생각하는 것보다 훨씬 큰 정치적 대사건이다. 결코 어울릴 일이 없었던 금권과 무력이 악수한 것이나 마찬가지다.

그건 성광국 내의 세력도가 하룻밤 만에 격변하였음을 의미한다. 형식상 성녀인 루나가 양측 사이에 끼어들어 중개한 것으로 되어있으나 내부 사정은 아주 다르다.

마담이든 아츠든 둘 다 마왕에게 큰 은혜를 입었고, 중개한 루나조차 마을이나 이글 건도 포함해 거대한 은혜를 입었다.

이 관계는 마왕 없이 성립되지 않는다. 표면에는 일절 나오지 않았으나, 훌륭하리만치 해결사 노릇을 수행했다며 타하라는 혀를 내둘렀다.

《성녀님을 내세워서 무력과 금권을 악수시키다니. 나 원, 기가 막힐 정도로 뛰어난 수완이라니까. 나는 도저히 흉내 낼 수

없어.》

《⋯⋯⋯⋯네 과대평가다. 나는 아무것도 하지 않았다고.》

마왕은 약간 당황하며 대답했다. 정말로 아무것도 하지 않았기 때문이다.

마담과 아츠의 속셈이 어떻든, 전부 자리를 비운 사이에 일어난 일이니 이 남자에게는 진정한 의미로 모르는 일이었다.

주회가 너무 늦어지는 바람에 반대로 선두에서 폭주하는 것처럼 보일 뿐이다.

《으하핫! 확실히 세간에선 장관님의 모습은 전혀 안 보이겠지. 하지만 뒤에서 실을 조종하는 게 나도 이래저래 움직이기 편하니까.》

'뒤에서 실을 조종하는 건 내가 아니라 너겠지!'

마왕은 무심코 소리칠 뻔했으나 뜨거운 물에 얼굴을 담그고 열심히 참았다. 어떤 사건이 일어나든 전부 자신이 꾸민 일이 되다니, 이 남자에게는 황당한 일이었다.

《그 일은 이쯤하고, 여기서도 보고할 게 있는데————.》

마왕도 화제를 바꾸기 위해 마족령에서 일어난 일의 전말을 가볍게 알렸다.

상세하게 이야기하면 상세한 태클이 들어올 것 같았기에 표면적인 부분만 이야기했지만.

《마족령이라⋯⋯⋯. 당신이니까 정신이 아득해질 만큼 멀리 내다보고 움직였겠지. 아카네까지 부른 모양이고. 이쪽은 눈앞의 일로 버거운데 말이야.》

타하라의 한탄인지 뭔지 알 수 없는 것을 들으며 마왕은 안도의 숨을 내쉬었다. 이 건에 관해서는 별다른 지적이 들어오지 않고 끝날 모양이다.

물론 타하라는 일종의 확신을 갖고 이 건을 **일부러** 넘겼을 뿐이다. 아카네가 움직일 때는 어느새 거물이 뒤에서 '사고사'한다는, '거물 헌터' 설정 때문이었다.

《뭐, 아카네가 움직이는 안건은 장관님에게 맡길게. 다만 골치아픈 문제가 있는데⋯⋯⋯.》

《문제?》

《전에도 말했지만, 일손이 부족해.》

타하라가 고통스러운 목소리로 말했다.

루나가 각종 길드를 통해 노동자를 모집하고 있으나, 라비 마을은 변함없이 일손 부족 상태가 지속되고 있었다.

루나는 히스테릭한 성녀로 유명했고, 노동지가 아인이 사는 마을이니 아무래도 내키지 않을 것이다. 모집이 순조롭지 않아도 어쩔 수 없다.

당연히 '마왕을 자칭하는 남자'의 평판도 모르는 사람이 본다면 수상하기 그지없다.

'일손 부족이라⋯⋯⋯.'

이 문제에 관해선 마왕에게도 익숙한 문제이다.

현대 지구는 대다수의 나라에서 출산율이 감소하여 사회 시스템에 균열이 생기고 있었다.

그건 단순한 노동력 부족만이 아니라 연금 문제, 사회 보장,

의료비 증가 등 다양한 방면에 문제를 만들었고, 이 남자가 있던 2016년의 일본에서도 문제를 해결하기 위한 실마리조차 잡지 못하는 상태였다.

당시 일본 정부가 취한 행동이란 상처에 반창고를 붙이는 수준의 이민정책으로, 해외의 인간을 불러와서 일하게 한다는 단기적인 대응이었다. 피가 줄줄 흐르는 곳에 반창고를 붙여봤자 잠깐밖에 버티지 못한다.

'어느샌가 외식하러 간 체인점이나 편의점의 점원이 외국인인 게 당연해졌으니 말이야…………'

노동력을 타국에서 긁어모은다── 당장은 그렇게 버틸 수 있을지도 모르지만, 근본적인 해결책은 아니다. 안심하고 아이를 낳을 수 있는 사회를 만들려면 최종적으로 국가 자체를 부유하게 만들 수밖에 없기 때문이다.

그걸 고려한 마왕은 목소리만은 무겁게, 막연한 소릴 입에 담았다.

《당장은 외부에서 데려올 수밖에 없겠지………….》

거창한 건 아니다.

이 남자도 무능한 정치가들과 마찬가지로 반창고를 붙여서 문제에서 도망치려고 했다.

《외부라니, 장관님에게는 뭐 생각해둔 거라도 있어?》

《…………그거라면…………………… 있다. 별것 아니지.》

《진짜? 당장 보내줘! 사람이 없으니 공사가 예정대로 진행되질 않는다고.》

마왕의 머리에 번개처럼 번뜩인 것—— 그것은 노예시장에 잡혀있던 인간이었다.

이들을 쓰면 당장 붙일 '반창고'는 될 것이다.

《그 건에 관해서는 추후에 연락하마.》

《그래, 그렇단 말이지! 그럼 뒷일은 맡겨줘!》

마왕은 빠르게 통신을 끊고 오르간에게 다시 통신을 보냈다.

갈 곳이 없는 노예들을 마을에 보내라고 지시한 뒤 크게 한숨을 쉬었다.

'하아……. 이걸로 어떻게든 되려나? 아니, 되겠지. 당연히 될 거야. 크하하!'

진지하게 생각하던 것도 잠시, 또다시 남자의 성취감이 마왕의 가슴에 침입하여 완전히 의미 없는 충만함을 주었다. 이 욕조를 계속 쓰다 보면 폐인이 될 법한 기세였다.

"저, 저기, 마왕님…………."

"음? 왜 그러지?"

시선을 돌리자 케이크가 꼼지락거리며 정원에 서 있었다.

그녀는 높은 신분의 악마를 모시도록 철저한 교육을 받았기 때문에, 손이 비면 통 안심할 수가 없었다.

게다가 자신의 목적을 위해서는 어떻게든 이 남자의 마음을 사로잡아야만 한다.

"저는 정말로 아무것도 하지 않아도 되는 건가요…………?"

"쓸데없는 생각은 안 해도 된다. 너는 아직 꼬마…… 아니, 어린아이니까."

그렇게 말하며 마왕은 화주가 든 잔을 허공에 들어 올렸다가 음미하듯 기울였다.

모습만 본다면 호방함이 느껴지지만, 잘 뜯어보면 움막 욕조에 들어가 술을 마시는 아저씨에 불과하다.

"이, 이렇게 한가하게 지내면, 그, 천벌을 받을 것 같아서요······."

케이크의 말에 마왕이 웃었다.

"천벌이라······. 나쁜 짓을 한 업보로 신이 현세에 고통을 내리는 것을 말하지. 만약 정말로 그런 존재가 있다면 그 천벌이라는 게 나에게 떨어질 거다."

마왕은 경건한 소릴 입에 담은 주제에 신 같은 건 일절 믿지 않는 사람이다.

있다고 해도 자신에게 칼을 들이댄다면 억지로라도 비틀어버리려 할 것이다.

그 점만큼은 마왕이나 루시퍼라 불리기에 걸맞은 근성을 지닌 남자였다.

"저, 저기, 마왕님······. 저, 저도, 그 물에 들어가도 될까요······?"

"바보 같은 소릴. 나를 아동포르노 금지법으로 철창에 처박을 생각이냐."

케이크는 밑져야 본전이라고 미인계를 시도했으나 마왕의 대답은 가차 없었다.

이 남자 안에서 어린아이는 어디까지나 어린아이, 그 이상도 그 이하도 아니다. 그 칼 같은 구분 방식은 이 남자의 성질을 잘 드러내고 있다.

마왕의 가차 없는 태도에 케이크는 두 주먹을 꽉 쥐었다.

어떻게든 이 남자를 움직이지 못한다면 강대한 제노비아 신왕국을 타도하는 건 꿈으로 끝나버릴 테니까.

"저는………… 나라를 되찾고 싶습니다."

"무슨 이야기지?"

마왕은 화주를 마시며 하늘을 올려다보았다. 맑은 밤하늘에는 반짝이는 별들이 마치 경쟁이라도 하듯 빛을 뿌리고 있었다. 참으로 웅대한 광경이었다.

케이크는 이번엔 눈물을 뚝뚝 흘리며 눈물 공격으로 태세를 전환했지만, 마왕의 표정은 변하지 않았다. 얼핏 냉혹한 모습으로 보이지만 이미 알딸딸한 기분일 뿐이었다.

"제노비아에게서 조국을 해방하기 위해…… 부디 힘을 빌려주세요, 마왕님!"

'비도 그쳐서 멋진 밤하늘이군……. 게다가 술도 맛있어.'

"제가 살아있다는 걸 알면 반드시 행동에 나서줄 옛 신하도 있습니다…………!"

'신하………… 신화? 별자리는 신화에서 유래한 게 많지.'

마왕은 어릴 적 읽었던 책을 떠올리면서 연신 화주를 마셨다. 눈물을 흘리며 필사적으로 애원하는 소녀와는 심한 온도 차이가 났다.

"저에게는 이미 마왕님 말고는 믿을 수 있는 분이 없습니다……!"

"믿는 자는 구원받는다지만 구원은 셀프지."

두 개의 문장을 잘 섞었다고 생각하는 건지 마왕은 득의양양한 표정으로 눈을 감았다. 케이크는 저 머리를 반으로 가르고 싶은 충동이 치밀었지만, 폭력으로는 도저히 해볼 수 있는 상대가 아니다.

"뭐, 그 나라의 이름은 많이 들었다. 언젠가 인사 겸 들를 생각이지."

"……………!"

마왕이 별 뜻 없이 흘린 말에 케이크의 눈이 빛났다.

동시에 입고 있던 가운을 풀썩 벗어 던졌다.

"제가 조국을 되찾고 나면 저희 나라는 마왕님께 모범적인 속국이 되겠다고 맹세합니다. 이 몸도 부디 원하시는 대로 써 주시길."

그런 케이크의 모습에 마왕의 얼굴이 굳었다. 나라를 되찾고 싶다는 말을 들어봤자 이 남자는 북방국가군의 사정 같은 건 거의 모르기 때문이다.

아는 것이라고는 전쟁기와 휴전기가 있다는 기본적인 사정 정도다.

"왜 그렇게까지 심각한 건지는 모르겠다만, 우선은 목욕하면서 쉬어라."

"네……?"

마왕은 움막 욕조에서 나와 그대로 케이크의 몸을 잡고 물속에 집어넣었다.

마치 허탕을 친 듯한 반응에 케이크는 마왕에게 원망 어린 눈빛을 보냈다.

"나는 내 목적을 위해서만 움직인다. 그 목적에 합치한다면 다시 생각해보지."

그 말만 남기고 마왕은 움막 욕조를 뒤로했다. 그 후에도 마왕은 휴가라면서 빈둥거린 뒤에야 간신히 무거운 몸을 일으켰다.

나태는 벨페고르가 아니라 이 남자에게 주어져야 하는 칭호였던 게 틀림없다.

포위망

시간을 약간 거슬러, 마왕이 가져온 여파는 각지에 충격을 퍼트렸다.

아직 직접적인 피해는 받지 않았으나 거리상 가장 곤란한 게 귀족파를 이끄는 도나 진영이었다. 성광국에서는 거의 '무쌍' 상태였던 진영이지만 요즘은 분위기가 무겁다.

"마음에 안 들어⋯⋯⋯⋯. 전부 다 마음에 안 들어!"

도나는 군살을 출렁거리며 거친 손길로 스테이크를 입에 쑤셔 넣었다. 최근엔 계속 불쾌한 보고만 올라오는데 무엇 하나 유효한 대항책이 없다.

모처럼 보낸 밀리건은 연락 두절이고, 마담은 유유자적 북방에 캐러밴을 보내고, 그 동생에겐 경매에서 졌고, 마왕을 자칭하는 남자는 북방에서 무력을 널리 떨쳤다고 한다.

귀에 들어오는 보고가 모두 불쾌했다.

"아주르, 네놈은 북쪽에서 대체 뭘 한 게냐! 마왕 같은 소릴 하는 수상한 남자 한 명조차 막지 못했단 말이냐!"

"죄송합니다. 제가 감당할 수 있는 존재가 아니었습니다."

깊이 머리를 숙이는 아주르였지만, 그 말에는 거짓이 없다. 지난번 싸움을 돌아볼수록 그건 인간의 싸움이 아니었음을 절절히 느낀다.

스 네오의 수도를 반파시킬 정도였던 황국과 사타니스트의 싸움. 그들은 각자 자신의 패를 꺼내들어 신전기사와 성령기사단을 보냈고, 사타니스트도 파멸자와 사령을 보냈다.

거기까지는 가까스로 인간이 벌이는 전쟁 범주였다.

"주인님, 그 땅에선 황국의 병사만이 아니라 유사 천사와 처음 보는 악마가————."

"변명 따위는 듣기 싫다! 자신의 실패를 천사나 악마에게 떠넘기려 하다니, 무슨 추태란 말이냐!"

도나에겐 천사나 악마 같은 건 자신과 관련이 없는, 막연한 존재에 불과하다.

머나먼 선조가 지천사와 함께 악마왕에게 맞섰다는 핏줄을 과시하며 그걸 이용하고 있을 뿐, 진정한 의미의 신앙 같은 건 없다.

"하지만 루나 님은 그곳에 나타난 악마를 토벌——."

"흥……. 그 **셋째**는 마법에는 재능이 뛰어난 모양이니 말이다. 마족 한두 마리쯤은 토벌하지 못하면 체면이 안 서겠지."

아주르의 말을 가로막은 도나가 코웃음 쳤다. 마족이란 기본적으로 악마를 포함해 마인, 마물, 사령, 마수라 불리는 것까지 넓은 의미로 쓰인다.

도나가 아는 마족이라고는 저급 마족뿐으로, 베헤못이라 불린 고대 악마와는 차원이 다르다.

그것을 방치했다면 수도는커녕 나라 한두 개쯤은 가볍게 날아갔을 것이다.

하지만 그걸 직접 보지 않은 도나에게는 전해지지 않는다. 인간이란 실제로 고통을 겪으며 경험해보지 않는 한 진정한 의미의 위협은 전해지지 않기 때문이다.

지진이 없는 나라에 지진의 두려움이 전해지지 않는 것처럼. 교과서에서 아무리 스페인 독감이나 페스트 같은 걸 배워도 실제로 체험해보지 않으면 모르듯이.

도나의 태도는 방심이 아니라, 체험한 적이 없는 일에 대한 오만이자 거만함이라고 할 수 있을지도 모른다.

"애초에 밀리건은 뭘 하는 거냐! 왜 연락 하나 보내지 않는 건데!"

도나의 외침에 아주르의 표정이 어두워졌다.

뭘 하고 있냐니, 답은 뻔하지 않은가. 잡혔거나 죽었거나 둘 중 하나다. 물론 밀리건 정도의 용병이라면 후방에 연락 담당도 마련해놨을 것이다.

그 루트로도 연락이 오지 않는다는 건 현지에 보낸 인원이 '전멸'했다는 뜻이다.

아주르는 이해하기 쉬운 말로 주인에게 전달했다.

"죽었거나 잡혔을 겁니다. 오히려 향후의 대응을 생각──."

"말 같지도 않은 소릴! 그 녀석에게 얼마나 많은 돈을 냈는 줄 아느냐! 아직 한참은 더 일해야 본전을 챙길 수 있거늘!"

"············죽었다면 시치미를 뗄 수 있지만, 살아있다면 골치 아파집니다."

"흥, 무능한 용병 따위 알 바 아니다. 이 가문에는 처음부터 그런 자는 존재하지 않았다고 주장하면 그만이지!"

도나가 두툼한 고기를 입으로 가져가며 소리쳤다.

사실 도나쯤 되는 남자가 그렇게 주장한다면 어지간한 귀족은 입을 다물 것이다.

하지만 이번엔 성녀 중 한 명인 루나의 마을에서 일어난 사건이니, 이야기가 커진다면 반드시 성궁에 있는 화이트마저 나오게 될 것이다.

"화이트 님께선 동생을 아끼십니다. 이 건으로 추궁하실지도 모릅니다."

"음…………."

도나가 신음을 흘리며 고기를 씹던 입을 멈췄다.

그에게 화이트는 급소였다. 언젠가 자신의 아내로 맞으려는 상대에게 미움받는 건 어떻게든 피하고 싶기 때문이다.

당연히 어린아이처럼 자기중심적인 감정으로, 거기에는 상대의 의사 같은 건 고려하지 않았다.

"뭐, 좋다. 아내로 들이고 나면 그런 헛소리도 못 하게 되겠지. 그리고 아주르. 오늘은 5번과 41번을 불러라. 화가 통 가라앉지 않는군."

"주인님, 화이트 님을 아내로 원하신다면 그 소녀들을 해방해야 합니다. 그분이 그것을 보시면 반드시————."

"닥쳐라! 네놈은 언제부터 나에게 의견을 내세울 수 있을 만큼 대단해진 거냐!"

고기가 올라간 접시째로 얼굴을 맞은 아주르는 말없이 허리를 숙였다.

이 저택에서는 흔히 볼 수 있는 광경이다. 다만 그는 어쨌거나 도망 생활에 종지부를 찍어주고 안정된 생활을 준 주인에게 최소한의 진언을 했을 뿐이다.

음습한 분위기가 떠도는 실내에 도나의 조카인 쿠루마가 당당히 나타났다. 들어오기만 했는데도 분위기를 확 바꿔놓을 만큼 반짝반짝한 옷을 입고 있었다.

쿠루마는 인사하는 아주르를 보고 실내의 분위기를 민감하게 알아차렸지만, 아무 일도 없었다는 듯 행동했다. 다만 말없이 손가락을 얼굴에 대고 슥 그었다.

얼굴을 닦으라고 말하고 싶은 모양이다.

"삼촌, 믿을 수 있는 루트로 낭보가 들어왔습니다."

"낭보라고? 최근에는 불쾌한 보고가 많았는데, 어떤 내용이었느냐?"

"북쪽 무관파와 중앙 사교파가 손을 잡았습니다ㅡㅡㅡ."

그 보고에 도나는 순간 굳었다가 바들바들 떨었다. 아주르는 몸을 숙여 말없이 얼굴을 닦고 있었지만, 그 시선은 매처럼 날카로워졌다.

"뭣이라?! 그런, 말도 안 되는 일…………. 애초에 그게 어디가 낭보란 말이냐!"

쉽게 믿기 어려운 소식에 도나는 저도 모르게 자리에서 일어났다.

하지만 쿠루마는 두 팔을 벌리고는 이 변화를 성대하게 축하했다.

"이건 저희에게 선전포고한 게 아닙니까. 드디어 대의명분을 내걸고 그들을 일소할 좋은 기회가 찾아온 거죠."

"아니, 하지만…… 녀석들이 손을 잡았다면…………."

"삼촌의 세력 확장을 보고 녀석들이 드디어 궁지에 몰린 쥐가 된 겁니다."

쿠루마의 말은 틀리지 않았다.

마담이든 아츠든 단독으로 도나가 이끄는 귀족파와 싸울 수 있는 세력이 없어, 서로 견제하면서 현황을 유지하는 것이 최선이었기 때문이다.

"으음…………. 녀석들의 영지는 북쪽과 남쪽으로 떨어져 있지. 각개격파하라는 말이냐?"

도나가 그럴싸한 말을 하자 쿠루마도 고개를 마주 끄덕였다.

단 뒷말은 도나를 나무라는 듯한 내용이 되었다.

"삼촌께선 용감하십니다. 다만 야전이라면 모를까 게이트 키퍼에 틀어박힌 무관파와 싸워 승산이 있다고 보십니까?"

"뭣……! 아, 아니, 그 요새에 틀어박히면 조금 성가시긴, 하지…………."

총애하는 조카의 지적에 도나는 민망한 듯 와인을 입에 흘려넣었다. 같은 말을 아주르가 했다면 접시도 아니고 다음엔 나이프가 날아왔을 게 틀림없다.

"사교파도 어차피 무력이 없는 부인들의 모임에 불과합니다. 설마 무도회에 쳐들어가서 몰살할 수도 없는 노릇이죠."

"…………그런 게 가능했다면 한참 전에 했지!"

"그런 야만적인 짓을 하면 끝장입니다. 우리의 이름이 땅에 추락하고 귀족 사회에서 웃음거리가 되겠죠."

도나 진영에서 봐도 마담과 아츠는 몹시 성가신 존재이다. 요새에 틀어박힌 무관파를 무찌르는 건 지극히 어려운 일이고, 사교파를 무력으로 위협하는 건 하책 중의 하책이다.

루나의 이름은 아니지만, 귀족에겐 무엇보다도 **엘레강트**가 요구된다. 야만적인 행동을 하는 자는 아무도 지지하지 않는다.

반대로 귀족 사회에서 보았을 때 우아하기만 하다면 뭐든 용서된다는 소리이기도 하다.

"뜸 들이지 말거라! 쿠루마야, 어떻게 하라는 말이냐!"

"우리 귀족파의 타도를 내걸고 있다면 그들은 **진군**해야만 한다는 겁니다. 위세 좋게 장갑을 던져놓고 거점에 틀어박힐 수는 없으니까요."

결투를 의미하는 포즈를 취해놓고 집에 틀어박혀 나오지 않는다면 그야말로 수치이고 웃음거리라고 쿠루마는 말했다.

도나도 그 말에 고개를 끄덕였다.

"흐음………… 맞는 말이야. 그 요새가 없다면 무관파 따위는 생계도 궁한 빈곤 귀족 집단에 불과하지. 하지만 녀석들이 자존심을 버리고 둥지에서 나오지 않는다면 어떻게 하느냐?"

"그렇다면 삼촌, 진군할 수밖에 없는 상황으로 몰아가면 됩니다. 구체적으로는 시장에 공급하는 물의 마석 수를 줄이고 가격을 올려 녀석들의 목을 서서히 조이면 되지 않겠습니까."

"크하하! 짐승들을 말려 죽이자는 거로구나!"

쿠루마의 대답에 도나가 크게 웃었다.

짐승들의 수원을 끊어 약해진 놈들이 둥지에서 나왔을 때 친다. 참으로 귀족다운 사냥법이자 몹시 고상한 방식이다.

하지만 여기에 휘말리는 일반시민에게는 더없는 민폐였다.

"삼촌, 바로 우리의 요새—— 케루빔 게이트 키퍼의 대규모 수리가 필요해지겠군요."

"음, 수많은 귀족에게 명령을 내리려면 그에 걸맞은 대형 요새로 만들어야지. 짐승 놈들에게 귀족의 싸움이라는 걸 보여주자꾸나!"

도나 측에도 당연히 요새가 있었지만, 여태까지는 사용할 일이 없는 장식용이었다. 이걸 실전용으로 수리할 생각이다.

몇만 명의 귀족이 모이고 그 정점에서 명령을 내린다. 자신의 눈부신 모습이 떠오른 건지 도나는 배를 흔들며 히죽거렸다.

"그리고 삼촌. 만에 하나를 대비해 사방에서 **쓸만한 검**을 모아두는 게 좋다고 봅니다."

"외부인은 필요 없다. 내가 명령하면 4만에서 5만 정도의 수가 모일 게야."

"짐승은 짐승끼리 싸우게 하는 게 좋지 않겠습니까. 왜 영예로운 우리가 직접 검을 들고 짐승을 베어줄 필요가 있죠? 삼촌은 언제부터 그런 **자비로운** 분이 되셨는지?"

"음………."

쿠루마는 어이없다는 듯 고개를 내저으며 쓴웃음을 지었다. 그건 야만인의 사고방식이라고 비아냥거린 셈이었지만, 이 말에는 도나도 반박할 수가 없었다.

"정말이지, 이쪽의 귀가 따가워지는 소리를 대놓고⋯⋯⋯⋯. 그래서, 쓸만한 검이란 무엇이냐?"

"제노비아와 황국을 움직일까 합니다── 녀석들은 아무래도 찔리는 구석이 있는 모양이니까요."

"호오⋯⋯⋯⋯. 흥미로운 이야기로구나."

도나와 쿠루마의 밀담이 끝나자 아주르는 소리 없이 복도로 나왔다.

그 등을 향해 쿠루마가 말을 걸었다.

"아주르, 너는 이번 사태를 어떻게 보지?"

"제게는 **작은 주인님**의 질문에 대답할 수 있을 만한 지혜가 없습니다."

도나의 후계자, 그 기반을 이어갈 자로서 아주르는 쿠루마를 작은 주인님이라고 부른다. 그렇게 불릴 때마다 쿠루마의 얼굴 엔 미약하긴 하나 희색이 번진다.

이것도 일종의 처세술이다.

"벼는 익을수록 고개를 숙이지. 마치 널 위해 있는 듯한 말이야."

"⋯⋯⋯⋯농담이 과하십니다."

냉혹한 시선을 피하듯 아주르는 깊이 머리를 숙였다.

쿠루마는 이래 봬도 아주르를 높이 평가하고 있으나, 언제 배신할지 알 수 없다는 듯 의심의 시선을 보내는 것도 잊지 않았다.

"제노비아나 황국, 용병, 뭣하면 사타니스트조차. 나는 쓸 수 있는 것은 뭐든 쓰는 주의거든. 아주르, 너도 말이야."

"저에겐 도저히 그만한 능력은 없습니다."

"이 싸움에 이기면 성광국은 향후 천년에 걸쳐 귀족파가 다스리는 영광스러운 땅이 되겠지. 아무쪼록 배신 같은 건 생각하지 마."

쿠루마는 깊이 머리를 숙이는 아주르의 어깨를 두드린 뒤 귓가에 속삭였다. 그 여파는 당연하다는 듯 성광국만이 아니라 다른 나라에도 퍼져나갔다.

————제노비아 신왕국, 코우메이의 개인실————

"왜, 이런…… 일이…………!"

한조의 보고를 받은 코우메이의 얼굴이 점점 새파랗게 질렸다.

그녀가 노린 건 오랜 세월 우의로 맺어진 라이트 황국과 성광국의 분단이자, 그 관계에 쐐기를 꽂아 넣는 것이었다. 그 점 하나로만 본다면 훌륭히 성공했다고 할 수 있다.

다만 여기에는 상정하지 못한 사건이 너무 섞여버렸다.

"어째서 사타니스트가…… 아니, 그 집단이 타국에서 그런 폭거를 저지르다니…………."

사타니스트는 성광국 내에선 활발하게 움직이고 있으나, 타국에서는 동지를 모집하고 찬동자로부터 자금을 모으는 등 포섭 활동과 조직 규모 확대를 위해 조용히 움직였다.

그들은 약자의 구제를 호소하고, 부의 재분배를 호소하고, 권력자들의 횡포를 지적했다. 이것은 얼핏 서민의 귀에는 감미롭게 들린다.

끝없이 이어지는 북방의 전쟁에 신물이 나서 그들에게 자금을 제공한 자도 적지 않다. 그런데 하필이면 타국의 수도에서 사령과 악마를 소환하다니 대체 무슨 일인가.

그 지리멸렬한 행동에 코우메이는 신음을 흘렸다.

"지금껏 해온 활동을, 얻어낸 지지를 전부 집어던지는 짓이잖아…………!"

스 네오에서 일어난 일에 혼란스러워하면서도 코우메이는 이미 하나의 결론에 도달했다. 모조리 내던진다고 해도 상관없다고 판단하고 저질렀을 것이라고.

여태까지 쌓아 올린 것을, 화려하진 않지만 착실하게 확보한 지지를 하룻밤 만에 전부 망가트렸으니 평범한 판단은 아니다.

'아무리 재상님이라고 해도 혼란스러우실 만하지………….'

한조는 담담히 보고를 이어가며 그 두뇌가 침착해지길 기다렸다.

제노비아를 북방의 패자로 끌어올린 건 전부 그녀의 지략 덕분이니까.

"소환된 악마에 황국은 유사 천사로 대항. 마지막엔 성광국의 루나 엘레강트가 대상 악마를 토벌했습니다."

"순서대로 나열하면 그렇게 되겠지…………."

그 중간에는 파멸자와 사령, 그들을 물리치려고 한 성령기사단과의 충돌도 포함되어 있다. 타국의 수도를 멋대로 전장으로 만들다니 본래대로라면 용서받을 수 없다.

코우메이는 황국의 가혹한 출세 레이스를 떠올리고 대신관의 결단을 어느 정도 이해했다.

"죽음의 도시를 만드는 걸 두려워한 거겠지. 그 대신관은 아직 써먹을 구석이 있었는데."

황국을 내부에서 부패시키고 홀리 브레이브의 마음을 고국에서 떼어놓는 작업에 그 대신관이 얼마나 도움이 되었는지. 그걸 생각하면 코우메이에겐 참으로 아쉬운 일이었다.

"그자는 성광국으로 연행되었다고 합니다."

"어떻게 쓸 생각인 걸까…………? 아무리 증언시키려고 한들 황국은 그 존재를 '없었던' 것으로 지워 버리겠지. 아니면 '악마 빙의'로 만들거나."

악마 빙의————말 그대로 악마에게 홀린 자다.

그들은 중세의 마녀사냥처럼 색출되면 처형당한다. 때로는 필요에 의해 **그것**을 날조하는 일도 있다.

황국의 어둠을 아는 대신관은 악마 빙의를 넘어서 아예 악마 자체로 날조될 수 있다.

"외람되오나 재상님. 성광국에는 종래와 같은 방편은 통하지 않을 것 같습니다."

"얼마나 황당무계하던 황국은 그렇게 주장할걸. 그 나라는 늘 무력을 암시하고, 때로는 식량 공급을 줄이며 당근과 채찍을 사용해왔으니까."

코우메이의 말대로 여태까지는 어떤 억지도 그렇게 밀어붙였다. 라이트 황국의 외교술은 옛날부터 일관적으로 '압박'과 '미소'이다.

황국의 미소와 돈에 속아서 홀딱 넘어가 버린 자도 북방국가군 중에는 적지 않다. 하지만 한조가 본 광경은 여태까지 있던 상식 같은 건 전부 날려버릴 정도였다.

"그 마왕을 자칭하는 남자와 오른팔로 추정되는 타하라라는 이름의 남자. 그들은 평범한 존재가 아닙니다. 황국이 무슨 말을 하든 코웃음을 치겠죠."

"유사 천사를 파괴했다고 했지. 쉽게 믿기는 어렵지만……."

"그 두 사람은 대신관을 이용해 어떻게든 황국에 전쟁을 걸 듯한 태도였습니다."

"전쟁이라고?! 말도 안 되는 소리 하지 마……. 그들은 아직 지방 하나조차 다스리고 있지 않잖아. 세력을 냉정하게 따지면 고작 아인이 사는 마을에서 활동하고 있을 뿐이야."

"먼저 보고한 대로 무관파와 사교파가 이미 손을 잡았습니다."

그 말에 코우메이의 얼굴이 흐려졌다. 참으로 뒷맛이 나쁜 보고였다.

견원지간으로 유명한 아츠와 마담이 화해한다는 건 천지가 뒤집혀도 있을 수 없는 일이었다. 그 악수의 배후에 있는 인물이라면 그 마왕을 자칭하는 남자임이 틀림없다.

그 남자가 나타난 뒤로 성광국은 확실히 변했다. 코우메이에게는 지금까지 그랬던 것처럼 무수한 파벌로 나뉘어서 분열된 상태인 게 바람직했지만.

"마왕이라…………. 상당히 꾀가 많은 남자인 모양이야."

코우메이가 그렇게 평하는 것도 무리는 아니었다. 멀리 떨어진 타국에서 보면 마법 같은 수완으로 아츠와 마담을 악수시킨 것으로 보이기 때문이다.

"그 남자는 우리나라에도 **인사**하러 온다고 했습니다."

"…………큭. 제법 우습게 보고 있나본데."

그 말에 코우메이는 내심 후회했다.

제노비아는 너무나도 단기간에 과하게 커졌다. 지금은 숨이 찬 사자가 휴식하는 듯한 상태로, 호흡을 가다듬고 내정에 충실해야 하는 국면이다.

영토상 제노비아와 성광국은 멀리 북쪽과 남쪽으로 떨어져 있어 직접적인 전화가 미치진 않을 테지만, 그 마왕을 자칭하는 남자만큼은 이야기가 달랐다.

단독으로 유사 천사를 격파하는 존재라면 혼자 수도에 쳐들어와서 마음껏 휘저어놓는다는 비상식적인 짓을 저지를지도 모른다.

실제로 스 네오의 수도가 반파되었으니 코우메이의 우려는 딱히 헛짚은 게 아니라 실감을 동반한 공포였다.

"그 남자를 우리나라에 접근하게 할 수는 없어————."

코우메이는 그렇게 중얼거린 뒤 수많은 책략을 머릿속에 떠올렸다.

그 모습을 보고 한조도 바로 대답했다.

"……어떻게 하시겠습니까?"

"그 남자와 직접 부딪치는 건 위험이 너무 커. 먼저 우리나라에 오는 길에 있는 유리티아스를 이용해야겠어."

"그 나라를 이용한다고요…………? 그렇군요, 광견 잭입니까."

"그래, 그 남자는 대신관이라는 요술 방망이를 잃고 머리끝까지 분노했을 테니까."

코우메이의 머리에 대신관과 거래하는 남자의 흉악한 얼굴이 떠올랐다. 트랜스 밀매부터 인신매매, 무기 횡령, 금지 물품 밀수…………. 그 유착은 끝이 없다.

대신관과 잭이 한 행위는 위법 거래의 총출동 같은 것이며, 그로 인한 이익금을 생각하면 잭의 분노는 몹시 클 것이라 코우메이는 예상했다.

본래 인간의 분노나 의심을 이용하는 게 특기라서 그런지 코우메이의 머리에 새로운 전략이 잇달아 떠올랐다.

"동시에 성광국 내에 발을 묶어두는 공작도 해놔야지. 그들과 적대하는 귀족파를 강화시켜서 시간을 벌게 하자고…………. 뭐니 뭐니 해도 국내에서 처리하게 만드는 게 제일 좋으니까."

"…………그 남자를 무력으로 치는 건 불가능에 가깝지 않겠습니까."

마왕을 직접 본 한조는 직설적으로 의견을 제시했다. 그 괴물 같은 남자와 전투라니, 그녀가 보기엔 완전히 자살행위였다.

"이번에는 레온을 움직일 거야."

"…………장군을?!"

그 말에 놀라는 한조였으나, 그때 부하에게서 소식이 들어왔

다. 건네받은 비둘기의 다리에 묶인 종잇조각을 천천히 풀었다.

"귀족파가 접촉한 모양입니다. 아무래도 **그쪽**도 재상님께 용건이 있는 모양입니다."

"그래? 잘됐네."

코우메이는 부채를 펼치고 흐흥 웃었다.

생각한 대로 그림이 그려지고 있다고 생각하면서. 마왕을 둘러싼 뒤숭숭한 움직임은 저 멀리 서방에 있는 라이트 황국에도 여파를 미쳤다.

———————서방국가군, 라이트 황국———————

인구수가 2천만을 가볍게 넘어가는 거대한 국가이다.

성광국은 천사를 숭상하고 그 가르침을 국시로 삼았으나, 라이트 황국은 그 천사들을 이끌었다는 '위대한 빛'에게 신앙을 바치는 국가이다.

역사가 오래된 나라인 만큼 국가의 시스템도 다소 오래되었다.

예로부터 면면히 이어진 명가가 많은 농노를 거느리고 그들을 노동력으로 부리지만, 농노에게는 제대로 된 교육이 실시되지 않는다. 괜한 지혜를 줬다간 반란이라도 일으킨다고 생각하기 때문이리라.

교육의 기회를 받지 못한 농노의 자식도 농노로 살아갈 수밖에 없는 낡은 체제가 깔려있다. 그런 광활한 농지와 농노를 보유한 명가가 황국의 정점인 '교황'을 선출한다.

교황이라는 고귀한 이름과는 달리, 그 실체는 기득권의 이익 덩어리이자 그 대표자라고 말해도 되리라. 이래서는 체제 개혁은 바랄 수 없다.

본래대로라면 이러한 국가체제는 러시아의 로마노프 왕조처럼 쇠퇴하고 끝내 멸망하기 마련이지만, 라이트 황국에는 다른 국가에는 없는 반칙이라 할 수 있는 힘이 존재했다.

하나는 그 땅.

위대한 빛이 축복한 대지는 말도 안 될 만큼 농작물이 잘 자랐다. 농노에게는 죽지 않을 정도의 봉급만 주지만, 수확량은 타국의 몇 배를 가볍게 넘어서는 규모를 자랑한다.

전란으로 세월을 보내는 북방국가군의 식량 사정을 홀로 감당해도 넘쳐날 만큼 여유로웠다.

끊이지 않는 식량과 끊이지 않는 전쟁.

이것이 황국에 매년 막대한 부를 안겨주는 상황이었다.

여기에 홀리 브레이브의 존재.

이 대륙에서 일기당천의 무력을 지닌 이레귤러.

황국에는 위대한 빛이 남겼다는 두 개의 '오파츠'가 존재하는데, 이것에 인정받은 자는 홀리 브레이브로서 황국의 위광이 되고 검이 될 의무가 있다.

————빛이 축복한 대지와 빛이 축복한 검————.

말 그대로 대륙을 대표하는 군사 국가라고 할 수 있다.

그 영광과 빛으로 충만한 나라에 매일같이 불쾌한 보고가 날아왔다.

"교황 성하. 예의 건으로 스 네오에서 설명과 배상을 요구하는 사자가 왔습니다."

"어리석긴……. 불면 날아갈 정도로 작은 나라인 주제에."

신관장의 보고에 교황이 혀를 찼다.

이번 교황은 47살의 나이지만 외모는 상당히 젊었다. 서민이 들으면 깜짝 놀랄 금액의 영약을 계속 먹으며 질리지도 않는 야심을 불태우고 있기 때문이다.

그 모습은 교황이라기보다는 현세의 욕망을 모조리 이루려 하는 실업가에 가깝다.

"하지만 그 나라는 북방에서도 특출나게 부유한 국가입니다. 계속 소란을 피우면…………."

"장사에 지장이 생긴다는 말이지."

교황의 입에서 '장사'라는, 참으로 속세에 젖은 말이 튀어나왔다.

위대한 빛에 가장 가까운 존재, 그 입에서 가볍게 나올 만한 단어는 아님에도.

"그 나라의 왕은 외교의 명수. 타국의 왕에게 쓸모없는 소릴 계속 불어넣는다면 조금 귀찮아지지 않겠습니까."

신관장의 진언에 교황은 못마땅하다는 듯 손을 뻗어 옆에 쌓여있는 과일을 집어 먹었다.

스 네오는 국가 자체가 하나의 상회와도 같은 나라로, 그 왕도 자신이 상회장이라는 듯 장사에 몰두하는 기묘한 나라였다.

왕이 직접 국산품의 연마를 권장하여 외국에서 재료를 모아

리폼하고, 그것도 전부 브랜드로 만들어버린다.

액세서리, 드레스, 향수, 화장품, 게다가 식기나 포크에 이르기까지 그들의 고급 지향은 멈출 줄 모른다. 스 네오에서 다루지 않는 물품을 찾는 게 어려울 정도이다.

교황이 보기엔 참으로 '약삭빠른' 존재였다.

"성가신 나라구나. 어중간하게 푼돈이 좀 있는 나라이니……."

대량의 식량을 수출하는 황국과 스 네오는 장사 측면에선 적이 아니다. 대량생산품과 극소량의 고급 물품은 고객층도 다르다.

"하지만 성하. 그자들은 그 푼돈을 효과적으로 이웃 국가에 빌려주고 있습니다."

"흥, 교활하게 처신한단 말이지…………."

그 나라의 외교술을 한마디로 표현한다면 '실탄 외교'이다.

북방국가군은 오랫동안 이어지는 전쟁으로 인해 다들 가난하다. 여기에 웃는 얼굴로 돈을 빌려줘서 자신에게 저자세로 나오게 하는 상황을 만들어냈다.

트러블이 발생했을 때는 그렇게 은혜를 입혀둔 나라를 중개역으로 세우고, 무력 충돌이 발생할 때면 보디가드처럼 사용하기도 했다.

소국이지만 돈을 쓰는 법이 뛰어났다.

"이가 갈리는 일이긴 하나, 일정한 금액은 내어줄 수밖에 없다고 봅니다."

"이것도 다 그 어리석은 자가 실패를 저질렀기 때문이지……."

교황은 욕망으로 가득한 대신관의 얼굴을 떠올리며 과일의 씨앗을 뱉었다. 그의 이면, 그 악행을 알면서도 교묘하게 이용해 왔으나 버리는 것도 빨랐다.

"그자는 '악마 빙의'로 지정하고 우리나라에는 아무런 잘못이 없다고 전해라."

"하지만…………."

"우리나라의 병사도 희생되었지 않나. 일방적으로 피해자임을 주장하다니 뻔뻔하기도 하지. 그런 소국이 요구하는 대로 돈을 줬다간 빛의 체면에 영향을 준다."

거기까지 말한 뒤 교황은 거드름을 피우며 이어갔다.

"하지만 희생된 가없은 민초를 위해 빛으로부터 구제금을 내린다고 전하라."

"역시 성하십니다. 그럼 스 네오의 신전을 통해 민초에게 자비를 내리겠습니다."

"음. 약간의 식량도 제공해주지. 우민들에게는 적당히 자비를 베풀어두거라."

"알겠습니다!"

나라에 배상하진 않지만 민중에게는 은혜를 베푸는 방식이다. 이쪽도 이쪽대로 실패를 실패인 채 두지 않고 어떻게든 활용하는 성격이었다.

"자비하니 말인데, 그 남자에게서 화살처럼 재촉이 왔습니다만…………."

"그 어리석은 자가……. 어서 고국으로 돌아오라고 전하라!"

건방진 홀리 브레이브의 얼굴을 떠올린 교황은 분노를 드러내며 소리쳤다.

그 남자는 빛의 대변인인 자신을 경시하고, 명령에도 따르지 않는 터무니없는 존재였다. 그런데도 늘 차갑게 식은 시선을 보내는 것이 참으로 짜증스러운 남자이기도 했다.

실망과 경멸이 선연하게 아른거리는 그 눈동자는 불쾌함의 덩어리였다.

"그, 몇 번이나 전하고는 있습니다만…………."

"빈민 구제 따위에 정신이 팔렸다니! 그 남자는 아직 꿈에서 깨어나질 못한 게냐!"

"…………어느 의미 적보다 성가신 남자입니다."

"뭐가 모든 인민에게 눈을 돌리라는 건지…………. 완전히 **얼간이의 헛소리**가 아닌가. 그 남자에겐 현실이 보이지 않는 게야. 정치도, 대륙의 정세도, 상식도, 전부 다 날려버리고 꿈만 좇다니!"

교황의 분노에 동의하듯 신관장도 고개를 끄덕였다.

북방만이 아니라 이 서방에조차 아직 전쟁이 이어지고 있다. 그러한 현실을 무시하고 빈민을 구제한다는 건 도저히 무리다.

애초에 그런 현실이나 상식을 생각하지 않고 움직이기에 용사일 수 있는 건지도 모르지만.

"그리고 성광국에서도 심문 사자가 왔습니다."

"성광국이라………… 곤란하군."

그 보고에 교황의 얼굴이 떨떠름하게 일그러졌다.

천사와 빛, 그들을 숭상하는 국가로서 양국은 오랫동안 우의로 맺어져 있었다.

영토가 멀리 떨어져 있기 때문인지 그 관계는 의례적이었으나, 형식만이라고 해도 우호국과 싸우는 건 교황도 피하고 싶었다.

자신의 지위를 노리는 자가 많은 데다 차기 교황 후보에게도 괜한 공격거리를 주고 싶지 않았다.

"화이트 님은 변함없이 고지식하군⋯⋯⋯. 그 미모만은 **이등국**에겐 아까울 정도거늘⋯⋯⋯."

교황과 화이트는 외교 자리에서 만나 면식이 있다. 당시엔 노회한 정치가와 성녀로 막 발탁되어 미숙한 어린 소녀라는 형태였지만.

"아뇨. 그것이, 성하. 이번 사자는 셋째라고 합니다."

"음? 악마를 토벌한 쪽이었나."

그 순간 교황의 미간에서 주름이 사라졌다.

딱히 의식적으로 바꾼 건 아니고 지극히 자연스럽게 나온 오만이었다.

"소환된 천사에게 공격을 받아 무관과 함께 중상을 입었다고⋯⋯⋯."

"천사의 폭주마저 우리가 책임을 질 수는 없는 노릇⋯⋯⋯. 그 계집은 그러한 것도 모르는 건가? 나 원, 화이트 님은 어떻게 교육하는 건지."

퀸의 모습도 떠올린 건지 교황은 기가 막힌다는 듯 한숨을 쉬었다.

성녀는 문제아투성이. 국가는 여러 개의 파벌로 분열되어 싸우고, 아래를 보면 민중은 사타니스트로 전락한다. 황국에서 본 성광국이란 말 **이등국** 그 자체였다.

황국의 사람이 성광국에게 보내는 시선이란 계속해서 집안싸움을 반복하는 골치 아픈 친척과도 비슷하며, 그렇기에 **뼛속까지** 성광국을 얕잡아보고 있었다.

"성하. 그, 사자의 말투가 영 '과격'합니다………. 저도 잘못 들은 게 아닌지 거듭 되물었습니다만…………."

"과격하다니?"

"성하께 직접 사죄와 해명을 요구한다고………………."

"무슨 헛소리냐! 이등국 주제에 무얼 착각하고 있는 게야!"

이등국, 그것도 **세 번째 순위**가 내건 황당한 요구에 교황은 무심코 언성을 높였다. 이 자리에 사자가 있다면 그 목을 조르기라도 할 듯한 기세였다.

사자는 사실 타하라가 보낸 자로, 루나는 전혀 모르는 일이었다.

딱히 무언가를 기대해서 보낸 게 아니라 상대방의 잘못을 비난하고 훗날의 **포석**으로 쓰고 싶었던 것이리라.

그런 줄은 모르는 교황은 뜻밖의 모욕에 관자놀이를 떨었다.

"건방진 것…… 무엇을 조장하는 건지…………!"

그때 또 다른 보고가 들어왔다.

그것은 타이밍이 좋았던 걸까. 아니면 나빴던 걸까.

아니면 둘 다인 걸까.

"이건 성광국의 귀족파, 쿠루마 님의 친서로군요…………."

"그 풋내기 말인가. 무슨 용건이지?"

"국내의 사타니스트 및 **불순분자 섬멸**을 위해 힘을 빌려달라고 합니다."

"…………호오?"

친서를 받아든 교황의 얼굴에 점차 미소가 번졌다.

사타니스트는 명목이고, 진정한 목적은 따로 있을 것이다.

"아무래도 국내 통일을 생각하고 있나보군."

"드디어 움직인 겁니까…………. 마치 낮잠에서 눈을 뜬 노인과도 같군요."

"흥, 좋은 대의명분이 들어왔군. 조장한 자들과 함께 이 기회에 버릇을 들여놔야겠어."

"그렇다면 성하. 대가로는 어떤 것을?"

신관장이 음흉하게 웃었다. 교황도 비슷한 표정을 지었다.

그곳에는 의용도 의분도 아닌, 그저 돈의 냄새가 날 뿐이었다.

"…………도나 님의 영지는 '물의 마석'이 풍부하지."

마치 금괴를 이야기하듯 교황이 말하자 신관장의 미소도 진해졌다. 이 세계에서는 말 그대로 황금이 열리는 나무이니 미소가 절로 나오기 마련이다.

"이것 참, 제법 좋은 거래……… 아니, '토벌'이 되겠군요."

"그래. 악마 숭배자 토벌은 우리 빛에 주어진 소중한 사명이지. 무시할 수는 없다."

그렇게 말한 뒤 교황은 견딜 수 없다는 듯 폭소했고 신관장도 배를 부여잡았다. 마치 잡초를 깎기만 해도 거금이 돈에 들어오는 듯한 이야기였다.

한바탕 크게 웃어젖힌 후 신관장은 남은 우려를 입에 올렸다.

물론 마왕을 자칭하는 남자에 대해서————이다.

참인지 거짓인지, 소환된 천사를 산산조각으로 바스러트렸다는 보고를 받았기 때문이다.

"성하, 마왕이라 자칭하는 남자가…………."

"과장이 들어간 소식이라고는 해도 성가신 남자인 모양이다. 그자는 '마인'일지도 모르겠군."

"악마와의 싸움으로 천사는 빈사의 중상을 입었다고 합니다만…………."

"그럴 테지. 그건 인간의 몸으로 맞설 수 있는 부류가 아니다. 하나 방심은 할 수 없지."

교황은 그 말을 끝으로 종을 울려 여러 명의 궁녀를 불러 모았다. 저마다 손에 든 은제 그릇에는 극상의 와인과 과일, 고기 등이 올라가 있었다.

"잠시 휴식한 뒤 파견할 자를 고르도록 하지."

"알겠습니다! 얘들아! 옷 따위를 입고 있을 때냐! 공사다망하신 성하를 위로해드리거라!"

라이트 황국의 중심지인 황도(皇都) 대신전.

그곳에서는 오늘도 빛과는 무연한 주지육림의 연회가 펼쳐지고 있다. 그 음탕한 영화는 내일도, 모레도, 반영구적으로 이어질 것이다.

이 땅에 '마왕'이 강림할 때까지—————.

Maousama
Retry!

마
왕
님,
리
트
라
이
!

라이트 황국 조직도

신학교

'광속성'이나 '성속성'에 강한 적성을 지닌 자가 입학할 수 있는 학교. 집안, 인맥, 지참금 등도 고려한다는 소문이 있다.
여기를 졸업한 뒤 신관의 길을 걸을 수 있는 자는 몹시 적다.

무학교

신학교와는 다르게 관문이 넓다.
힘이나 무예가 출중한 농노들은 모두 어떻게든 처우를 바꾸기 위해 문을 두드린다.
하지만 대부분 탈락해서 어깨를 축 늘어뜨리고 마을에 돌아가게 된다.
합격자는 '신전기사'가 되어 단련하게 된다.

신관

신학교를 졸업한 자들에게 주어지는 자리.
황국에서 신관의 입지는 절대적이며, 평생의 안녕이 약속된 것이나 마찬가지.

무관

무학교 출신 중에서도 우수한 자가 선택된다.
하지만 황국에선 무관의 지위가 낮으니 출세 코스에서 벗어난 사람으로 취급한다.

신관장

여러 명의 신관을 거느리며 그들 위에 선 자.
일반시민의 시각에선 귀족 그 자체이다.

무관장

소대를 이끄는 책임자.
신관 쪽에서 본다면 심부름꾼 같은 존재이다.

대신관

여러 명의 신관장에다 무관들마저 거느리는 압도적인 권력자.
그들은 타국의 왕후·귀족 앞에서도 대등한 입장으로 거만하게 행동한다.

대무관

일반인이 도달할 수 있는 것 중에서는 가장 높은 지위.
이 이상 출세를 원한다면 특별한 재능이 필요하다.

신전장

각국에 세워진 신전의 수장.
그 권력은 일선을 긋는 수준으로, 저마다 그곳의 '왕'이라고 해도 과언이 아니다.
입장상 교황과 직접 이어져 있으며, 말 그대로 구름 위의 존재들이다.

장군

신전기사단을 이끄는 수장.
개인의 무예만이 아니라 군대를 통솔하는 역량도 겸비하고 있다.

부제→사제→주교→대주교

신관 중에서도 많은 백성이 따르는 자.
말 그대로 '성직자'가 나아가야 하는 길.
그 광채가 진짜이기 때문에 권력과는 멀어지게 된다.

성령기사단

화속성, 수속성, 풍속성, 토속성에 강한 적성을 지닌 자가 선출된다.
신관이 존경받는 황국에서도 성령기사단은 별도로 대접받는다.
국내에서 존경받는 입지이다.

홀리 브레이브

라이트 황국이 자랑하는 결전 병기 같은 존재.
'성의의 상자'와 '금기의 불꽃'에 선택받은 남녀가 그 힘을 짊어진다.
인간이라기보다는 병기에 가깝다.

교황

수많은 명가에서 선출되는 황국의 정점.
위대한 빛에 가장 가까운 존재이자 대변자라고도 불린다.
그 권세는 흔들림 없이 굳건하나, 명가의 의향을 무시할 수 없으니 주의할 필요가 있다.

홀리 브레이브의 고뇌

————쿠도 공화국, 의회————

왕정을 택한 나라가 즐비한 가운데 공화제를 제창하는 몇 없는 국가이다.

물론 현대처럼 국민이 선거권을 보유하고 정치가에게 한 표를 행사하는 근대적인 시스템은 아니고, 사대 귀족이라 불리는 가문과 그들과 오랫동안 적절한 거리를 유지하며 유착한 상회가 나라를 움직이고 있다.

국가의 정점인 원수는 2년마다 바뀌며 다음 사람에게 배턴을 넘긴다.

거기에 절대적인 권력은 없고, 분쟁이 일어났을 때의 중재나 결정권, 대외적인 문제 발생시에 나설 수 있는 정도로 그 외에는 각자 알아서 처리한다.

전란이 계속되어 무거운 분위기가 감도는 북방국가군의 일부이지만 참으로 느슨한 분위기이다. 오늘도 원탁에서는 사대 귀족이라 불리는 자들이 주로 발언하고 있으나 그 얼굴은 다들 떨떠름했다.

"마족령의 노예라니………… 참 성가시군."

"왜 그자들이 우리나라에 오는 거지? 그렇지 않아도 역침공의 뒤처리로 골치 아픈 와중에."

"빨리 쫓아내야지."

"다행히 우리나라에 머무르고 있던 홀리 브레이브가 신원을 추적하고 있다던데."

"그 남자인가. 타이밍이 좋군."

각자 자기 마음대로 떠들어대고 있지만, 그들은 이것을 '의회'라고 부른다.

그 얼굴에는 이런 귀찮은 이야기는 빨리 끝내고 싶다고 적혀 있었다.

현재 원수인 상회의 대표도 고개를 숙인 채 말이 없었다.

원수라고는 하나 그때그때 장식으로 올려둘 뿐이니 문제가 발생했을 때 과감한 결단 같은 걸 내릴 수 없다.

누군가가 손해를 보는 결단을 내렸다간 그자가 원수가 되었을 때 역공을 받기 때문에 누구도 큰 손해나 이득을 보지 않도록 **적당한** 태도를 보일 수밖에 없다.

"여하간 우리나라와는 아무런 관련도 없는 일이지."

"옳소. 이로 인해 마족에게서 노려지게 된다면 아주 곤란해."

"홀리 브레이브가 머무르고 있다면 민초의 구제를 내세우는 황국에 인도하면 되지 않겠나."

그 태도는 몹시 무책임하였으나, 타국이었다면 다짜고짜 내쫓거나 최악의 경우에는 어둠 속에 매장해버렸을 가능성도 있다. 정체를 알 수 없는 난민 집단을 보호할 만큼 괴팍한 나라는 존재하지 않고, 그런 여유도 없다.

"그보다 감옥 미궁의 뒤처리가 문제야. 역침공의 영향으로 손님이 줄었다고."

"그래. 그쪽이 훨씬 큰 문제이지."

"손해로 인한 부흥자금도 우습게 볼 수 없고…………."

"뭐가 미궁이냐. 난봉꾼들이 기어 다니고 있을 뿐이 아닌가. 정작 '손님'이 줄어들면 백해무익이지."

노예들의 문제는 어디로 가버린 건지, 회의의 화제는 다른 일로 넘어가 버렸다.

이 나라는 북방국가군 중에서도 특수한 포지션으로, 수인국과 국경을 마주하고 있다.

언제 아인이 침공할지 알 수 없는 땅은 아무도 원하지 않기 때문에, 이곳은 북방국가군에게서 풍파로부터 몸을 막아주는 '방파제' 같은 대우를 받게 되었다.

그 결과가 '전쟁기'에 들어갔을 때의 '피난소'이다.

중립국이라고도 할 수 있고, 굳이 현대식으로 말한다면 피서지나 관광대국이라고 바꿔 말할 수 있을지도 모른다. 북방국가군에서도 유복한 자들은 전쟁을 피해 이 나라에서 우아한 바캉스를 즐기고 휴전기에 들어가면 고국으로 돌아가는 생활을 보냈다.

싸움이 없는 땅에서 부유한 자들이 쓰고 가는 돈―― 이것이 국가의 주요 수입원이었다.

그런데 역침공이라는 위험이 나타났으니 큰 문제였다. 관광지에서 대규모 테러가 일어난 셈이니 당연하다는 듯 손님이 줄어들었다.

그런 특수한 포지션과 수입원을 중심으로 하는 나라이기 때문에 과감한 발언도 튀어나왔다.

"아예 루키시나 국경 요새를 타지역에서 봉쇄해버리는 건 어떻지?"

"찬성이야. 그런 장소 때문에 손님이 줄어들면 안 되지."

"도시 봉쇄라. 아주 좋아. 그렇게 진행하자고."

자국령의 일부를 버리자는 폭언이긴 했으나, 사대 귀족에게는 유복한 손님이 중요하지 초보 모험가나 그들이 드나드는 미궁 같은 건 쓸모없었다.

하지만 이 의론에는 찬성할 수 없었던 건지 현재의 국가 원수인 상회장이 소리를 냈다.

"잠시만. 그런 행동을 취했다간 오히려 이 나라가 위험하다고 광고하는 셈입니다. 냄새나는 것에 뚜껑을 덮고 시선을 돌려 봤자 문제는 해결되지 않죠."

모험가들이 가져오는 전리품의 이익을 계산한 모양이다. 상회장에겐 자국령의 일부를 버리자는 과격한 의견은 곤혹스러웠다.

사대 귀족들은 몹시 떨떠름한 표정이 되었지만 바로 방향을 바꾸었다.

"애초에 홀리 브레이브가 머물러 있었는데 이렇게 피해가 크다니!"

"그러게 말이야. 도시가 반파되었잖나."

"황국이 내세우는 명분 같은 건 장식일 뿐. 그런 건 여기 있는 모두가 잘 알지 않나."

"하지만 그 노예들은 홀리 브레이브의 명성을 추종하며 모인 것 아닌가? 그렇다면 황국이 어떻게든 해주는 게 도리에 맞는 일이지."

회의의 화제가 휙휙 넘어가 황당한 방향으로 흘러갔다.

요컨대 그들에겐 문제를 해결할 수 있는 좋은 아이디어도 없고 노력할 마음도 없다. 줄어든 관광객 수만 회복한다면 나머지는 어찌 되든 상관없기 때문이다.

"여하간 관광객을 회복해야 해. 각지의 여관에서도 재촉이 화살처럼 쏟아지고 있어."

"이대로는 비싸게 주고 모아둔 식량도 창고에서 썩게 되겠지."

영지민이 배고프면 세금에 직격타를 맞는다는 건 어느 세계든 마찬가지다. 자신들의 재산과 직접 연결된 문제이므로 다들 필사적이었다.

"내게 한가지 아이디어가 있는데………… 관광객에게 **고기권**을 나눠주는 건 어떤가?"

"고기권, 이라고…………?!"

"그래. 고기와 교환할 수 있는 티켓이지. 손님에게 이득을 봤다는 느낌을 줄 수 있잖나?"

"오오, 획기적인 아이디어군!"

"잠깐만! 그렇다면 **생선권**도 나눠줘야지. 우리 영지에는 어민이 많단 말이다."

그들의 목소리를 들으며 원수는 머리를 부여잡고 싶었다. 그런 티켓을 아무리 뿌린다 한들 근본적인 해결은 되지 않는다.

이 나라를 찾아오는 손님이 원하는 건 **안전**이지 고기나 생선이 아니기 때문이다. 의회는 분열되고 모두의 안색에도 피로가 보였을 때, 그제야 원수가 고개를 들었다.

"우선 그 노예들은 '홀리 브레이브 안건'으로 밀어버립시다. 단 그렇게만 한다면 그 남자에게 원한을 사는 결과가 될 수도 있습니다."

원수의 조용한 목소리에 다들 마지못한 표정을 지으면서도 고개를 끄덕였다. 불만을 늘어놓긴 했지만 그들도 대륙 각지에서 명망을 떨치는 홀리 브레이브의 분노는 피하고 싶었다.

다음 역침공이 발생했을 때 도와주는 걸 거절하기라도 했다간 큰일이다.

"오히려 홀리 브레이브가 머무르고 있다는 걸 국내외로 성대하게 강조해서, 우리나라가 예년과 다름없이 안전하다는 걸 보여줘야죠."

"원수의 의견을 따르지. 하지만 그 노예들은 어떻게 할 생각인가?"

"저를 포함해 여기에 있는 모두가 자금을 모아 구제자금으로서 홀리 브레이브에게 건넨다는 건 어떻습니까? 그 남자라면 어떻게든 잘 처리할 터입니다."

"손은 대지 않지만 돈은 준다는 말인가…………. 그래, 그 정도가 타협점이겠지."

간신히 정리되긴 했지만 까다로운 문제가 하나 더 있었다. 역침공 때 미궁 밖으로 기어 나온 마물을 일소한 마왕을 자칭하는 남자이다.

의회에 앉은 이들에게는 그 남자야말로 마물보다 섬뜩한 존재였다.

"터무니없는 대마법으로 미궁 내의 마물까지 전부 없애버렸다고 하던데…………."

"아무리 그래도 과장이겠지. 그런 마법은 들어본 적도 없어."

전투가 벌어지면 극도의 혼란이 때로는 영웅 같은 존재나 일화를 만들어낸다.

그런 건 세상을 둘러보면 얼마든지 굴러다니는 현상이지만, 이번에는 악질적이게도 여기에 근거를 덧붙여주는 듯한 또 하나의 괴이한 정보가 있었다.

"하지만 스 네오에서 일어난 사건에서는 천사를…………."

"그건 황국이 멋대로 그렇게 부르는 골렘의 일종이겠지."

"유사 천사라고 부르는 곳도 있다고 들었다만…………."

"이름 같은 건 아무래도 상관없고! 그 남자는 무슨 목적으로 우리나라에 들렀던 거냐!"

의회는 또다시 아수라장이 되었다. 여기에 있는 자들은 마왕을 본 적도 없고 대화한 적도 없으니 아무리 억측을 기반으로 이야기한들 무의미한 일이기도 하다.

각각의 목소리를 들으며 원수는 무난하게, 평범한 아이디어를 냈다.

"어쨌든 그 남자가 라비 마을에서 왔다는 건 알려져 있습니다. 무엇을 노리는지 알기 위해서도 한 번 사자를 보내야겠죠. 아무런 인사 없이 넘어갈 수도 없고 말입니다."

그 의견에 사대 귀족들도 주변의 안색을 살피며 고개를 끄덕인 뒤 일어났다.

오늘은 해산인 모양이다.

원수도 뻐근해진 어깨를 풀어주듯 돌리면서 재빨리 그 자리를 떠났다.

————쿠도 공화국, 루키시(市)————

도시는 지금 사람으로 넘쳐났다.

대부분 부랑배나 마찬가지인 사람들이다.

감옥 미궁에서 발생한 역침공으로 인해 도시는 큰 타격을 받았으나, 홀리 브레이브의 지휘하에 조금씩 부흥의 징조가 보이기 시작했다.

일꾼은 주로 미궁에 드나들던 모험가, '루키'라 불리는 단계의 초보들이다.

현재 만약을 대비해 미궁을 봉쇄했기 때문에 루키들이 일할 수 있는 장소는 여기밖에 없었다. 본래 이 세계의 모험가란 결코 화려한 존재도 뭣도 아니고, 학식도 집안도 돈도 없는 자들이 최종적으로 도달하는 장소라고 볼 수 있다.

뭍에서라면 모험가, 바다에서라면 어부라고 할까. 그들 중에는 단순히 힘을 자랑하고 싶은 사람도 있지만 대부분 농가의 차남이나 삼남이다.

경작할 밭도 없고, 광산에서 일할 수 있는 인맥도 없고, 상가에서 일할 수 있는 센스도 없다.

"젠장, 오늘도 흙투성이로 잔해 나르기냐…………."

"불평만 하지 마. 밥값 정도는 되잖아."

그들도 현재 상황은 참으로 본의가 아니었다.

평범한 일을 하면서 먹고 살아갈 능력이나 직업을 지녔다면 모험가 같은 게 될 필요는 어디에도 없기 때문이다.

누가 좋다고 매일 생명의 위기와 함께 해야 하는 직업을 가질까.

그날 벌어 그날 쓰는 그들에게 저금 같은 건 없었고, 크게 다치기라도 하면 거기서 인생이 끝나버린다.

"어제는 저기의 잔해가 무너져서 밑에 깔린 녀석이 있다던데."

"…………다리 잘랐다면서."

"마물의 시취에 목이나 폐가 망가진 녀석도 많다고 들었어."

당연히 이 세계는 현대처럼 의학이 발달하지 않았으므로 한번 다쳐서 후유증이라도 남게 된다면 그야말로 인생이 막혀버린다.

모험가가 된다는 건 목숨을 칩으로 걸어 도박에 임하는 것이나 마찬가지다.

이게 어부라면 배가 침몰하면 한방에 끝이다. 어느 쪽이든 평온한 인생과는 거리가 멀다.

그런 부랑배 집단이 마을에 가득했다.

큰 문제였다.

복구작업을 돕는 자는 극히 일부로, 루키 대부분은 직장인 감옥 미궁이 봉쇄되자 일자리를 잃고 빈둥거리고 있다.

할 일이 없으니 술이라도 마시며 푼돈을 건 소규모 도박이라도 할 수밖에 없다. 도시 여기저기에서 싸움이나 칼부림이 연신 일어났다. 부흥작업 뒤에서 도시의 치안은 나빠지고 있었다.

'고민되는 문제투성이네요……………'

오타메가는 조금 지친 표정으로 가득 쌓인 서류에 시선을 주었다. 평소의 그였다면 권력자와 접촉을 피하고 교외 캠프장에서 야영하는 게 일상이었다.

하지만 이번에는 그럴 수도 없어서 가난한 집에 임시로 머무르며 작업하고 있다.

그때 놀랍게도 밍크가 사람을 더 데려오고 말았다.

일자리 분배며 치안 악화 대책에 쫓기던 차에 한층 더 많은 사람이 쏟아지다니 웃을 수 없는 이야기였다.

오타메가는 지쳐서 그런지 당시의 대화를 자연스럽게 떠올렸다.

"마족령에 잡혀있던 사람들이라고요…………?"

"그래. 뒷일은 잘 부탁해. 용사."

"자, 잠시만요……! 저기, 그들은."

"나의 오른쪽 눈에 깃든 흑봉황이여………… 이 몸에 날개를 내리거라!"

그 말을 끝으로 밍크의 모습은 사라져버렸다.

하지만 그걸로 끝이 아니었다. 밍크는 계속해서 여러 명의 인간을 데리고 나타났고, 오타메가는 이쪽 문제에도 대응해야만 하게 되었다.

500명 가까운 인간의 출신이며 신원 확인만으로도 고생이다.

그중엔 크게 다친 사람이나 극단적인 영양실조도 많았지만, 도시는 역침공 때 다친 사람으로 가득해서 약사가 부족했다.

이곳에도 각국에 세워진 황국의 신전이 있었지만 거기도 이미 포화 상태다.

오타메가는 본국에 도움을 요청했으나 그 대답도 미적지근했다.

'왜 본국은 움직이지 않는 거지…………!'

서류를 쥔 손에 그만 힘이 들어갔다. 오타메가는 몰랐으나, 그들 중에는 황국이 팔아치운 사람도 섞여 있었으니 도움 같은 걸 줄 리가 없었다.

도움은커녕 그대로 죽어주면 고맙겠다는 게 본심이다.

게다가 황국은 지금 다른 중요한 일이 있었다.

'나쁜 일은 한꺼번에 온다고 하지만, 이건 너무도………….'

요즘은 이미 스 네오의 수도에서 발생한 소란도 오타메가의 귀에 들어와 그 마음을 한층 어둡게 했다.

본국의 일파가 사타니스트의 공격을 받아 응전, 수도가 반파되었다고 한다.

더불어 폭주해버린 천사를 놀랍게도 그 마왕이 어렵지 않게 일격으로 격파했다는 이야기가 있다. 사타니스트가 소환한 악마를 성녀가 격퇴했다는 소문까지 흘러들어왔다.

어느 이야기도 현지에 가서 면밀히 조사해야 하는 내용이었지만, 지금 오타메가는 도저히 이 땅을 떠나 사실을 검증할 여유가 없었다.

"요, 용사님……! 교외에 밍크 님이…………!"

"벌써 그런 시간입니까. 감사합니다, 오뚝이 씨."

"아, 아뇨. 제 이름은 해머인데요…………."

눈앞에 나타난 해머를 보고 오타메가도 자리에서 일어났다.

문제는 이미 산더미였지만 한층 쐐기를 박듯이 큰 문제가 발생했다. 수인장 중 한 명이 마족령에 잡혀있던 인간들을 데려온 것이다.

보통 사람이었다면 이미 머리가 터져버렸을 일이다.

"오뚝이 씨, 밍크 씨는 어땠습니까?"

"그, 그것이, 뭐라고 말씀드릴지……. 그, 어둠이 어떻다고 하시는데, 저는 너무 어려워서…………."

"이런 때에도 그 사람은 변하지 않네요."

"그, 그리고 제 이름은 해머인데요…………"

깊이 생각에 잠긴 오타메가의 귀에는 해머의 목소리가 들리지 않아 오늘도 이름을 정정하지 못했다.

원래는 아카네가 '오뚝이 아저씨'라고 부른 게 발단이었으나, 밍크도 그 이름으로 불렀기 때문에 오타메가에게 전염된 결과이다. 그 자리에 없어도 남에게 폐를 끼친다는 점에선 마왕과 아카네는 무척 많이 닮은 존재였다.

"""기다리고 있었습니다, 오타메가 님————.""""

집에서 나오자 하얀 기사들이 줄을 지어 오타메가를 기다리고 있었다.

북방국가군에서 하얀 삼연성이라고 불리는 강자들이다. 그들의 리더인 카이야는 순간적으로 해머를 노려본 뒤 입을 열었다.

"오타메가 님, 수인장이 왔다니………… 사실입니까?"

"아마도 사실이겠죠. 그 S랭크 두 명이 엮인 일이니까요."

"그 망할 암컷들, 골치 아픈 문제만 끌고 오다니…………!"

삼연성은 분개했지만, 본래는 좋은 소식이다.

마족령에 노예로 잡혀있던 인간들이 해방되었으니까. 다만 타이밍도 나쁘고 장소도 나빴다.

하필이면 왜 루키시였는가. 이만큼 문제가 산적한 도시에 수많은, 그것도 정체를 알 수 없는 인간을 받아들일 여유 같은 건 없다.

"아무튼 여러분은 작업으로 돌아가 주세요. 혼란이 일어나지 않도록 부탁드립니다."

"하, 하지만 수인장과 홀로 만나시는 건 너무 위험합니다……!"

"괜찮습니다. 여차하면 오뚝이 씨에게 지켜달라고 하죠."

"…………네?! 저, 저요?!"

오타메가가 드물게도 농담을 던지며 가볍게 웃었다.

실제로 이젠 웃음밖에 안 나오는 상황이었으나, 삼연성이 해머를 보는 시선이 한층 더 날카로워졌다.

오타메가가 손을 흔들고 떠나자 그 뒤를 해머가 허둥지둥 쫓아갔다. 삼연성은 걱정하며 오타메가의 뒷모습을 지켜보았으나, 카이야의 입에서 그만 진심이 튀어 나갔다.

"저 남자…… 오타메가 님 주변을 알짱알짱…………!"

알테마와 머시룸도 분노하는 표정을 지으며 말했다.

여태까지 억눌렀던 것이 흘러나온 모양이다.

"그러니까! 저 남자는 대체 뭐냐고!"

"오타메가 님에게 추파를 던지다니……… 반드시 막을 테다, 반드시!"

해머에게는 억울하기 그지없는 오해였다.

그는 우연히 밍크와 안면을 텄을 뿐인 일반인이고 아무런 꿍꿍이도 없다.

바빠 보이는 오타메가의 모습을 본 밍크가 '오뚝이 씨도 도와 줘'라고 말한 게 전부다.

"저 남자는 마음에 들지 않지만……… 뭐, 몸만은………."

카이야의 눈이 해머의 출렁이는 옆구리살이며 엉덩이로 향했다.

다른 두 사람도 그 말을 듣고 해머에게 날카로운 시선을 보냈다.

"제법 중후하지. 흔들리는 곡선이 아름다워."

"엉덩이는 조금 더 큰 게 좋지만."

해머가 들었다면 벌벌 떨었을 법한 소리를 잇달아 늘어놓았지만, 들리지 않았다는 게 그나마 다행이었다.

"이쪽이야. 용사, 오뚝이 씨."

도시 정문을 나오자 그곳에는 밍크와 오르간이 서 있었다.

"원인의 수장이 슬슬 도착한대."

"그렇, 습니까………. 밍크 씨는 이미 면식이 있는 건가요?"

"그래, 같이 거대한 악을 치기 위해 싸웠지. 작은 어둠은 더 큰 어둠에 삼켜졌어. 큭큭."

밍크는 오른쪽 눈에 손을 가져가더니 의미심장한 소릴 중얼거렸지만, 딱히 의미는 없었다.

오타메가도 밍크의 언동은 깊게 따져보지 않는다.

"그리고 이 일이 끝나면 우리는 출발할 거야."

"이 도시는 역침공으로 인해 큰 피해를 당했습니다. 이 이상 많은 인간을 받아들이는 건 어려울 테죠."

"그건 당신의 본국에 도와달라고 하면 되잖아."

"그것이, 썩 긍정적인 대답이 돌아오지 않아서…………."

오타메가는 부끄러운 듯 두 주먹을 움켜쥐었지만 어떻게 할 수 없는 일이었다.

그렇지 않아도 북방국가군은 전란이 이어지고 있어, 각국에선 눈에 불을 켜고 난민을 쫓아내며 새로 들어오지 않도록 국경을 엄중하게 닫아두고 있다.

난민을 받아들여봤자 식량과 물을 낭비할 뿐, 집도 없는 그들을 부양할 수 있는 여유는 어디에도 없다.

있다고 해도 그걸 외부에서 들어온 난민을 위해 쓸 생각은 추호도 없으리라.

신원 불명자를 대량으로 받아들였다가 언제 도둑이나 방화범으로 변모할지 알 수 없으며, 자칫 전염병이라도 들어왔다간 큰일이라는 태도이다.

모험가로서 북방국가군을 돌아다닌 밍크는 어느 정도 이해하는 바였지만, 오르간은 신랄했다.

"네 나라는 늘 그렇지. 입으로는 구제를 내걸면서 실제로는 아무것도 하지 않아."

"잠깐, 오르간…………."

"그저 방관자일 뿐이라면 그나마 낫지. 하지만 네 나라는 불화를 퍼트릴 뿐이다. 북방국가군에 신전을 세워 싸움을 부추기고, 대량의 식량을 나눠주며 끝없는 수렁을 만들고 있어."

오르간의 말에 오타메가는 아무런 반박도 하지 못하고 시선을 숙였다.

실제로 북방국가군이 이토록 오래 전쟁을 이어갈 수 있는 것도 황국이 팔아주는 저렴한 식량이 있기 때문이다.

그게 아니었다면 각국은 이미 고갈되어 자연스럽게 화해나 휴전하는 흐름으로 넘어갔을 것이다. 계속해서 전쟁을 이어갈 수 있는 나라는 존재하지 않을 테니까.

그 끝없는 수렁을 의도적으로 만들어내는 게 라이트 황국이었다.

황국은 서방에서 판도를 넓히면서도 북방의 전쟁을 멀리서 구경하며 체스판 위의 말이라도 움직이듯 일부러 전쟁을 길게 끌어 각국을 소모시키는 정책을 채택하고 있다.

"이름뿐인 빛과 힘을 써서라도 구원해주는 자. 이 쌍방이 천칭에 놓였을 때—— 과연 민중은 어느 쪽을 따를까?"

"…………그건 그분을 가리킨 말씀입니까?"

"여기에 온 인간도 앞으로 올 인간도 전부 그 남자가 움직인 결과다. 그동안 빛과 구제를 내세우는 네 나라는 뭘 했지?"

"잠깐만, 오르간! 그에게 말해봤자 소용없잖아…………!"

오르간이 부딪치는 폭풍 같은 말에 오타메가는 반론하지 않고

말없이 머리를 숙였다.

　실제로 마족령에 침입하여 잡혀있던 인간을 구출한다는 건 현실성이 없다. 누가 하라고 시켜서 할 수 있는 범주의 이야기가 아니다.

　오르간의 언동은 무모한 요구라 할 수 있지만, 오타메가는 더없이 진지하게 받아들였다.

　"본국의 부족함도 전부 제가 부족하기 때문입니다."

　"흥…………."

　조용히 머리를 숙이는 오타메가의 모습에 오르간은 시시하다는 듯 고개를 돌렸다. 그녀는 원래 마의 섬멸을 내건 황국에게 좋은 감정이 없었다.

　"실례지만 당신의 변화도 그분과 관련이 있는 겁니까?"

　오르간은 마의 기척을 지우는 마도구를 지니고 있다.

　하지만 홀리 브레이브인 오타메가의 눈은 속일 수 없다. 그가 지금 오르간에게서 느끼는 기척은 마인이 아니라 완전한 '악마'였다.

　"나는 루시퍼에게 선택받은 여자다————."

　오르간은 후드를 벗으며 운명적인 말을 입에 담았다.

　그 말과 머리에 난 뿔을 본 오타메가는 침을 꿀꺽 삼켰다. 흉악한 기척만이 아니라 거기에서 어마어마한 '불꽃'의 힘을 느꼈기 때문이다.

　"오르간, 당신…………. 아직도 그런 소릴 하는 거야?!"

　"진실을 말하는 게 뭐가 문제지?"

"눈을 뜨라고! 마음마저 빼앗겨버리면 어떡해!"

"딱히 몸도 빼앗겨도 상관없다."

"싫어어어어어어! 그 남자의 세뇌가 거기까지……. 나도 세뇌나 저주가 진행되면 저렇게 되는 거야?!"

"아니, 너는 괜찮을 거다…………."

떠들썩한 두 사람의 모습을 보며 오타메가의 등에 식은땀이 흘렀다.

이러니저러니 해도 든든한 존재였던 두 사람이 어느새 마왕에게 농락당했으니까. 오타메가가 보기에는 인류측의 주력을 빼앗긴 셈이었다.

"에초에 선택받은 어자라니——."

"안심해라, 밍크. 너는 선택받지 못했으니."

"자, 잠깐! 그건 그거대로 뭔가 무례한 뉘앙스 아니야?!"

"너는 선택받지 못했다. 몇 번이든 말하지. 선택받지 못했어."

"아아아아! 그런 식으로 말하면 왠지 화가 나!"

사실 오르간의 '선택받았다'는 말도 틀린 건 아니다.

마왕이 그녀에게 준 《발키리》는 불야성 공방전 때 전 세계의 플레이어를 배신하고 대제국의 마왕에게 붙은 자에게 하사하는 의상이다.

평범한 플레이어가 보기엔 어떤 게임에서도 최종 보스 타도가 최종 목표이자 원하는 바이다. 그런데 황당하게도 최종 보스 쪽으로 배신하여 자신들의 적이 되어 공격해대다니!

불야성을 둘러싼 전투에서는 측근들 이전에 배신한 플레이어와 치열하기 그지없는 전투를 벌이고 이겨야만 하는 구조였다.

이건 '오오노 아키라'가 플레이어들 사이에 단절을 만들고 분열시키려는 의도로 집어넣은 설정이었으나, 몇 년 사이에 그 관계가 이어지면서 그 단절과 분열은—— '진짜'가 되었다.

본인도 거기까지 의도하진 않았을 그 현상은 다양한 불확정 요소를 품게 되었다. 이것도 여담이지만——.

측근들이 보기에도 《임페리얼 나이츠》와 《발키리》의 제복을 입은 플레이어는 특별한 존재였다. 먼저 서로 공격이 불가능하다.

특수한 관계이기 때문에 광범위 공격을 가해도 서로 노 데미지 판정이 들어간다.

과거 회장에서는 후반기에 들어가면 이러한 배신자 플레이어들이 맹위를 떨치기도 했기에, 측근에겐 '아군'이기만 한 것이 아니라 '든든한 아군'이라는 지극히 드문 인식을 느끼는 존재이기도 했다.

그런 의미로 보아도 오르간의 '선택받았다'는 말은 틀리지 않았다.

"어라, 저 흙먼지는………… 왔나 보네."

"마차 수가 상당하군."

선택을 받았네 아니네 하며 무의미한 언쟁을 하던 두 사람이었지만, 후방에서 피어오르는 흙먼지를 보고 경계하듯 눈을 가늘게 떴다.

이윽고 노란색 구름 비슷한 것을 탄 몽키 매직과 샤오쇼가 나타났다.

"후우, 드디어 도착인가. 길었군."

"이건 기력을 무식하게 잡아먹으니까 별로 타고 싶지 않아⋯⋯."

소문으로 듣던 수인장을 처음 본 오타메가는 경계하며 시선에 힘을 줬다. 뒤에서 공기가 되었던 해머는 다리에 힘이 풀린 듯 비틀비틀 바닥에 주저앉았다.

"오⋯⋯? 다치지도 않았는데 붕대를 두른 여자. 너 살아있었나?"

"당연하지. 마음대로 죽이지 마."

"아가씨, 오늘은 녹인(鹿人) 흉내는 안 하는 거요? 폴짝거리면서 뛰어도 괜찮은데."

"누가 녹인이라는 거야!"

친근하게 대화하는 밍크를 보며 오타메가는 복잡한 표정을 지었다.

인류라는 종의 커다란, 중요한 파츠가 빠져버린 듯한 감각이다. 그녀가 여태까지 그랬듯 인간을 위해 움직여줄지 아닐지 알 수 없게 되었기 때문이다.

오르간도 앞으로 나와 짧게 말을 나눴다.

"그쪽에선 신세 졌다."

"음. 전보다 눈빛이 좋아졌군. 망설임이 없는 여자는 강해지지."

"흥⋯⋯⋯⋯."

오르간은 드물게도 미소를 지은 뒤 후방에서 가까워지고 있는 흙먼지로 시선을 주었다.

뚜껑이 없는 형식의 마차 여러 대가 줄을 지어 다가오고 있었다.

마차를 끄는 말은 신수(神獸)라고도 마수라고도 불리는 슬레이프니르였다.

검은색의 거대한 몸뚱이에 눈을 찌를 듯 하얀 갈기, 그리고 8개의 다리가 달렸다. 인간이 다루는 말과는 차원이 다른 존재라는 건 말할 것도 없다.

오르간은 그걸 보고 일단락되었다는 듯 입을 열었다.

"이걸로 이 일은 끝. 우리는 북쪽으로 간다."

"북쪽이라고요?"

오타메가가 날카롭게 물었지만 오르간은 아무런 대답도 없이 눈을 감았다.

대답할 의무는 없다는 의미인 모양이다.

"그럼 이걸로 우리 일도 끝이군. 돌아가서 술을 마시며 연회다!"

"나리, 또 연회야? 나는 지쳤는데…………."

"그리고 상자를 맨 이상한 인간── 그래, 너."

몽키 매직은 오타메가를 일별하더니 도발하는 듯한 말을 던졌다.

그 눈빛은 날카롭고, 살의마저 담겨있었다.

"열등한 인간치고는 제법 하는 모양이지만………… 우리의 숲에 들어오면 죽인다."

"…………그럴 기회가 없도록 기도하겠습니다."

"그리고 악신에게 전해! 이 머리의 악세서리는 이제 안 돌려준다고!"

몽키 매직은 그 말만 남기고는 구름을 타고 가볍게 날아갔다. 남은 샤오쇼도 무언가 소리치면서 뒤를 쫓아갔다.

"잠깐, 나리! 나를 두고 가다니 너무하잖수!"

"앗차, 깜빡 잊었네."

구름이 유턴하며 돌아오더니 캇파를 낚아채면서 공중제비를 돌았다. 그 자유로운 움직임에 마차에 있던 사람들에게서 감탄이 터졌다.

그건 인간들에게 보여주기 위한 일종의 과시 행위였던 건지도 모른다. 멀리 떨어진 상공에서 도발하는 듯한 미소를 짓던 몽키 매직의 일굴은 이느새 무표정이 되었다.

"저 상자 인간── 위험하군."

"무슨 의미요?"

"나도 질지도 몰라. 아니, '호랑이'여도 위험할 수도 있어."

"하하, 농담도 참. 나리나 호랑이를 이길 수 있는 인간은……."

샤오쇼는 가볍게 웃었으나 몽키 매직의 안색을 보고 웃음을 거뒀다. 자존심이 강한 몽키 매직이 농담이라고 해도 그런 말을 할 리가 없다.

"만약을 위해 저 상자 인간도 타츠 님에게 보고해야겠어."

"네, 넵…………."

구름이 속도를 올려 순식간에 시야에서 사라졌다. 그와 동시에 마족령에 잡혀있던 인간이 차례차례 마차에서 내려 기쁨에 찬 환호를 질렀다.

인간의 나라로 돌아왔다는 걸 새삼 통감한 모양이다. 그 수는 적게 잡아도 수백 명. 오타메가는 그 규모에 현기증이 날 뻔했다.

무시무시하게도 그중에는 바니로 보이는 존재마저 있었다. 아무리 오타메가라고 해도 머리가 새하얘지는 광경이었다.

오르간은 그걸 보고 홀리 브레이브를 향해 무심히 말했다.

그건 도움의 손길 같은 게 아니라, 굳이 따지라면 말 그대로 '악마의 속삭임'이었다.

"감당할 수 없을 것 같다면 그 남자에게 떠넘겨라."

"…………말도 안 되는 말씀 하지 마세요."

오르간의 말에 오타메가가 눈을 부릅떴다. 그 남자란 당연히 마왕을 가리킨다. 오타메가에겐 웃을 수 없는 이야기였다.

모처럼 마족에게서 해방되었는데 그 수장 밑으로 다시 보내는 셈이다.

"그럼 네게 좋은 아이디어라도 있나? 녀석들을 진심으로 받아들이고 환영해줄 장소라도? 그런 것이라면 아무 말도 안 하겠다만."

"본국에 제가 직접…………."

"네가 돌아오기 전에 내쫓을 게 뻔하지. 만에 하나 네 말대로 받아들인다고 해도 마족에게 잡혀있던 녀석들을 그 나라에서 환영하리라고 보나? 더러워진 존재, 악마 빙의라고 칭하면서 본보기 삼아 화형시키는 게 고작이겠지."

오르간의 가차 없는 지적에 오타메가는 돌려줄 말이 없었다.

스스로도 그렇게 되리라는 걸 예상할 수 있었기 때문이다.

"이건 조언이다. 이번에는 그 남자에게 맡겨. 이 사태를 만든

장본인에게 떠넘기면 그만이다. 너희 인간은 **책임을 묻는 걸** 아주 좋아하지 않나."

"················윽."

오르간은 마음껏 비아냥을 던지며 오타메가를 도발했다.

정확하게는 오타메가가 아니라 그 뒤에 있는 황국을 향해 오랫동안 쌓여왔던 무언가를 부딪치고 싶었던 것이리라.

두 사람의 모습을 보다 못한 밍크가 끼어들었다.

"용사, 편한 마음은 아닐 테지만 이번에는 오르간의 말이 맞아. 황국에 보낼 바에야 성광국에 보내는 게 그나마 나을걸."

"하지만············."

미적거리는 오타메가 앞에 별안간 한 쌍의 남녀가 나타났다.

타하라와 유우였다.

"오오, 제법 많은데. 이게 바로 보물섬? 장관님 만세잖아!"

"부상자나 환자도 많은 것 같네············. 후후, 확실히 보물섬이야."

각자의 입에서 나온 말에 오타메가는 혼란스러워졌다.

대체 무슨 의미로 하는 말인가. 왜 기뻐하는 건가.

애초에 그들은 어디에서 나타난 건가.

오타메가의 혼란을 뒤로 타하라와 유우는 사람들 무리를 보던 시선을 오르간에게 돌렸다. 정확하게는 그 옷을 입은 존재를.

"오오! 당신이 장관님이 선택한 '제1호'인 거야? 든든한 동료가 늘어났다는 건 기쁜 일이라니까."

"이 세계에서도 손꼽히는 실력자라면서. 환영할게."

타하라만이 아니라 유우마저 부드러운 미소를 지으며 오르간을 보았다.

측근들에게 그 의상을 받은 자는 묻지도 따지지도 않고 '든든한 아군'이다. 거기에 개개인의 감정이 끼어들 여지 같은 건 없다.

그 실력이 어떻든, 인격이 어떻든, 그런 걸 초월한 무언가이다. 그 남자, '오오노 아키라'의 설정이 훌륭하게 반영된 결과라고 할 수 있다.

"나는 오르간이라고 한다. 옆에 있는 밍크는 선택받진 못했으나 적도 아니지. 잘 부탁한다."

"자, 잠깐. 나는 선택받을 마음도 없거든!"

타하라는 실실 웃었고, 유우는 밍크를 무시하듯 오르간에게만 미소를 지었다.

유우만큼은 아니지만 오르간도 목적을 위해서라면 수단을 가리지 않는 냉혹함을 지녔다. 두 사람은 어딘가 기질이 닮았다.

앞날을 생각하면, '대제국의 마왕'에 긍정적 영향을 준다고 판단하면 이 두 사람은 어떤 비정한 행동이라도 저지를 것이다.

그게 서로 전해진 건지 유우와 오르간은 그 자리에서 이동해 둘이서만 무언가 대화를 나눴다. 타하라는 바로 인간들을 데리고 돌아가고 싶은 건지 오타메가를 향해 결정된 사항인 양 말했다.

"그럼 뒷일은 우리에게 맡기시고. 황국에 인사 전해줘."

"기다려주세요! 당신들은 저분들을 다시 노예로 삼을 생각입니까?!"

오타메가의 매서운 항의에 타하라는 황당하다는 듯 머리를 긁적였다.

"누가 들을까 겁나는 소리 하지 말고. 이쪽은 갓난아기의 손이라도 빌리고 싶을 만큼 바쁘거든? 손이 빈 노동력이 있다면 싹싹 긁어서 데려가고 싶은 수준이야."

"죄송하지만 그들의 안전을 확————."

"뭐, 그럴 줄 알았지. 루나 아가씨와 마담의 친서를 받아왔어."

타하라는 단단히 봉인된 편지를 오타메가에게 건넨 뒤 담배를 피우기 시작했다.

거기에는 성광국의 성녀와 대부호로 유명한 마담의 이름이 적혀 있었으며, 신변을 보장한다는 내용이었다.

편지를 든 오타메가의 손이 희미하게 떨렸다. 이걸 보고도 이 이야기를 거절한다면 성광국의 성녀와 마담의 얼굴이 먹칠을 하는 셈이 되니 외교 문제로 번질 수 있다.

"걱정하지 마. 다른 곳에서 사는 것보단 우리 쪽에서 일하는 게 더 쾌적하게 벌 수 있으니까."

거짓말. 오타메가는 그렇게 외치고 싶었으나 편지가 그것을 부정했다. 거기에는 대륙 전체에서도 유복하기로 소문난 마담의 이름이 적혀 있기 때문이다.

마담은 영지 내에 흙의 마석이 매장된 광석을 많이 보유하고 있으며, 광부로 부리는 것이라면 실제로도 노동력이 필요할 것이다. 광산 안에서도 위험한 장소에서 일을 시킨다면 '예비'가 필요하다는 게 이 세계의 상식이었다.

오타메가는 길게 침묵한 끝에 힘이 다한 듯 타하라에게 가죽

주머니를 건넸다.

본국의 협력은 기대할 수 없고, 이대로 내버려 두면 공화국의 의회는 반드시 그들을 짐승이라도 쫓아내듯 강제로 몰아낼 것이다.

그렇지 않아도 역침공의 피해 복구에 쫓기는 오타메가로서는 어떻게 할 수가 없다.

완전히 막힌 상태였다.

"지금의 저에겐…… 그들을 구할 방법이 없습니다. 하다못해 이걸 사용해주세요. 공화국 의회에서 받은 자금이고, 이쪽은 제 사비입니다."

"…………어이쿠, 제법 들어있는데?"

의회가 준 돈과 오타메가의 전 재산이 들어있는 것으로 보이는 상자를 받은 타하라는 무심코 말문이 막혔다.

의회에서 줬다는 돈은 그렇다 쳐도, 오타메가가 건넨 상자에는 타하라도 잘 아는 성화가 다섯 개나 들어있었기 때문이다. 타하라는 현재 이것이 지닌 가치를 잘 알고 있다.

'이거 아주 성가신 녀석인데………….'

홀리 브레이브의 과감한 배포에 타하라는 내심 혀를 내둘렀다. 세상에 누가 모르는 사람을 위해 몇 억이나 되는 돈을 쾌척할 수 있을까?

그런 사람이 있다면 정말로 극악한 악당이거나, 이해할 수 없는 정신세계를 지닌 인간일 것이다. 물론 타하라가 보기에 오타메가의 정신세계는 이해하기 어려운 종류였다.

홀리 브레이브라고 불리는, 생긴 건 변변치 않은 아담한 남자에게서 느껴지는 고결한 무언가를 감지하고 두려움을 품는 것과 동시에 이런 생물이 이 세상에 존재한다는 게 곤혹스럽기도 했다.

타하라가 아는 인간이란 결코 깨끗하지 않다. 각자의 욕망이나 목적, 본인의 이해득실을 가장 먼저 생각하는 생물이기 때문이다.

그렇기에 상대를 이해할 수도 있고, 책략을 써서 몰아갈 수도 있다.

하지만 눈앞의 오타메가는 한 책략 같은 걸로 어떻게 할 수 있을 법한 정신세계를 지닌 **생물**이 아닌 것처럼 보였다.

타하라는 천천히 담배를 피우며 절절히 느꼈다.

'이 녀석과 관련된 건 장관님 안건으로 넣어두길 잘했어. 나는 감당할 수 없는 상대야.'

타하라는 상자는 말없이 오타메가에게 돌려준 뒤 난민 집단을 향해 걸어갔다.

오타메가는 돈을 되돌려받은 게 곤혹스러워서 다급히 그 뒤를 쫓아갔다.

"기다려주세요! 이 돈으로 하다못해 그들의 처우를——."

"필요 없어. 이 도시도 지금 난리잖아? 그쪽에 쓰는 게 어때?"

"하지만…………!"

"미안한데 나머지는 장관님과 이야기해줘. 나는 머리 아픈 일은 상사에게 맡기는 타입이거든."

그렇게 말한 타하라는 손을 팔랑팔랑 흔들며 떠나갔다.

오르간과 이야기를 마친 유우도 돌아왔으나, 그녀는 오타메가에게 싸늘한 시선을 한 번 던졌을 뿐이었다.

"또 만났네."

"…………지난번은 협력해주셔서."

감사하다고 말하고 싶었으나, 오타메가의 입에서는 도저히 다음 말이 나오지 않았다. 고마움을 표하기에는 유우에게서 감도는 기척이 너무나도 흉악했다.

지난번 역침공을 일으킨 건 이 여성이 아닌지 의심스러울 정도다.

"당신 이야기는 환자들에게 자주 들어. 상당히 훌륭한 뜻을 품고 있는 것 같은데, 정말 그 뜻을 이루고 싶다면 장관님의 뜻을 따르도록 노력해."

"그건, 무슨 의미로 말씀하시는 거죠…………?"

"어머, 대놓고 듣지 않으면 몰라? '신의 뜻을 따르라'고 하는 거잖아━━."

"신, 이라고요…………?!"

유우의 입에서 나온 말에 오타메가는 눈앞이 캄캄해지는 걸 느꼈다.

이전에 마왕도 당당하게 '자신을 거스르는 자야말로 반역자'라고 대답했었기 때문이다. 궁여지책으로 쥐어 짜낸 말일 뿐이었지만 점점 덧붙여지며 색이 풍성해지고 있었다.

유우는 마왕 안의 '절대적인 창조주'의 기척을 느끼니 말 그대로 '신'이라고밖에 표현할 방도가 없었으나, 오타메가에겐 웃을 수 없는 이야기였다.

타천사 루시퍼를 신이라고 해버린다면 전승은 모두 다 어긋나 버린다.

"다, 당신에게는, 그분이야말로 신일지도 모르지만⋯⋯⋯⋯."

"가까운 미래엔 누구에게나 그렇게 될 거야── 장관님의 '뜻'은 '세계의 상위'에 존재해."

유우는 의미심장한 말을 남기고 오타메가를 제대로 쳐다보지도 않은 채 떠나갔다. 그녀에게 오타메가 같은 건 단순한 풍경에 불과한 모양이다.

오타메가 또한 떠나가는 유우의 모습에 전율을 느꼈다.

흉악한 기척을 두른 것뿐이라면 그나마 낫다. 타천사 루시퍼의 권속이라면 당연하다고 이해할 수 있다. 하지만 유우의 기척은 그것만이 아니었다.

'왜 저런 여성에게 믿어지지 않을 만큼 막대한 '기도'가 바쳐진 거지⋯⋯⋯⋯!'

홀리 브레이브인 오타메가는 선악의 기척에 몹시 민감하다. 그런 그의 눈을 통해 보는 한, 유우는 흉악한 기척만이 아니라 반짝이는 빛도 무수히 두르고 있었다.

그것은 힘없는 자들이 바친 기도이자 희망과 소원, 그리고 감사였다───.

황국에서도 덕이 높은 일부 성직자가 비슷한 광채를 발하지만 유우의 그것은 심상치 않을 만큼 '고농도'였다.

오타메가가 본 그 압도적인 광휘는 거의 '신앙'에 가깝다.

'저 여성은 결코 행복이나 축복을 가져다주는 존재가 아닐⋯⋯ 텐데⋯⋯.'

오타메가야 알 수 없었지만, 유우는 빈민을 상대로 대가를 받지 않는 의료행위를 베풀고 있다. 이 시대에 돈이 없는 빈민이 병에 걸리면 죽음으로 직행이다.

부상도 마찬가지며, 약값 때문에 가난해진 사람도 많다.

그걸 고려하면 무상으로, 그것도 어떤 병이나 상처도 완치시키는 유우의 존재는 환자의 시각에선 완벽한 '구원의 여신'이었다.

'저 여성에게 바쳐진 기도는 마치 여신을 숭배하는 듯한⋯⋯.'

오타메가의 머릿속에 떠오른 것은 오래된 전승에서 노래하는 '여신 모이라'였다.

황국에서는 이미 금기에 가까운 대우를 받는 존재다.

전승에 나오는 그녀의 모습은 대단하다.

위대한 빛을 상대로도 당당히 그 방침에 참견하기도 하고, 때로는 그녀가 내린 결정에 빛도 순순히 따르고, 때로는 빛마저 휘둘렀다고 적혀 있다.

그 정도의 힘을 지닌 존재가 루시퍼의 타천과 함께 역사에서 모습을 지웠다.

'설마, 그럴 리 없다고는, 생각하지만요⋯⋯⋯⋯.'

여신이 그 후에 어떻게 되었는가. 전승은 침묵한다.

황국에서는 흑심을 드러낸 루시퍼와 대치하였다가 패배하였다는 이야기가 정설처럼 돌고 있지만, 세간에는 루시퍼와 함께 타천했다는 가설도 퍼져있다.

사실 그 가설이 뿌리 깊게 지지받아, 지금은 그쪽이 정설이 되었다고 해도 과언이 아니다.

변덕스러운 구원을 내리고, 때로는 무한한 수면을 주고, 때로는 그 운명을 휘두르고, 빛마저도 자신의 결정을 따르게 만드는 등 파격적인 일화가 너무 많았기 때문이리라.

민중은 루시퍼와 함께 타천하는 것이야말로 자유분방한 여신 모이라 님에게 어울린다고 생각했다. 그 가설을 황국이 아무리 부정하든 계속해서 지지해왔다.

'그때 두 사람이 나란히 선 모습은 정말로…………'

오타메가는 지난번 역침공 때 높은 곳에서 구름처럼 몰려든 마물 무리를 내려다보고 있던 두 사람을 떠올렸다. 그것이야말로 타천한 루시퍼와 여신 모이라의 모습이 아니었을까.

'처음 만났을 때 그분은 모습을 숨기고 목소리밖에 없는 존재였지. 그리고 지난번엔…………'

모습을 드러낸 마왕은 말 그대로 칠흑의 존재였다. 한없는 '예지(叡智)'와 '폭력'을 기적처럼 품은 희대의 반역자에 걸맞은 용모였다.

'일부 전승에는 여신 모이라가 **세 명**이라는 기록도 있었는데…………'

다양한 일화와 전승이 오타메가의 머릿속에 떠올랐다가 가라앉으며 그 사고를 한없는 수렁 속으로 끌고 들어갔다.

"요, 용사님……. 저기, 다른 분들이, 움직이고 있는데요……."

조심스러운 해머의 목소리에 고개를 들자 루키시에 왔던 민중이 이동을 개시하고 있었다.

오타메가는 말없이 그 움직임을 눈으로 좇았다.

교외에서 대기하고 있었는지 마차가 차례차례 나타나자 민중들은 웃으면서 올라탔다. 모든 마차에 북방국가군에서도 유명한 버터플라이 가문의 깃발이 달려있었다. 그 위세가 어마어마했다.

"요, 용사님…… 부탁이 하나 있는데요…………."

"부탁이요?"

"저도 저분들과 함께 가고 싶어서요…………."

"오뚝이 씨도요?"

해머도 많은 생각을 했다.

굼뜬 자신은 복구작업에 참여할 수 없을 것 같았고, 이 도시에 있어봤자 젊은 모험가들에게 구박받는 나날이 반복될 뿐이다.

그렇다면 새 땅에서 다시 시작하는 게 그나마 낫지 않을까.

눈치가 빠른 오타메가도 힘없이 고개를 끄덕였다.

"이걸 가져가세요. 어느 업자든 가장 빠르게 편지를 전해줄 겁니다."

"펴, 편지, 라고요…………?"

"문득 생각났을 때여도 괜찮습니다. 근황을 알려주세요. 저는 당분간 이 도시에 있을 테니까요."

오타메가가 해머에게 금속 조각을 건네며 오른손을 내밀었다. 해머는 그게 무엇을 의미하는지 몰랐으나, 잠시 후 악수를 청한다는 걸 간신히 깨달았다.

동시에 당황했다.

"저, 저 같은 사람이…… 용사님과, 그런, 황공한…… 앗."

오타메가는 해머의 손을 잡고 부드럽게 웃었다.

그 눈에는 상대방을 한 명의 인간으로 인정하고 배려하는 무언가로 가득했다.

"오뚝이 씨. 당신 덕분에 무척 도움이 되었습니다."

"아, 아뇨, 저는, 아무것도…………."

"당신과 있으면 신기하게 어깨에서 힘이 빠졌거든요. 성의 상자에 선택받은 뒤로 그런 나날은 이제 오지 않을 거라고 생각했는데…………. 부디 건강하시길."

홀리 브레이브의 친절한 말에 해머는 무심코 눈물이 맺혀서 허둥지둥 머리를 숙였다. 한심하게 우는 모습을 보여주고 싶지 않았던 건지 그대로 힘차게 달려갔다.

오타메가는 조금 쓸쓸하다는 듯 떠나가는 민중들을 계속 지켜보았다.

Maousama
Retry!

마
왕
님,
리
트
라
이
!

재회

━━━━━수인국, 비밀기지━━━━

《뭐 대충 그렇게 됐어. 장관님, 이러면 된 거야?》

《그래, 잘했다.》

마왕은 움막 욕조에 몸을 담그며 타하라와 통신을 나누고 있었다.

홀리 브레이브와 만난 것, 수인국에서 많은 인간을 송환한 것, 그들을 순차적으로 라비 마을에 보내고 있다는 것.

오가는 내용은 다양했지만 둘 다 만족스러워 보였다.

《타하라, 너는 그 남자를 어떻게 봤지?》

《홀리 브레이브? 그건 내가 감당할 수 없는 녀석이야. 마치 '순수'라는 글자가 옷을 입고 돌아다니는 것 같아……. 나처럼 잔꾀를 굴리는 타입은 거들떠보지도 않을걸.》

타하라의 감상에 마왕은 화주를 입에 흘려 넣으며 곰곰이 고민했다. 그런 말을 하면 잔꾀는커녕 거짓말과 사기, 착각, 오해로 가득한 자신은 뭐가 되는가.

《그런 타입에겐 유우도 안 먹힐걸. 미안하지만 그 양반은 전면적으로 장관님에게 맡길게.》

《그래. 그 남자는 내가 상대하지.》

《장관님이 상대한다면 아무 걱정 없지. 그런 타입은 솔직히 적으로 돌리고 싶지 않아. 이기든 죽이든 이쪽은 손해만 보잖아.》

타하라가 봤을 때 그 용사를 죽인다고 해도 민중들이 돌을 던질 뿐 아무런 이득도 없다. 오히려 민중의 마음은 일제히 멀어질 것이다.

아마도 그건 수습할 수 없는 실책이 될 테고, 민중이 품은 원한은 언젠가 커다란 반발을 낳아 타하라가 가장 두려워하는 '대란의 싹'으로 이어질 것이다.

《나는 그렇게 생각하는데, 장관님은 어때?》

타하라는 마왕의 심중을 살피듯 일부러 가벼운 어조로 말했다.

대제국에 있을 때의 마왕이라면 그 홀리 브레이브 같은 존재는 바로 처형해서 민중에게 공포를 심을 것이라고 생각하며.

독재자란, 공포 정치란 민중에게 희망을 품게 만드는 존재를 결코 용서하지 않는다. 그것이 자신의 기반을 무너트리고 마침내 무덤을 파게 되는 일로 이어지기 때문이다.

마왕은 잠시 침묵한 뒤 생각한 바를 솔직하게 말했다.

《그 남자는 제 의사를 중심으로 세계를 바꾸려 하고 있지. 이보다 더 **오만한 남자**가 또 있을까.》

마왕은 가볍게 웃었지만 그 말을 들은 타하라도 희미하게 웃었다.

선과 악이라는 방향은 다를지언정 장관도 그 남자와 비슷하지 않은가. 제 의사를 세계보다 위에 놓고, 세계를 본인에게 맞추도록 한다는 건 완전한 광기다.

타하라가 보기엔 참으로 '이해할 수 없는 남자들'이다.

《그리고 전부터 생각한 건데………… 장관님은 그 루키라는

도시를 상당히 신경 쓰는 것 같아.》

《흐음………….》

《가장 먼저 간 곳도 그 도시고, 노렸다는 듯 역침공이라는 게 일어났고, 덤으로 이번에는 억류되었던 녀석들의 **배달지**로 지정하기까지 했으니 말이야.》

'아니, 거기밖에 몰라서 그런 것뿐인데………….!'

마왕은 그렇게 생각했지만, 섣불리 입을 열었다간 본색이 탄로날 수 있기 때문에 현명하게도 침묵했다.

타하라도 그 침묵에 무언가를 확신한 건지 가벼운 어조로 말했다.

《뭐, 그런 거라면 그쪽은 내가 처리할게. 그 홀리 브레이브를 상대하는 거에 비하면 식은 죽 먹기지.》

'힉…………. 이 녀석 무슨 이야기를 하는 거야?! 제대로 설명해줘!'

잔을 든 마왕의 손이 희미하게 떨렸지만 통신이었던 덕분에 간신히 타하라에겐 들키지 않았다. 마왕은 영문을 알 수 없는 대화에서 도망치기 위해 마을에 돌아가겠다고 알린 뒤 빠르게 통신을 끊었다.

'하아, 또 내가 모르는 곳에서 무언가가 멋대로 진행되겠구나………. 하지만 어떻게든 되겠지. 아니, 당연히 되고말고. 크하하!'

또다시 무의미하게 남자의 성취감이 가슴을 채우자 마왕은 홍소를 터트렸다. 이 움막 욕조에 들어가 있는 한 불안이나 고민과는 거리가 먼 존재가 되기 때문에 다양한 의미에서 무시무시한 시설이었다.

움막 욕조에서 나온 마왕은 옷을 갈아입고 케이크에게 말을 걸었다.

"그럼 슬슬 출발하기로 할까."

"앗, 네!"

힘차게 대답하긴 했으나 케이크는 마왕의 영지에 간다는 사실에 내심 공포를 느꼈다.

그곳은 마족령보다 가혹한 이 세상의 지옥일 테니까.

"휴가는 아쉽지만 해야 할 일은 해야지……….《요새 철수》."

마왕의 말에 반응하듯 비밀기지가 흔적도 없이 사라지더니 빛나는 구체가 되어 아이템 파일에 수납되었다.

케이크는 그 광경에 눈이 휘둥그레졌지만 속으로 신음할 뿐 목소리는 내지 않았다. 이 남자가 하는 일에 하나하나 반응했다간 끝이 없다.

"그럼 갈까. 오랜만의 귀환이군."

마왕은 케이크의 어깨를 잡고 라비 마을로 《전이동》을 사용했다.

순식간에 시야가 바뀌고 그리운 풍경이 눈에 들어왔다.

"여기가 마왕님의…………."

케이크의 시야에 비친 그곳은 어디까지나 인간의 마을이었다. 종횡무진으로 사람과 물자가 이동하고 마차가 바쁘게 오가고 있다.

얼핏 보면 교역로가 교차하는 지점에 발달한 교역 도시처럼 보일 정도였다.

"장관님, 기다리고 있었습니다."

"음."

사전에 연락해둔 유우가 웃으면서 마중을 나오더니 옆에 있는 케이크에게 시선을 줬다.

이전에 트론을 데려왔을 때와 무척 흡사한 상황이었다.

"장관님, 그 아이가 예의 그?"

"음, 망국의 공주라고 해야 할까. 자세한 이야기는 나중에 본인의 입으로 듣도록."

케이크는 예의 바르게 인사했지만, 그 이마에서는 식은땀이 흘렀다.

노예시장에서 보냈던 경험인지, 아니면 마족과 너무 접촉했기 때문인지, 케이크의 눈에 비친 유우는 순간 인간의 탈을 뒤집어쓴 악마처럼 보였기 때문이다.

'뒤, 뒤지겠네……. 역시 이 녀석들은 인간이 아니야……!'

케이크는 그렇게 확신했지만 여기서 겁을 먹어봤자 사태는 아무것도 변하지 않는다. 오히려 그 강대한 힘을 이용하겠다고 내심 각오를 다졌다.

"유우, 먼저 꼼꼼히 진찰하도록. 그 후엔 온천에 들어가는 법이라도 가르쳐주고."

"알겠습니다."

유우는 우아하게 한 번 웃더니 다정히 케이크의 손을 잡고 마을 안으로 사라졌다. 온천여관이나 야전병원 같은 시설을 보면 케이크의 식은땀은 멈출 줄 모르고 줄줄 흐를 것이다.

두 사람을 배웅한 뒤 마왕도 롱코트를 휘날리며 마을 안으로 들어갔다.

라비 마을은 오늘도 노동자가 바쁘게 돌아다녔고 마차 왕래도 많다. 누군가가 소리치는 목소리나 폭소하는 목소리, 어린 바니들의 구령 소리가 섞여 소란스럽다고 해도 될 분위기다.

하지만 마왕의 모습이 나타나자마자 그 분위기가 일변했다.

다들 입을 다물고 자연스럽게 자세를 바르게 고쳤다. 마왕을 처음 본 사람은 어안이 벙벙해지거나 겁을 집어먹든가 둘 중 하나였다. 나르던 짐을 떨어트리는 사람도 속출했다.

그 외모상 마왕의 모습은 이상하다는 한마디로 정리할 수 있다.

이 세계에서는 드문 흑발과 낯선 정장. 더불어 칠흑의 롱코트를 걸친 당당한 자태의 사내.

이런 인물이 대낮에 거리를 돌아다니면 주목을 안 받을 수 없다.

"저, 저게…… 소문으로 듣던…………."

"마왕, 님인가…………."

"나 신도에서 저 사람 본 적 있어……. 커다란 악마를 일격에 날려버렸다고!"

"진짜?"

마왕은 그저 걸어갈 뿐이었으나 군중의 술렁거림은 점점 커졌다.

당사자만은 유유하게, 아니, 군중들이 보기엔 심장이 얼어붙을 듯 날카로운 시선을 마을 여기저기에 던지며 무언가 생각에 잠긴 것처럼 보이기도 했다.

그런 무거운 분위기를 가른 것은 이쪽으로 달려온 한 명의 소녀였다.

"마왕님, 돌아오셨군요!"

오랜만에 본 아쿠의 모습에 마왕의 발이 멈췄다.

그 눈부신 미소가 마음의 일부를 꿰뚫은 듯한 느낌이 들었기 때문이다. 그건 결코 불쾌하지 않고, 굳이 따지라면 소중한 것을 떠올린 듯한 감각이었다.

'그래………… 그렇구나. 이게 돌아왔다는 감각인가.'

세상의 아버지가 마중 나온 딸을 보고 느끼는 것과는 조금 다른 것이 마왕의 가슴을 부드럽게 채웠다. 그 감상이 무엇인지는 이 남자도 모른다.

"마왕님, 다녀오셨어요!"

"그래. 잘 지냈나? 아니, 물어볼 것도 없나."

마왕은 달려온 아쿠를 두 손으로 가뿐히 들어 올리더니 부드러운 미소를 지었다. 아쿠의 얼굴과 옷에 덕지덕지 묻은 흙으로 보아 밭일을 돕고 있었던 모양이다.

"아아앗……! 마왕님의 손이 더러워져요."

"그런 건 신경 쓰지 마. 그보다 별건 아니지만 선물이다."

마왕이 내민 건 한 권의 책, 《포치의 대모험》이었다.

정말로 별것 아니었다.

"와! 이거 성궁에서 봤던 멍멍이 이야기잖아요!"

"읽어도 전혀 도움이 안 되는 내용이었다만."

"그, 그렇지 않거든요! 슬라임의 공격을 받은 암캐를 포치가 날카로운 이빨로."

"슬라임하니 말인데…… 지난번에 만났다."

"네?! 괜찮으셨어요?!"

"얇은 책에 나올 법한 묘한 녀석이었지."

"얄븐 책, 이요…………?"

두 사람의 소소한 대화가 이어졌지만 그걸 보고 있던 노동자들의 움직임은 완전히 멈췄다. 그 무시무시한 존재가 아쿠에게만은 웃어주며 대화하고 있다는 사실에. 여기에 트론도 둥실둥실 날아오더니 마왕의 등에 업히자 충격이 더 커졌다.

"나도 읽고 싶어. 그리고 다녀오셨어요."

"등에 매달리지 마. 코알라냐."

"빨리 읽고 싶어. 읽어줘. 당장."

"여긴 언제부터 유치원이 된 거지…………."

마왕이 투덜거리면서도 두 사람을 데리고 온천여관 쪽으로 향했다. 그 광경을 지켜보던 군중들은 세 사람의 모습이 사라지자 안도의 숨을 쉬었다.

"아쿠와 결혼하려면…… 저 사람을 설득해야만 하는 건가……."

"웃기지 마! 너 같은 얼간이에게 그 애를 맡길 수 있겠냐!"

"내 등에도 트론이 매달렸으면…………."

노동자들은 저마다 멋대로 떠들어댔다. 참으로 한적한 광경이었다. 여태까지 그 마왕이 지나간 지역에서 일어난 혼란을 생각하면 여기는 천국이었다.

다만 태풍이 지나가도 그걸로 끝은 아니다.

대부분은 다른 방향에서 강풍이 불어온다. 그건 이 라비 마을도 예외가 아니었다.

"둘 다 우선은 온천에라도 들어가서 깨끗하게 씻고 나와라."

"네, 나중에 책을 읽어주세요!"

"항아리탕에 숨어서 들어온 사람을 놀래킬 거야. 항아리 트론."

"그, 그러면 안 돼요!"

떠들썩한 두 사람이 가자 한층 떠들썩한 두 사람이 나타났다.

바니 슈트를 입은 콘과 모모였다. 둘 다 종종 마담과 함께 온천에 들어간 건지 피부가 싱그럽고 머리카락도 찰랑찰랑하게 변했다.

선정적인 의상도 더해져서 그런지 노동자들 사이에서 은밀히 인기가 많은 두 사람이었다.

루나도 두 사람보다 더한 미소녀였으나 '성녀'라는 특별한 지위를 지녔으니 노동자들의 연애 대상으로는 조금 어려운 존재였다.

현실성이 없다고 표현해도 될 것이다.

유우도 미녀로 유명하지만 '신의(神醫)'로 비치는 일이 많아서, 이쪽도 마찬가지로 노동자들에게는 완벽한 절벽 위의 꽃이었다.

그 점에서 콘과 모모는 노동자들과 직접 만나는 일도 많고 친근하게 느껴지는 존재다. '아인'이라는 장애물이 있긴 하나 아름다움이란 때로는 그런 편견마저 능가해버리곤 한다.

"다녀오셨어요, ⋯⋯뿅♪"

"시커먼 인간, 루나 님이 부른다토깽."

"이런⋯⋯⋯⋯ 아니, 그런데 너희는 언제까지 그 어미를 붙일 거냐?"

쉴 새도 없다고 중얼거리며 마왕은 온천여관의 계단을 올라 갔다.

3층에 있는 익숙한 방에 들어가자 그곳에는 왠지 안절부절못 하는 루나와 미소를 지은 이글이 앉아있었다.

"도, 돌아왔구나⋯⋯⋯⋯. 늦었잖아."

"이래저래 일이 있었지."

마왕은 롱코트와 정장을 옷걸이에 걸고 넥타이를 풀었다. 완전히 풀어진 옷차림으로 방석에 앉은 뒤 반갑다는 듯 방을 둘러 보았다.

"저, 저기⋯⋯⋯⋯ 차입니다."

"흠."

이글이 찻잔을 내밀었지만, 거기에 들어있는 건 녹차가 아니라 홍차였다.

방석에 앉아 전통식 방에서 홍차를 마신다는 언밸런스함에 마왕은 내심 웃었다.

"그 후로 며칠이 지난 줄 아는 거야⋯⋯⋯⋯. 너 어디서 뭘 한 건데? 이상한 여자와 놀았던 건 아니지?"

"이상한 여자라⋯⋯. 음, 확실히 이상한 여자들투성이였지."

마왕의 머릿속에 떠오른 건 아카네를 필두로 밍크와 오르간과 고양이 여자 등이었다. 겉모습은 어린아이지만 케이크도 상당한 괴짜다.

멀쩡한 여자는 없었다고 생각하니 불현듯 웃음마저 치밀어 오르는 형국이다.

"뭐, 뭘 히죽거리는 거야! 엉큼해! 그 딱딱한 손으로 다른 여자의 엉덩이를——."

"너는 무슨 소릴 하는 거냐?"

홍차를 마시며 마왕은 이글에게 시선을 주었다. 의식하지 않으면 거기에 있는 것마저 잊어버릴 만큼 존재감이 희박했다.

"몸은 어떻지? 유우에게 진찰은 받았나?"

"넷, 네……. 덕분에 상처도 나았습니다."

이글은 몸 둘 바를 모르는 듯 머리를 숙이고 살며시 눈을 감았다.

마왕의 눈으로 봐도 그 모습은 투명한 공기로 둘러싸여 있어 다가가는 것조차 망설여질 듯한 분위기를 발했다.

"저기, 마왕. 유우는 어떤 상처도 낫게 할 수 있지? 날개도 낫게 할 수 있지?"

"날개…………?"

듣고 보니 확실히 이글의 등에는 날개 비슷한 게 있었지만, 무척 짧았다.

뜯겨나간 것처럼 모양이 일그러져있다.

"유우는 이 세상에 존재하는 어떤 병도 상처도 치유할 수 있다. 팔이나 다리가 잘렸든 오장육부가 해체되었든 재생시킬 수 있지."

루나의 질문에 마왕은 단호하게 대답했다. 유우의 특수능력인 《신의 손》의 효과를 몇 번이나 봤기 때문이기도 한지 그 대답에 망설임은 없다.

"봐, 마왕도 이렇게 말하잖아……. 빨리 유우에게 치료해달라고 해!"

"…………루나. 날개가 달린 인간은 징그러울 뿐이야."

이글의 대답은 무거웠다.

실제로 박해와 편견 속에서 살았으니까. 평소의 루나였다면 무작정 자기 말을 듣게 했을 테지만, 이것만큼은 어려웠다.

"그, 그러니까, 여긴 내 영지라고! 이상한 소릴 하는 녀석이 있다면 내쫓을 거야! 아니, 처형이야! 처형!"

"무모한 소리 하지 마…………."

두 사람의 대화를 듣고 마왕도 대충 사정을 알아챘다.

성광국이 아인이라 불리는 종족을 각박하게 대우한다는 것을. 트론도 본래는 토벌 대상이고, 이 마을 밖에서는 살아갈 수 없으리라는 것도.

라비 마을은 원래 아인이라 불리는 바니들의 마을이자 성녀 루나의 영지이기도 하니 상당히 특수한 입지이다.

외부의 개입을 허락하지 않는 치외법권 지역이라고 해도 될 것이다. 아무런 지원도 없는 대신 많은 것들을 눈감아주고 있다. 아니, 정확하게 말하자면 '화외지역'이라며 많은 귀족이나 권력자에게 '무시'당해온 장소였다.

"나는 바니들과는 달라."

이글은 고개를 숙이고 가느다란 목소리로 중얼거렸다.

바니들은 '지천사님이 사랑하셨다'는 전승이 남아있어 아인 멸시가 심한 성광국에서 유일하게 인정받는 존재이다.

이글처럼 매의 날개를 지닌 아인이 나타나면 큰 문제가 될 것이다. 자칫 그건 루나의 약점이 되고 실각시키기 위한 절호의 공격거리가 될지도 모른다.

성녀라는 입지를 염려하는 이글과 친구를 염려하는 루나의 마음은 끝없는 평행선을 달려 결론이 날 것 같지 않았다.

"인간은 약하다. 그래서 자신들 아래에 무언가를 두고 싶어하지. 그걸 보고 안심하기 위해."

두 사람의 이야기에 귀를 기울이고 있던 마왕이 그제야 입을 열었다.

이 남자치고는 드물게도 어딘가 진지한 표정이었다. 생각하는 바가 있었던 건지 루나와 이글도 입을 다물었다.

"나는 눈을 뜬 뒤로 이래 봬도 많은 종족을 봐 왔다고 생각한다. 인간, 마인, 드워프, 고양이 여자, 소, 원숭이, 덤으로 캇파도 있었지."

말을 하면서 마왕은 어이없는 기분이 들었다.

계속해서 생김새가 다른 외계인을 만나는 셈이다. 이렇게 기묘한 체험을 한 사람은 할리우드 스타 중에도 없을 것이다.

"내가 봤을 때 다들 인간과 큰 차이는 없었다. 죄 시끄러운 녀석들이었지만 유쾌했지. 말이 통하고 악수도 할 수 있는 존재와 서로 으르렁거려봤자 무의미한 일이야."

마왕의 말은 지극히 심플하고 단순했다

이 세계의 인습에 사로잡히지 않은, 아니, 정면으로 무시하는 존재이기 때문에 할 수 있는 말이기도 했다.

다른 사람이 드워프나 마인과도 악수할 수 있다는 소릴 했다 간 무슨 시선을 받게 될지 불 보듯 뻔하다.

"당신은………… 저 같은 존재도 받아들인다는 겁니까? 그로 인해 많은 불이익이 발생한다고 해도?"

이글의 말을 들으며 마왕은 참으로 불편한 기분이 들었다.

마치 따돌림을 받는 사람의 편을 든 사람마저 다음 날부터 백 안시당하며 똑같이 따돌림을 받게 되는 비참한 광경이 아닌가.

그런 만큼 우스꽝스럽다는 감정이 앞섰다.

다 큰 어른이 옹기종기 모여서 무슨 어린애 같은 짓을 하고 있 는지.

"우습군. 그런 일로 불이익이 발생한다면 그런 녀석들과 어울 릴 필요 없다. 하물며 나를 방해한다면── 용서하지 않는다."

마왕의 날카로운 안광에 이글의 몸이 순간 움찔 떨렸다.

그 검은 눈동자 안쪽에서 다정함과 같은 크기의 잔혹함도 갖 추고 있다고 느꼈기 때문이다. 실제로 이 남자는 자신을 방해하 는 게 나타난다면 아무런 주저도 없이 짓밟을 것이다.

"뭐, 날개 건은 남이 뭐라고 할 문제가 아니지. 시간을 들여서 찬찬히 생각하도록 해라. 단…………."

"단⋯⋯⋯⋯?"

"자신이 지닌 힘을, 만들어낸 것을, 갖춘 것을 되찾으려고 하는 건 자연의 섭리다."

확신에 찬 어조로 선언했다.

필요하다면 남의 눈 같은 건 신경 쓰지 않고 **그것**을 원하게 될 것이다. 이글도 생각하는 바가 있었는지 힘없이 고개를 끄덕였다.

루나는 그걸 보고 기분이 좋아진 건지 낙천적인 목소리를 냈다.

"흐흥. 잘 모르겠지만 이글도 수긍한 모양이야. ⋯⋯⋯⋯너도 가끔은 유능하잖아. 앞으로도 나를 위해 열심히 해."

"너에게 맞춰주다간 열심을 넘어서 머릿속에 열탕이 만들어질 거다."

"잠깐, 그거 무슨 의미야?!"

마왕은 그 말만 남긴 뒤 손을 흔들며 안쪽 침실로 들어갔다.

그토록 긴 바캉스를 즐겨놓고 또 쉴 생각인 모양이다.

"뭐, 오늘은 됐어. 그럼 이글, 온천에 가자."

"또? 오늘은 벌써 두 번이나 들어갔잖아⋯⋯⋯⋯."

"너는 정말 바보구나. 온천에 들어갈수록 더 아름답고 예뻐질 수 있단 말이야. 당연히 들어가야지!"

"물이 아까워⋯⋯⋯. 게다가 나 같은 게 예뻐져봤자⋯⋯⋯."

"아아! 진짜, 시끄러워! 너의 그 궁상맞은 근성을 고쳐놓겠어!"

"자, 잠깐⋯⋯⋯⋯!"

루나는 이글을 억지로 일으켜 세운 뒤 부리나케 방에서 나갔다.

온천여관은 여성의 도원향과도 같은 시설이지만 남자도 예외가 아니다. 특히 노인에게는 참을 수 없는 시설이었다.

마을에 머무르고 있던 아츠는 일찌감치 영지에 돌아가려고 했으나, 온천의 매력이 발목을 잡고 늘어지는 바람에 지금까지 계속 남아있었다.

오늘도 아츠는 기상한 뒤 일과인 훈련을 정성스럽게 마치고 소박한 식사를 한 뒤 뜨거운 물에 몸을 담갔다.

장시간의 훈련으로 피로했던 몸이 순식간에 되살아나는 듯한 기분이었다.

'빨리 요새에 돌아가야 하는데………….'

아츠는 매일같이 그렇게 생각하고 있으나 도저히 몸이 말을 듣지 않았다.

요새에 있는 삼보에게서도 '가끔은 푹 쉬고 오십시오'라는 배려가 담긴 연락을 받고는 장기간 체류가 한층 더 길어지고 말았다.

'하지만 놀라운 시설이야. 마치 악마의 유혹에 사로잡힌 것 같지 않은가………….'

아츠는 훈련으로 달아오른 몸을 냉탕으로 달랜 뒤 이어서 사우나에 들어가 땀을 흘리고 다시 냉탕에 들어갔다가 마지막으로 노천온천에 들어가는 코스를 매일 반복하고 있다.

신기할 정도로 몸이 탄탄해지며 피로도 순식간에 날아간다.

종종 거품 목욕이나 탄산천으로 늙은 몸을 위로해주었지만,

때로는 항아리탕 안에서 명상에 잠기기도 했다.

말 그대로 온천을 만끽하고 있는 상태다. 하지만 그가 지금까지 쌓은 공적을 생각하면 아무리 호화로운 환대를 받는다고 해도 부족한 수준이다.

'게다가 이 노천온천의 물은, 정말…………'

대나무로 둘러싸인 야외에서 기분 좋은 온수에 몸을 담그는 사치는 말로 표현할 수가 없다. 귀를 기울이면 이따금 시시오도시가 내는 경쾌한 소리가 고막을 울린다.

'여제 녀석……. 이런 시설을 독점하고 있었다니…………'

그걸 생각하면 화가 치밀기도 했지만, 그런 감정도 온천이 주는 아늑함에 금방 사라졌다. 노천온천에는 피로 회복만이 아니라 '일상에서 해방'이라는 효과가 붙어있기 때문이다.

아츠처럼 많은 책임과 중책을 짊어진 남자에게 이 노천온천만큼 기분 좋은 공간은 달리 존재하지 않을 것이다.

'내일……. 내일에는 출발해서, 요새로…………'

아츠는 매일같이 굳게 맹세했지만, 그 맹세에서도 해방되고 있으니 웃을 수 없다.

움막 욕조에서 쓸데없이 충실함을 느끼고 폐인이 될 뻔한 마왕과 같은 상태다.

"할아버지, 와인 가져왔다뿅."

"오늘도 멋진 로맨스 그레이다토깽."

갑작스러운 침입자에 아츠는 무심코 벌떡 일어날 뻔했으나 다급히 몸을 가라앉혔다.

이래저래 아츠에게 치대는 콘과 모모였다.

"너희들……. 여기는 남자가 사용하는 장소라고 말했을 텐데. 여성은 저쪽 시설을."

"우리는 여관 운영을 맡고 있으니까 상관없다뿅."

"온천에 들어가고 싶다면 우리의 말을 들어라토깽…………. 토깽깽깽."

실제로 온천여관의 청소와 접객, 비품 보충에 이르기까지 콘과 모모를 중심으로 한 바니들이 담당하고 있으며 아츠는 외부인에 불과하다.

이 시설에서는 두 사람이 완전히 상위자이다. 무관파의 맹주라는 입장 같은 건 전혀 통하지 않는 지극히 난감한 장소이기도 했다.

"애초에 너희들의 그 차림은 뭐냐……. 조금은 부끄러움이라는 걸…………."

아츠는 두 사람이 입은 바니 슈트에서 시선을 돌리며 쓴소리를 흘렸다. 이미 오래전에 성욕 같은 건 사라진 아츠였지만 그래도 두 사람의 옷차림은 버거웠다.

"앗, 할아버지 쑥스러워한다. 좀 귀엽다뿅♪"

"말라붙은 노년의 하트에도 불을 붙이는 우리는 죄 많은 여자………… 토깽깽."

콘의 놀리는 듯한 목소리에 이어 모모의 기묘한, 그러면서도 노골적인 웃음소리에 아츠는 얼굴을 덮었다. 그 마음속에 오가는 것은 하나.

'왜 지천사님께선 이러한 종족을 사랑하셨는지………….'

이야기가 신화시대까지 거슬러 올라가며 아츠 안에서 쓸데없이 웅장한 스케일로 커졌다. 타고난 고지식함 때문이지만, 생각해봤자 의미라고는 조금도 없는 내용이기도 했다.

그때 낮잠에서 눈을 뜬 마왕마저 찾아오고 말았다.

"여기는 남탕인데, 곤란한 녀석들이군————."

들고 있는 나무통 안에는 술과 잔도 들어간 것이, 준비는 완벽하다는 듯한 모습이었다.

아츠는 위축된 듯 물에서 나오려고 했으나 마왕은 살며시 손을 들어 제지했다. 콘과 모모는 마왕을 보며 마음대로 떠들어댔다.

"이쪽 관리도 우리가 맡고 있다뿅."

"가끔은 시키면 인간의 시커먼 시커먼 머리카락을 감겨줄 수도 있다 토깽."

"필요 없다. 그보다 아직도 묘한 어미를 붙이고 있는 거냐…….
그리고 아까는 말하는 걸 깜빡했는데, 수인국에서 30명 정도 되는 바니가 돌아온다고 하는군."

""어……?""

무심한 어조로 나온 말에 콘과 모모의 몸이 굳었다.

과거 라비 마을에는 많은 바니들이 살고 있었으나, 연이은 가뭄이며 무거운 세금을 견디지 못하고 한 명, 또 한 명 신천지를 찾아 떠나갔다.

떠나는 쪽에도 희망 같은 건 없고, 그걸 배웅하는 쪽의 심정도 그저 비참했다. 다른 지방에 간다고 해도 아인이기에 받는 멸시는 늘 따라붙기 때문이다.

노예와 같은 대우를 받으며 값비싼 당근을 계속해서 경작해야만 하는 운명이 눈에 선했다.

"도, 돌아온다니 누가?!"

"이름은? 구체적으로 알려줘!"

"이름까지는 모르지만, 집 수배 같은 걸 타하라와 상담해두도록 해라."

"만세! 다들 돌아온다!"

"모두에게 알려줘야지!"

두 사람이 쏜살같이 달려가자 노천온천에 정적이 돌아왔다.

마왕은 고개를 절레절레 저으며 허리에 둘렀던 수건을 풀고 물 속에 천천히 몸을 담갔다. 그러자 절묘한 온도가 전신을 감쌌다.

일련의 대화를 듣고 있던 아츠도 생각하는 바가 있었던 건지 말없이 마왕의 얼굴을 바라보았다.

"종업원이 폐를 끼친 모양이군."

"아니, 그렇지 않네."

"그 후로 몸 상태는 어떻지?"

"…………덕분에 오체를 무사히 보전했다."

뜯겨나간 다리가 원래대로 돌아오고, 뒤틀렸던 두 팔이 아무일도 없었다는 듯 움직인다.

아츠는 절절히 생각했── 악마의 짓이라고.

그 신기한 붕대와 유우의 치료에 관해 물어보고 싶은 게 많이 있었지만, 동시에 듣는 게 무서웠다.

예로부터 악마란 달콤한 말로 사람의 마음, 그 틈새에 파고든다.

어떠한 소원을 이뤄주고 그 대가를 요구하는 케이스가 대표적이라고 할 수 있다. 그렇게 따졌을 때 이 자가 자신에게 무슨 요구를 할지 막연히 두려웠다.

마왕도 마왕대로 한 나라의 중진과 무슨 대화를 해야 할지 알 수 없어, 겉으로는 사려 깊게 눈을 감고 온천을 즐긴다는 듯한 자세를 취했다.

우선 화제를 바꾸기 위해 말문을 연 사람은 아츠였다.

"당신이 이토록 아인에게 관대할 줄이야. 어느 역사서에도 적혀 있지 않았는데."

타천사 루시퍼와 아인의 관계는 아직 수수께끼가 많고 확실하게 판명된 게 없다.

역사에 적힌 건 루시퍼는 위대한 빛과 적대했고, 아인들은 신화 속 대전쟁 도중 독립하여 인간과 적대했다는 묘사뿐이다.

"…………역사서에 내 모습은 적혀 있지 않다."

거짓말은 아니다.

이 남자가 역사서에 적혀 있을 리 없으니까. 가능성으로 말하자면 사기꾼으로 경찰청 체포자 목록에 이름이 올라가는 정도일 것이다.

"그것들은 사실과는 다르며, 진정한 당신의 모습은 없다는 뜻인가?"

"진정한 나는 눈앞에 있지. 그 외의 모습 같은 건 내가 알 바 아니야."

"⋯⋯⋯⋯!"

진짜 타천사 루시퍼를 지워버리는 발언이었으나, 그걸 비난할 수 있는 사람은 이 자리엔 없었다. 오히려 아츠의 머리에는 마담의 말이 스쳤다.

《그렇게 궁금하다면 그분의 통치라는 걸 직접 보도록 해. 역사서를 들여다볼 필요도 없이 지금 당신 눈앞에 펼쳐져 있잖아.》

마치 고집 부리는 어린아이를 달래는 듯한 말이었다.

뒷말을 잇지 못했던 불편한 기억을 떠올린 아츠의 얼굴에 쓴웃음이 번졌다.

"그나저나 노인으로는 보이지 않을 만큼 몸이 참 좋군——."

마왕은 몹시 감탄한 듯 말했다.

아츠의 육체는 60살을 넘긴 노인으로 보이지 않을 만큼 단단한 근육질이다. 보디빌더처럼 보여주기 위한 육체가 아닌 그 몸에는 셀 수 없을 만큼 많은 흉터가 남아있었다.

수많은 전장을 헤쳐나온, 그야말로 역사를 말해주는 육체이다. 동성이 봐도 그 모습이나 자세가 늠름하여 이상적인 상관이라는 느낌이다.

"흉한 것을 보여드렸군. 나는 이만 올라가 보도록 하지."

"무슨 말씀을. 예로부터 남자 사이엔 알몸의 교류라는 게 있다고 하지 않나."

마왕은 아츠의 육체를 날카로운 눈빛으로 훑어보며 그를 만류했다. 이 기회를 이용해 어떻게든 국가의 중진과 굵직한 인맥을 만들어두려는 속셈이리라.

아츠에게 그것은 공포를 동반한 '악마의 속삭임'으로 들렸다.

'알몸 교류, 라고…………? 그건 정말로 말 그대로의 의미인 건가?'

악마란 인간의 약점에 파고드는 존재이자, 너무도 큰 대가를 치르게 하여 파멸시키는 자가 많다. 타천사와 악마는 다르다고 생각하면서도 아츠는 순순히 고개를 끄덕일 수 없었다.

'설마하니 '몸으로 대화'한다는 의미인 건 아닐 테지……?!'

아츠의 전신에 전율이 퍼졌다. 무심코 마왕이 여태까지 한 발언을 돌아보았다.

《몸 상태는 어떻지?》

《몸이 참 좋군.》

《알몸의 교류》

《진정한 나는 눈앞에 있지.》

그러한 말들이 아츠의 머릿속을 빙글빙글 돌자 얼굴이 창백해졌다. 타락한 천사라는 필터가 있기 때문이기도 한 건지 그것은 실감을 동반한 공포였다.

알몸의 남자 두 명—— 기분 좋은 온천이 사지로 변한 순간이었다.

아츠는 뇌수를 쥐어짜듯 떨리는 목소리로 물었다.

"시, 실례라는 걸 알면서 묻고 싶다만…… 당신에게는 처자식이 없는가? 어느 역사서에도 처자식에 관한 기록이 없던데."

"나는 이래 봬도 바쁜 몸이니까. 여자를 찾을 여유는 없다."

'역시 타천사에겐 도착적인 성적 취향이⋯⋯⋯⋯!'

국가의 중진이 정략결혼이라도 권하면 곤란하기에 마왕은 즉시 대답했다. 하지만 그건 아츠의 공포심을 배가하는 효과밖에 없었다.

아츠는 이 사지에서 어떻게 탈출해야 할지 고뇌했으나, 그때 광명이 드리웠다.

"오오, 높으신 분들이 나란히 앉아있잖아. 무슨 꿍꿍이를 꾸미는 건지⋯⋯⋯⋯."

알몸으로 그곳에 나타난 사람은 성사를 받은 산적단 두더지의 두령, 온 고울이었다.

근육질의 몸뚱이에는 맹수와도 같은 가슴 털이 수북하여 참으로 거친 인상을 주었다. 입 주변에 난 수염도 그 용모를 한층 우락부락하게 만들었다.

좋은 기회라고 본 건지 아츠는 질풍과도 같은 속도로 일어나 꾸벅 인사했다.

"⋯⋯⋯아무래도 너무 오래 몸을 담그고 있었던 모양이군. 나는 이만 실례하지."

아츠가 두령에게는 눈길도 주지 않고 떠나가자 남은 두 사람은 입을 멍하니 벌렸다. 두령에게 아츠는 보통 살의가 담긴 시선을 보내는 밉살맞은 남자이기도 하니 속이 시원하다는 듯 웃었다.

"흥, 꽉 막힌 영감탱이. 빨리 영지에 돌아가라고."

당당하게 물 안으로 들어온 두령은 마왕을 정면에서 노려보았다.

이것도 하나의 재회인 건지도 모른다.

"오랜만이지…………? 마왕님."

"…………그렇군."

"네 부하인 타하라라는 애송이는 뭐야? 산적을 협박해서 일하게 만들다니 듣도 보도 못했다고. 덤으로 젖비린내 나는 성녀의 하인이 되질 않나, 너랑 만난 뒤로 아주 개판이야. 성사를 받을 때는 기절할 때까지 손바닥을 바늘로 찔러댔다고!"

"그랬군…………. 실례지만 아주 웃긴 광경이었겠어."

"어디가 웃기다는 건데!"

마왕의 진지하지 않은 대꾸에 두령은 분노를 토하며 일어났다. 하얀 수증기가 자욱하게 낀 와중에 산적이 필사적으로 소리치는 모습은 그것만으로도 묘하게 웃겼다.

"애초에 이 온천이라는 건 뭔데? 왜 찬물과 더운물이 펑펑 솟아나는 거야? 타하라라는 애송이에게 물어봐도 제대로 대답해 주질 않고."

"애송이라…………. 그리운 단어군."

"뭐?"

마왕이 희미하게 웃으며 나무통 안에 있는 술을 꺼냈다. 드워프가 만든, 화주와 뇌수라고 불리는 몹시 도수가 강한 술이다.

도난품 감정 때문에 눈썰미가 좋은 두령은 마왕이 꺼낸 술을 보고 눈을 부릅떴다.

술이 담긴 병부터 봐도 이미 특별했다. 크리스털유리라고 불리는 것으로 제작된 그 병에는 왕후·귀족이 사용할 법한 복잡한 문양이 새겨져 있었다.

"이, 이봐, 그거…………."

"지인에게 받았지."

"지인이라니, 너………… 그거, 드워프…………!"

마왕은 무심하고 화주를 잔에 따른 뒤 두령에게 건넸다. 호박색으로 찰랑거리는 술을 보며 잔을 받은 두령의 손이 자연스럽게 떨렸다.

인간 세계에서는 한 병은커녕 한 방울에 얼마로 환산되는 물건이다. 잔에 가득 따른 그것은 마치 금화를 마시는 것이나 마찬가지였다.

"…………이, 이봐, 미리 말해두지만 나중에 돈 달라고 해도 못 줘."

"그런 쪼잔한 소린 안 한다."

"그래? 어디서 슬쩍한 건지는 모르지만 나는 모른다?"

두령은 남자답게 한입에 잔을 쭉 비웠다. 향을 즐기는 건 불필요하다는 자세였다.

"오…… 오오, …………아아, 이거…………."

"제법 좋지?"

마치 자신이 빚은 술이라는 양 마왕이 의기양양한 얼굴로 말했다. 막상 두령은 마왕의 말 같은 건 귀에 들어오지 않는 듯했다.

"진짜잖아. 옛날에 딱 세 방울 마셔본 적이 있거든. 흐흐……!"

두령이 웃는 모습을 마왕은 말없이 빤히 바라보았다.

저 풍채도 그렇고, 비열하게 웃는 것도 비슷했다.

"너는 아오키라는 남자를 아는가? 42-OMG라는 단어를 들어본 적은?"

"뭐? 무슨 소릴 하는 거야? 물어보고 싶은 게 있다면 조금 더 입이 느슨해지게끔 만들어달라고."

두령은 신이 난 얼굴로 잔을 내밀었다. 그 모습에 마왕도 기가 막힌다는 듯 웃었다. 역시 닮았을 뿐인 남남이라면서.

그건 그거대로 일종의 안도를 주었다. 이런 영문을 알 수 없는 이세계와 현실 세계에 무언가 연결고리가 있다면 웃을 수 없어지니까.

잔에 화주를 따라주며 마왕이 계속 물었다.

"너는 그 아츠라는 영감님을 알고 있나?"

"알다마다. 그 영감에겐 한 번 죽을 뻔했다고. 어느새 포위당해서, 부하 대부분이 짐승처럼 살해당했지."

"그래, 너는 산적이었지⋯⋯. 하하, 참으로 잘 어울려! 나도 네 전생은 산적이나 해적일 거라고 생각했다."

전생이라는 말을 입에 담으면서 마왕의 등에 부르르 오한이 달렸다. 뭔가, 그것은 의미가 있는 단어가 아니었나———.

"뭐가 전생이냐. 수상한 점술사 같은 소리나 하고."

노천온천에 몸을 담그고 화주를 마시며 극락에 온 기분이 된 두령이 투덜거렸다. '마왕'이라 불리는 존재를 앞에 두고도 이렇게 나온다는 건 나름대로 대단한 담력이었다.

"⋯⋯⋯⋯뭐, 좋다. 그래서 지금은 무슨 일을 하고 있지?"

"그 애송이가 우물을 파라던데. 나 참, 이곳 녀석들은 다들 하나같이 맛이 갔다니까."

"우물이라⋯⋯⋯⋯. 타하라는 도르래를 달 생각인가 보군."

마왕의 머릿속에 오래된 기억이 하나 되살아났다. 여태까지 떠올리지 않았다는 게 신기할 정도인 기억의 파편을.

"그 묘한 도르래 말이지⋯⋯. 이 시설도 그렇고 너희는 대체 뭐야? 천사나 악마 같은 건가? 아니면 서방에 있다는 연금술사라는 놈들?"

마왕은 그 질문에 대답하지 않은 채 자신도 화주 잔을 기울였다.

우물과 관련된 에피소드를 차곡차곡 끌어오듯이.

"애초에 이런 메마른 땅에 우물을 파서 뭐하게? 그야말로 헛수고라고. 여기는 귀족들에게 '화외지역'이라고 불리는 장소란 말이다."

"⋯⋯⋯⋯창작자의 일이란 얻을 수 있는지 없는지 알지 못한 채 깊은 우물을 파며 나아가는 셈이지. 해보지 않으면 모른다. 헛수고로 끝나서 세간의 웃음거리가 된다고 한들."

"뭐라고??"

"옛날에 너를 닮은 아는 사람이⋯⋯⋯⋯ 그런 말을 했었지."

그 말을 끝으로 마왕은 나무통째 두령에게 떠넘긴 뒤 물에서 나갔다.

나무통 안을 들여다본 두령은 제 눈을 의심하는 표정을 지었다.

"너 이거………… '뇌수'잖아? 야, 이거 절대 안 돌려줄 거다!"

"팔든 마시든 마음대로 하도록."

"멍청한 놈! 이런 걸 아까워서 어떻게 팔아! 돈으로 바꿀 수 없다고!"

"하하, 돈보다 좋단 말이지………… **당신**은 변한 게 없구나. 아니, 아니지. 잊어줘."

실언을 깨달은 마왕은 가볍게 고개를 저었다.

떠나려는 마왕의 등에 대고 두령은 드물게도 진지한 톤으로 말을 걸었다.

"이봐, 마왕님."

"음?"

"…………나는 옛날에 우물을 파서 모두가 원하는 만큼 물을 마신다는 게 꿈이었어. 너희가 악마인지 악령인지는 모르지만, 나도 질릴 때까지는 좀 도와줄 수도 있고."

"…………그래. 그렇다면 열심히 하도록. 이번에는 내가 부려 먹어주지."

"뭐?"

악의 없는 미소를 지은 마왕은 쿡쿡 웃음을 흘리면서 떠나갔다. 두령에게는 영문을 알 수 없는 태도였지만, 손에 든 뇌수를 보고 무심코 뺨에 비볐다.

팔면 당분간은 놀면서 살 수 있을 테지만, 역시 마실 생각인 모양이다.

온천에서 나오자 그곳에는 유카타를 입은 아쿠가 있었다.

"뭐야, 기다리고 있었나?"

"네. 마왕님께서 마을에 계시는 게 왠지 기뻐서요…………."

아쿠의 순수한 미소에 마왕도 전염된 듯 웃었다.

완전히 부녀지간이었다.

"마침 잘됐군. 지금 비밀기지를 설치해놓기로 할까."

"비밀…… 기지요?"

"내일은 조금 바빠질 것 같으니까. 만에 하나를 생각해서 피난 장소를 만들어두마."

그 말에 아쿠는 귀엽게 고개를 갸웃거렸지만, 실제로 보여주는 게 이해도 빠르다고 판단한 모양이었다.

두 사람은 온천에서 나와 옆에 있는 공터로 향했다. 마왕은 품에서 아이템 파일을 꺼내 그곳에 적힌 비밀기지를 꺼냈다.

"요새 설치————《비밀기지》."

하얀색의 빛덩어리가 순식간에 세련된 코티지가 되더니 주변 풍경에 녹아들었다. 이전에도 아쿠는 거점을 설치하는 걸 본 적이 있으나 이번에는 완전히 다른 건물이었다.

"괴, 굉장해요! 이건 마법의 집인가요? 마왕님."

"그래. 남자의 낭만을 가득 담은 기지지. 이 안에 있으면 발견되지 않는다."

"어, 어라……? 하지만 집이 사라………."

"이 거점은 설치한 사람 말고는 거의 감지할 수 없으니까. 아쿠에게 양도해두마."

그렇게 말한 마왕은 요새를 철거한 뒤 하얀색 빛덩어리를 아쿠에게 건넸다.

아쿠는 당황하며 세뱃돈을 받듯 빛덩어리를 받았지만, 어떻게 해야 하는지 알지 못해 난처한 표정을 지을 뿐이었다. 그런 아쿠의 모습에 한바탕 웃어젖힌 마왕이 이윽고 예시를 보여주듯 그 손을 부드럽게 잡았다.

"알겠나? 설치하고 싶은 장소를 보고 요새 설치라고 외치는 거다."

"이, 이렇게요……? 요, 요새, 설치!"

그 순간 같은 장소에 비밀기지가 나타났다.

본래는 딱히 외칠 필요까진 없으나, 분위기적인 문제다. 일부 플레이어들은 이걸 가리켜서 《호이포이 캡슐》이라고 부르기도 했다.

"대, 대대대단해요! 집이! 마왕님, 저도 했어요!"

"음, 이로써 훌륭한 플레이어구나."

마왕은 팔짱을 끼고 제자의 성장을 지켜보는 사부와도 같이 거들먹거리며 말했다. 아쿠도 평소 마왕이 사용하는 신비한 힘을 겪어보고 기쁜 모양이었다.

"그럼 안으로 들어갈까."

"네!"

비밀기지 안은 예전과 마찬가지로 산속에 세워진 코티지 스타일이었다. 2층 부분에는 로프트가 있고 다락방으로 이어진다.

그 외에도 편백나무 욕조, 움막 욕조, 파이프 침대, 해먹 등이 설치되어 있으며 중앙에는 모닥불을 사용해 요리를 만들 수 있는 공간도 있다.

어디를 봐도 묘하게 설레는 집이다. 어린아이의 마음을 자극하며 어른은 어른대로 아늑함을 즐길 수 있는 요새였다.

"여기는………… 마왕님이 사시던 집인가요?"

"정확하게 말하자면 어린 시절에 동경하던 집이지."

초등학생 시절이라도 떠올린 건지 마왕은 뭐라 말할 수 없는 표정으로 웃었다. 책꽂이에는 저렴한 장난감 광선총이며 곤충 표본 같은 것까지 놓여있으니까.

"저기, 마왕님도………… 어린 시절이 있었나요?"

"당연히 있었지. 뭐, 놀기만 했다만…………."

비밀기지 안을 같이 둘러보며 아쿠는 마을에서 있었던 일을 즐겁게 이야기했다.

트론과 함께 마담 밑에서 공부했다, 바니들의 밭일을 도왔다, 아침엔 노동자들에게 물과 소금을 나눠주었다 등 내용은 다양했다.

그 이야기를 들으며 마왕은 절절히 감탄했다.

"뭔가 아침부터 밤까지 내내 일하는구나…………."

"무슨 일이든 즐거운데요?"

아쿠는 신기하다는 듯 고개를 갸웃거렸지만, 마왕의 기준으로 어린아이는 노는 게 일이다. 정말로 진지하게 일하면 어떡하나.

'하지만 만나기 전부터 가혹한 일을 했던 모양이니………….'

덤으로 산제물로 바쳐지기까지 했다.

그걸 고려하면 지금 생활은 비교도 되지 않는 수준으로 충실하다고 해도 될 것이다. 물론 아쿠만이 아니라 이 세계는 어린아이일 때부터 일하는 사람이 드물지 않다.

바니 아이들도 이른 아침부터 일하는 게 당연했으니, 종일 놀라고 해봤자 혼란만 부를 것이다.

"뭐, 어릴 때부터 일하면서 배운다는 것도 나쁜 건 아니지만……."

"저기…… 마왕님의 나라에서는 어린아이는 일을 안 하나요?"

그 말에 마왕은 머나먼 기억을 끌어냈다. 초등학생 때 반에서 《신문 배달》 아르바이트를 하는 게 크게 유행했었다.

"옛날에 신문 배달 알바가 유행한 적이 있었지…………."

"신문, 이요?"

"뭐, 배달 일이다. 새벽 3시부터 배정된 구역의 집을 하나하나 돌면서 종이를 나눠주지. 그걸로 500엔…… 아니, 동화 5닢 정도 받았던가."

초등학생이 배달할 수 있는 양은 그리 많지 않았기에 알바비도 아주 저렴하다.

하지만 초등학생에게 500엔은 상당히 큰돈이기도 하다. 아쿠는 마왕이 이야기하는 내용을 잘 이해할 수 없었지만, 본인의 지식 안에서 어떻게든 알아들으려고 했다.

"마왕님도 그 배달 일을 하셨나요?"

어쩐지 아쿠가 즐겁다는 듯 물었다. 어린 시절의 마왕이라니 상상도 가지 않았고, 하물며 무언가를 배달하는 모습은 생각할 수 없었다.

"아니, 나는 아침부터 그렇게 일하는 모습을 보며 내심 웃었지. 어린애가 벌 수 있는 돈이라고 해봤자 푼돈인데. 이 녀석들은 아침부터 무슨 쓸데없는 짓을 하고 있냐면서."

"그렇, 군요…………."

"동시에 부럽기도 했지. 녀석들은 원하는 만큼 과자를 사고, 장난감을 사고, 그 돈을 모아 비싼 RC카를 산 녀석도 있었으니까. 나는 절실히 깨달았지…………. 정말로 비웃음을 당할 사람은 노력하는 인간을 보고 웃었던 내가 아니었나."

덤덤하게 이야기하는 마왕의 모습을 아쿠는 가만히 바라보았다. 내용 중 알아들을 수 없는 부분은 있었으나, 그 고백은 분명 무척 귀중한 것이라고 느꼈다.

"옛날이야기가 너무 길어졌군. 어쨌든 일을 돕는 것도 좋지만, 적당히 하거라."

"……네."

그렇게 대답하며 아쿠는 살며시 마왕의 손을 잡았다.

마치 어린 시절의 실수를 이야기해준 아버지를 위로하듯이.

"마왕님께서 구해주신 뒤로 제 인생이 변했습니다. 언제나 깊이 감사드려요."

아쿠의 곧은 시선을 받은 마왕은 민망한 듯 머리를 긁적였다.

아무래도 이 아이와 같이 있으면 자신답지 않다. 어깨에서 힘이 빠지고 때로는 놀라울 만큼 솔직해진다. 어느새 겉에 두른 것을 전부 벗은 자신과 마주하게 된다.

"글쎄, 구해준 사람은 어느 쪽인지————."

"…………?"

"아무것도 아니다. 오늘은 이만 쉬도록 할까."

"앗, 아직 포치의 대모험을 읽어주지 않으셨어요!"

"뭐……? 좀 넘어가다오…………."

이후 마왕은 핼쑥한 얼굴로 아쿠와 트론에게 그림책을 읽어주게 되었다. 내용은 너무나도 무의미했지만, 아쿠와 트론에게만은 큰 즐거움을 준 모양이었다.

잔인한 회의

─────라비 마을, 야전병원─────

야전병원의 한 방에서 타하라가 다양한 종이를 펼쳐놓고 무언가를 적고 있었다. 마을의 향후를 내다보고 계획을 세우는 모양이다.

그곳에 묘하게 얼굴이 반들반들한 유우가 돌아왔다.

"어머, 오늘은 여기서 일하는 거야?"

"장관님이 돌아와서 여관 쪽은 시끄럽거든."

여관에 숙박하는 귀족 부인들이 마왕을 한 번이라도 보고 싶다며 소란을 피웠다. 순수한 호기심도 있고, 미래의 이해관계를 따지는 사람도 있을 것이다.

성녀 루나를 중개인으로 마담과 아츠가 화해했다는 건 이미 소문이 퍼졌으니, 눈치가 빠른 사람은 앞으로 성광국 내의 세력도 변화를 염두에 두고 움직이기 시작했다.

그중에는 대외적 무대에는 거의 나오지 않지만 '마왕을 자칭하는 남자'가 이 변화의 키 퍼슨이라는 걸 간파한 부인도 있을 것이다.

마담을 중심으로 한 중앙 사교계파의 부인들은 두뇌 회전이 빠르다. 바람이 부는 방향을 잘못 읽으면 집이 몰락하기 때문이다.

아는 것, 눈치채는 것, 그리고── 거기에 찰거머리같이 달라붙어서 추종하는 것.

가문 경영을 맡은 그녀들에게 그건 생존을 건 싸움이라고 할 수 있다. 타하라나 유우가 보기에도 눈치가 빠른 인물은 회유하기 쉬우니 나쁜 인상은 없었다.

"그래서 망국의 공주님은── 어때?"

"아주 똑똑한 아이던데. 그 아이에게는 내 일을 도와달라고 할 생각이야."

"…………참, 드문 소릴 다 하네."

유우의 말을 듣고 타하라가 종이를 보던 눈을 들어 올렸다. 이 '마녀'의 마음에 들다니, 어떤 인간인 건지 흥미가 동한 모양이다.

"네가 마음에 들어 하다니, 상당히 속이 시꺼먼 공주님인가 보네."

"렌이나 아카네보다 훨씬 내 취향이더라────."

"우와…………."

그 말만으로 타하라는 많은 걸 알아차린 건지 그 이상은 아무 말도 하지 않고 다른 화제로 바꿔버렸다.

"제노비아와 싸울 때는 좋은 상징이 되겠는데. 변함없이 장관님은 철저하다고 해야 하나, 백 보 앞을 본다고 해야 하나."

"그러게, 이런 멋진 선물을 갖고 돌아오실 줄이야…………."

저 멀리 천 리를 간파하고 착착 수를 쓰는 마왕의 모습에 유우는 황홀한 표정을 지었다. 타하라도 난감하다는 소릴 하면서도 왠지 기뻐 보였다.

삼라만상이 장관님의 손바닥 위에서 움직이고 있다──.

이쯤 되면 본인이 '우연히 주웠을 뿐이다'라고 해봤자 두 사람은 웃을 뿐이다. 질 나쁜 농담이라면서.

마왕에게는 웃을 수 없는 사태가 이어지고 있으나, 측근들이 보기엔 든든함을 느껴도 무리는 아니었다.

"그리고 이런 걸 마련해봤어."

"이게 뭔데?"

탁자 위에 놓인 작은 병에는 무언가 오렌지색의 가루가 들어 있었다. 색만 보면 영 요란했다.

"이 마을에서 수확한 당근 껍질을 믹서로 갈았어."

"벗겨서 버리는 부분이잖아. 그런 걸 어디에 쓰게?"

"당신은 바보구나. 당근 껍질에는 베타카로틴이 풍부하게 들어있다고."

"카로…… 뭐라고?"

"이건 항산화 작용이 뛰어난 성분이야. 몸속에 저장해서 필요에 따라 비타민 A로 바꾸지. 그 외에도 몸의 저항력을 올려줘서 면역력이 증강돼. 암이나 전염병에도 좋고 점막 형성, 눈의 피로 완화 효과도 있지. 피부병이나 미용에도 좋으며 조혈작용이 있으니 저혈압이나 빈혈."

"아아, 알았어! 몸에 좋다는 소리지?!"

갑자기 시작된 강의에 타하라가 항복의 깃발을 들었다. 그는 뭐든 잘하는 천재이긴 하나 의학이나 약학에 깊은 조예가 있는 건 아니었다.

"이걸 간단한 증상에 쓰는 약으로 내놓으려고. 생각했던 것보다 환자가 너무 늘어나서 감당이 안 될 때가 있거든."

"간단한 증상이라면 감기 같은 거?"

"그래. 가벼운 두통이나 발열, 복통에 듣는 효과를 부여해놨어."

"그거 편리한데. 네가 만들었다면 반은 친절함이 아니라 악의라는 느낌이지만."

마치 록소닌과 버퍼린, 정로환 등을 섞어놓은 셈이다. 약을 주고 진찰이 끝난다면 시간도 대폭으로 단축할 수 있을 것이다.

"이쪽은 전염병에 듣는 '특효약'으로 소량만 내놓으려고 해."

그렇게 말하며 놓은 병에는 오렌지색 가루 속에 녹색이 섞여있었다.

한층 요란한 색조합이었다.

"전염병이라니, 뭔데?"

"괴혈병, 페스트, 백일해, 결핵, 말라리아, 볼거리, 디프테리아, 한센병, 매독, 콜레라, 천연두, 수두, 홍역, 풍진, 이 세계에도 존재하는 병은 얼마든지 있어."

"뭔가 오랜만에 듣는 단어도 많은데."

대다수가 오랜 시간에 걸쳐 인류가 맞서 싸우고, 수많은 죽음과 맞바꿔 극복한 것들이었다. 그 고난의 역사를 단숨에 건너뛴다는 뜻이다.

"참고로 이 녹색은 뭔데?"

"당근 이파리를 믹서로 갈았지."

"아까부터 죄다 버리는 부분이잖아…………."

"당신의 뇌는 얼마나 빈약한 거야? 당근 이파리에는 칼슘과 마그네슘, 비타민 E, 비타민 K, 비타민 C 외에도."

"아아아아, 알았다고! 내가 잘못했어! 와! 몸에 참 좋겠네요!!"

타하라가 자포자기하며 소리쳤다.

이대로 내버려 뒀다간 영양학 강의라도 시작할 기세였다.

"간단한 증상에 쓰는 약에는 라비 메디컬이라는 이름을 붙일 거야. 이 마을 선전에도 딱 좋을 테고."

"그거 좋은데! 장관님이 말하는 '평판 확보'에도 도움이 되겠어."

"이쪽 전염병용 가루약에는 '구계구제약(九界九濟藥)'이라는 이름을 붙였고."

"구계………… 구제…………?"

"고계(苦界)의 괴로움으로부터 구제해주는 구(九)야. 장관님의 자비심을 표현했지."

"아, 그래………."

유우의 말을 들은 타하라는 기가 막혔다.

한때 세계에는 'NINE'이라고 불리는 열광적 지지자가 존재했는데, 이 세계에선 전국민의 NINE화 계획이라도 세우고 있을 것 같았기 때문이었다.

"뭐, 네 속셈은 그렇다 쳐도………… 실제 괴로워하는 환자라면 감사의 눈물이라도 나오겠구만."

타하라는 비아냥을 담아서 말했으나, 이러는 지금도 괴로워하는 환자들에겐 말 그대로 그 약은 구제(救濟)가 될 것이다.

이름을 따온 인물에게 흥미를 느끼고 절절한 감사를 바치는 사람이 나와도 이상하지 않다.

"이 약들은 마을의 당근과 함께 특산품 중 하나가 될 거야."

이 마을의 특산품인 당근을 이용해 또 다른 특산품을 만들어 낸다.

완전히 무자본으로 전개하는 좋은 장사다.

"그 뭐냐. 당근님 만만세?"

"그에 비해 아카네는 뭘 하고 있는 걸까⋯⋯⋯⋯."

"그 녀석이 움직일 때는 장관님 안건이잖아. 괜히 손을 댔다간 이쪽이 다쳐. 그렇지?"

"⋯⋯⋯⋯뭐, 좋아. 마을에서 어슬렁거려봤자 불쾌하니까."

유우가 씹어뱉듯이 말했다.

공적 세우기를 노리며 약자의 곁에서 힘이 되어주는 기질을 지닌 아카네와, 마왕의 뜻을 존중하고 불필요한 것은 모조리 잘라버리는 유우는 파장이 전혀 맞지 않는다.

그야말로 케이크가 훨씬 자신과 가깝다고 느낄 정도다.

"뭐, 장관님이 돌아왔으니까. 단숨에 각종 안건을 진행하자고."

"그래. 장관님께서 돌아오신 걸 축하하며 꽃에도 물을 좀 줬어."

"⋯⋯⋯⋯그러셨습니까."

유우가 말하는 꽃이 뭘 의미하는지 아는 타하라의 표정이 핼쑥해졌다.

얼마 전엔 그 기묘한 꽃밭에 황국의 대신관마저 추가되었으니까.

"군비에 상당히 편향된 나라 같았어."

대신관에게서 캐낸 정보를 자료로 정리하는 건지, 매일 두꺼

워지는 자료를 유우가 건넸다.

거기에는 라이트 황국의 대외적 얼굴부터 숨겨진 부분에 이르는 상세한 정보가 적혀 있었다.

"성령기사단이라. 각 기사단에 소속된 인원은 4만…………. 총 12만의 대군이라는 건가?"

라이트 황국이 보유한, 대륙에서도 어깨를 견줄 자가 없는 기사단이다.

황국은 이 기사단을 각지에 파견하여 서방에서의 판도를 넓히면서 북방에서도 끝없는 전투를 이어가고 있었다. 말 그대로 대륙을 대표하는 군사 대국이다.

"그래, 12만…………. 무척 멋진 진수성찬이지."

다른 사람이라면 몸이 떨릴 법한 숫자를 앞에 두고도 두 사람의 표정은 변하지 않았다.

유우는 아예 호화로운 저녁 식탁을 앞에 둔 듯한 모습이다.

"여기에 더해 신전기사. 그리고 두 명의 홀리 브레이브라……."

얼마 전에 만난 오타메가의 모습을 떠올린 건지 타하라의 얼굴이 흐려졌다. 책략이나 모략이 특기인 타하라 같은 남자에게 가장 거북한 타입이라고 할 수 있다.

책략을 사용할수록 상대방의 마음이 멀어진다는 걸 뻔히 알기 때문이다.

"장관님의 장애물이 될 것 같다면 내가 제거할게."

"……안 돼. 그 녀석은 민중의 마음에 너무 깊이 들어가 있어."

"존재조차 없었던 것으로 만들면 되잖아."

타하라와 유우는 《정보조작》이라는 무시무시한 스킬을 갖고 있다. 과거 회장에서는 자신의 다양한 정보를 은폐하는 스킬이었으나, 이 세계에서는 용도가 현격히 넓어졌다.

각종 소문이나 유언비어를 날리고 정보를 조작하는 행위에 강한 보정이 들어갔기 때문이다.

이 세계의 구조와 시스템, 그 모든 것을 파악하지 못한 현재로서는 반대로 자신들의 목을 조를 수도 있으니 자중하고 있을 뿐이었다.

타하라는 《정보조작》을 암시하는 말을 들으면서도 일부러 입을 열었다.

"…………태양의 존재를 아무리 지워봤자 아침이 되면 또 떠오르지."

"그게 뭐야. 선문답?"

유우가 싸늘하게 대꾸했지만 타하라는 상대하지 않고 입에 문 담배에 천천히 불을 붙였다.

그걸 본 유우의 얼굴이 점점 일그러졌다.

"여기 병원인데?"

"엉? 장관님도 뻑뻑 피워대잖아."

"장관님의 담배와 당신의 아저씨 냄새나는 담배를 하나로 묶지 마!"

"그건 무슨 의미야! 장관님이 나보다 더 연상이거든!"

"당신은 그, 뭐라고 해야 하지………… 지저분하다고."

"지저분은 무슨! 애초에 여기가 병원이라고? 웃기지 마! 소름

끼치는 꽃밭과 네 실험장이잖아! 스플래터 하우스나 스위트 홈 같은 걸로 이름 바꿔!"

"당신은 먼저 머리 수술이 필요한 모양이네."

두 사람은 쓸데없는 언쟁을 하면서도 자료를 정리하고 내일을 대비하는 것을 잊지 않았다.

내일은 '마왕군의 회의'라고 불러야 할 법한 것이 열리기 때문이다.

————다음 날————

온천여관의 집무실에는 이른 아침부터 유우와 타하라가 대기하며 필요한 자료를 정리했다.

실내에는 오너가 사용하는 용도의 지극히 호화로운 중역 책상과 손님용으로 마련해놓은 가죽 소파 등이 설치되어 있으며, 열대어가 헤엄치는 수조도 있다.

두 사람이 묵묵히 작업을 진행하니 실내에는 정적이 가득했으나, 이상한 점은 오너가 앉는 의자와 책상 주변에 다양한 꽃을 장식해놓았다는 부분이다.

보라색을 중심으로 한 화사한 꽃들————.

그 꽃이 무엇인지 아는 타하라가 보기엔 영 거북한 자리다. 솔직히 뱃속에서 끔찍함이 치밀어오른다.

매일 **품종개량**을 거치기 때문인지 꽃의 색은 한층 더 화사해져서 눈이 부실 정도다. 마치 악당의 피일수록 화려한 꽃을 피운다는 듯한 광경이었다.

끝내 견딜 수 없게 된 건지 타하라가 소리쳤다.

"아아, 망할! 이 꽃 때문에 집중하지 못하겠어!"

"입 조심해. 당신을 위해 마련한 게 아니야."

"해줘도 싫어!"

마치 그 꽃에서 신음이나 원한이 들리는 것 같아 타하라는 입을 여는 것조차 이미 지쳐버렸다.

그때 무거운 분위기를 두른 마왕이 들어왔다.

그 미간에는 주름이 파여 있어 섣불리 말을 걸기 어려운 인상이다. 지나치게 똑똑한 측근 두 명 사이에 껴서 또 온갖 소릴 들어야 한다는 게 괴로운 모양이었다.

회의가 시작하기 전에 이미 마왕의 위에서 묵직한 통증이 느껴졌다.

'역시 아카네를 방류한 건 잘못된 선택이었나? 아니, 그 녀석이 있으면 더욱 혼란스러워졌을 수도 있어. 어떻게 해야 했나……'

그런 마왕의 눈에 화려한 색의 꽃들이 들어왔다.

"이건………."

"장관님께서 좋아하시는 색을 중심으로 장식해두었습니다."

"놀랍군—— 참으로 아늑한 공간이 아닌가."

"감사합니다!"

마왕의 얼굴에 미소가 번지고 유우는 기뻐하며 대답했다.

이번에는 타하라가 얼굴을 찌푸릴 차례였다.

이런 꽃들에 둘러싸였는데도 '아늑하다'는 소릴 해대니 도저히 웃을 수 없었다. 타하라 쪽이야말로 이런 상사와 동료 사이에

낀다는 게 악몽이었다.

마왕이 오너용 의자에 앉자 칠흑의 존재를 한층 두드러지게 하듯 보라색 꽃들이 한층 더 독살스러운 빛을 발했다.

"나는 지금까지 꽃에는 관심이 별로 없었는데 인식을 바꿔야겠군. 유우가 이 꽃들을 길러냈다고 생각하니 각별한 멋이 있어."

"장관님………………."

그런 두 사람의 대화를 들으며 타하라는 귀를 틀어막고 싶어졌다. 어째서 내 직장은 이렇게 블랙인 거냐며 소리치고 싶은 게 분명하다.

마치 진짜 망령이 출현하는 귀신의 집에서 일하는 것이나 마찬가지다.

"자, 장관님…………. 꽃을 즐기는 와중에 미안한데, 슬슬 본론에 들어가지 않겠어?"

"흠."

장식해둔 꽃에 손을 주며 마왕이 무겁게 고개를 끄덕였다.

그러고는 입에 문 담배에 유유히 불을 붙였다. 여느 때와 같은 스타일이다.

준비가 끝나자 '마왕군의 회의'가 시작되었다.

"먼저 나부터 일련의 흐름을 설명해두지."

미리 생각해둔 건지 마왕은 오르간과의 만남부터 수인국과 마족령에서 있었던 일을 담담하게 늘어놓았다. 말투 자체는 담백했지만, 그 내용은 어마어마했다.

세계 최고봉의 스타플레이어라고 불리는 두 명을 어느새 포섭

해 놓은 데다 수인들 일부마저 이용하여 마족령에 침공했으니까.

공격받은 벨페고르 측에서 말하자면 원인들에게 영지를 모조리 유린당한 끝에 성이 가루가 되어버린 형국이다.

그 피해 규모는 전쟁 정도의 규모를 넘어서 해일이나 태풍, 대지진 같은 재해가 갑자기 닥친 셈이다. 벨페고르는 그 목숨도 포함하여 모든 것을 잃어버렸으니까.

그런 데다 마왕은 '망국의 왕녀'라는 좋은 장기 말까지 입수했다.

새삼 마왕의 입에서 일련의 흐름을 들으니 처음부터 전부 계획한 것으로 보이는 순탄한 흐름이었다.

"장관님은 어디에 가도 '퍼펙트 게임'을 해버린단 말이지."

타하라가 히죽히죽 웃으며 담배를 피웠다.

그가 그렇게 평하는 것도 무리는 아니었다.

수인들 일부와 연줄을 만들어 놓은 데다 망국의 왕녀라는 장기 말을 쥐었고 스타플레이어라 불리는 존재마저 아군으로 끌어들였다.

적에게는 검을 보내고 유망한 존재에게는 손을 내민다. 단순하긴 하나 이 연쇄가 이어지는 한 마왕 진영의 강화는 멈출 수 없다.

"그러게. 장관님께 이 정도는 식후의 간단한 게임 같은 거지."

"놀아나는 쪽 입장에선 웃을 수 없는 일이지만."

타하라가 폭소하고 유우도 생글거렸다.

그런 두 사람을 보며 마왕은 내심 맹렬하게 번뇌했다.

'아니라고! 나는 그냥 마법 저항 아이템이 필요했던 것뿐인데…………!'

계기는 단순했지만 그게 불러온 결과는 너무나도 어마어마했다. 이 이상 기묘한 오해가 커지는 게 두려웠던 건지 마왕은 엄숙한 몸짓으로 입수한 아이템을 책상 위에 올려놓았다.

세간에는 《아만다의 돌》, 《아만다의 씨앗》으로 불리는 희귀 아이템이다. 전자는 어느 정도 어느 정도 상태이상을 막아주고, 후자는 일시적으로 마력을 올려주는 효과가 있다.

"이건 저쪽에서 입수한 마법 저항 효과가 있는 아이템이다."

마왕의 말을 들은 두 사람도 얌전한 얼굴로 고개를 끄덕였다. 이 세계에 당연하다는 듯이 존재하는 '마법'에 각자 생각하는 바가 있는 모양이었다.

"장관님, 마법에 관해서 드릴 말씀이 있습니다. 이 백의에는 상태이상을 막는 효과가 있는 모양입니다. 루나의 협력을 받아 몇 가지 실험한 결과를 정리해봤습니다."

유우가 내민 보고서를 보며 마왕은 깊이 생각에 잠겼다.

그리고 먼 옛날을 떠올리는 듯한 눈빛이 되었다.

'확실히 유우의 백의에는 그런 설정을 넣어놨었지……. 온갖 상태이상을 막는다였던가. 만능 의사가 상태이상에 걸리면 이상하니까.'

과거 회장에서는 독이나 마비 등 스테이터스에 디버프를 주는 공격이 무수히 많았기 때문에 그걸 막는 효과로 부여해둔 것이었다.

'하지만 제2마법이라고 불리는 분야의 데미지도 거의 막을 수 있다는 건가…………'

마왕은 현재 측근들의 스테이터스를 볼 수 없어 알지 못했지만, 유우는 이미 마방에 20이라는 높은 수치를 보유하고 있다.

일류 딜러인 미캉의 마방이 방어구 포함 10, 유키카제의 마방이 30이라는 걸 고려하면 유우의 마법 저항 수치는 결코 나쁘지 않다.

"우선 이 씨앗은 타하라에게 주마. 여차할 때는 주저 없이 사용하도록."

"오, 그거 잘됐군. 마법이라는 건 귀찮을 것 같아서 맞기 전에 칠 수밖에 없다고 생각하던 참이었거든."

"그리고 유우. 귀족 환자나 마담의 인맥을 써서 이런 종류의 아이템이 또 있다면 입수해놓도록. 알고 있을 테지만 공공연하게는 말고 비밀리에."

"알겠습니다, 장관님."

마법 저항 아이템을 원한다는 게 알려지면 약점을 노출하는 셈이다. 신중하게 움직일 필요가 있다며 유우는 고개를 끄덕였다.

그리고 마왕은 감옥 미궁 지하에서 일어난 일도 설명했다.

유우와 타하라는 그걸 듣고 각자 반응을 보였다.

"놀자————고? 장관님을 상대로 목숨 아까운 줄 모르는 멍청이가 다 있네."

"웃을 일이 아니야. 어디의 하등생물인지 모르지만 지금 당장 제거해야 해."

"그렇기 때문에 장관님이 '준비'하는 거잖아."

기반을 다지면서 영지를 발전시키고 마법 저항 능력을 지닌 물건을 모은다. 이것이 마왕 진영의 기본적인 방침이라고 할 수 있다.

타하라는 그 적이라는 상대에게 생각하는 바가 있는 건지 상관에게 물었다.

"장관님은 상대방으로 짐작 가는 거 있어?"

"글쎄. 원한을 살 만한 일을 한 기억은 없다만."

"크하하! 당신은 그렇게 생각해도 상대방은 아닐걸!"

과거 대제국이 존재하던 세계에서도 쿠나이 하쿠토에게는 세는 것도 귀찮을 만큼 정적이 득시글거렸기에 적이라고 해도 타하라는 딱히 동요하지 않았다.

오히려 없는 게 이상하다고 말하고 싶은 수준이었다.

멋대로 악당 취급을 받는 것에 마왕은 약간 상처받으면서도 실내의 분위기를 바꾸기 위해 국내 의제로 화제를 틀었다.

그걸 듣고 타하라는 기다렸다는 듯 말문을 뗐다.

"장관님, 먼저 이 자료를 읽어주겠어?"

"흠…………."

타하라가 건넨 자료에는 성광국의 정세부터 노동자 증감과 급료, 통근 방법이며 평소 식사까지 극명하게 적혀 있어 막대한 글자와 숫자의 나열에 마왕은 현기증이 밀려왔다.

"입소문 기간도 슬슬 끝나가니까 급하게 간이 숙소라도 만들까 생각 중이거든. 장관님 덕분에 노동자도 늘어날 것 같고."

"흠…………."

"앞으로를 생각하면 슬슬 마을도 좁아질 것 같아. 최근엔 주변 마을에 사는 사람들을 초대하고 있지."

타하라는 의미심장한 어조로 웃었다.

그걸 들은 유우는 기가 막힌다는 듯한 표정을 지었다.

"요즘 '먹이'를 열심히 주고 있었구나."

"표현이 뭐 그래. 나는 선의로 마을을 안내해주는 것뿐이야. 선물로 물이 가득 담긴 물통을 안겨 주면서."

"역시 먹이를 주는 거잖아."

"이런 건 성의라고 하는 거야. 뭐, 이쪽의 성의가 너무 잘 통한 건지 다들 이 마을의 풍요가 부럽다고 했지만!"

타하라가 담배 연기를 내뿜으며 천연덕스럽게 주절거렸다.

성광국 동부는 황야만 넓게 펼쳐져 있어 화외지역으로 불릴 수준이다. 주변 영지에 사는 사람이 보기에 현재 라비 마을은 눈을 의심할 정도다.

그걸 듣고 유우도 바로 대꾸했다.

"그럼 당장에라도 주변 마을째로 영토를 흡수해야지. '국민의 행복을 관리한다'는 건 장관님의 소중한 권한인걸."

국민행복관리위원회————이 일그러진 명칭이야말로 과거 회장에서 마왕과 측근들에게 주어진 정식 소속 부서였다.

유우가 보기에 '국민'이란 마왕의 관리를 받는 게 당연하고 상식이기도 하며 그 외의 행복 같은 건 존재하지 않는다.

"말은 쉽게 하는데, 그 마을을 다스리는 영주가 가만히 있지 않을걸.”

“조용히 하게 만들면 되지. 영원히. 그래, 꿰매는 건 어떨까?”

“입에 지퍼를 달자고? 네가 말하면 농담으로 안 들려.”

측근들의 뒤숭숭한 대화에 마왕은 몰래 골머리를 싸맸다. 처음 목적이었던 ‘평판 향상’을 넘어 어느새 완전히 침략자가 되어가고 있었으니까.

출장에서 돌아왔더니 어느새 범죄자가 되어버린 셈이었다.

어째서 이렇게 된 거냐고 소리치고 싶은 심정이다.

현실도피라도 하듯 마왕은 수조 안을 헤엄치는 열대어에게 시선을 줬다. 현세 같은 건 하나도 상관이 없다는 듯 물고기들의 모습은 참으로 우아했다.

‘물고기들은 편해서 좋겠다. 그나저나 옛날에 이런 식으로 ‘물고기’를 봤던 것 같은데…………’

무언가를 떠올릴 듯했지만 머릿속에 안개가 낀 것처럼 하얗게 흐려진다. 그리고 마왕은 한층 더 현실도피를 가속했다.

‘헤엄…… 그래, 풀장을 설치하자! 아쿠에게도 전에 말했었지!’

며칠 전에 해방된 권한이 머릿속에 떠오른 건지 마왕은 내심 주먹을 불끈 쥐었다.

일 년 내내 여름과도 같은 성광국에서 풀장에 들어가 헤엄친다는 건 최고의 사치일 것이다. 둘이서 우아하게 헤엄치는 광경이라도 떠올린 건지 마왕의 얼굴에 미소가 번졌다.

하지만 그런 현실도피는 측근들의 무자비한 목소리에 날아가 버렸다.

"주변 영주라………. 뭐, 그리 사양할 필요는 없을지도?"

타하라는 히죽히죽 웃으며 마왕에게 시선을 줬다.

옆에서 보면 마치 이심전심이라는 듯한 모습이라 유우는 짜증이 난 듯 입을 열었다.

"………무슨 뜻이야?"

"무슨 뜻이고 뭐고, 장관님이 화이트를 후리………… 아니, 교묘하게 회담을 진행해준 모양이니까."

타하라의 히죽거리는 시선을 받은 마왕은 내심 식은땀을 흘렸다. 뜻하지 않게 화이트와 혼욕해버린 때의 일을 떠올린 모양이다.

'젠장! 이 녀석 누구에게 들은 거야………. 어디까지 알고 있지?!'

마왕이 당황하는 사이에 유우는 무언가 생각하는 바가 있었는지 조용해졌다.

물론 타하라는 마담에게 일부 사정을 들었으나, 그중에는 화이트에게 '천사의 고리'를 선물했다는 것도 포함되어 있었다. 말 그대로 심장을 저격하는 한 수였다고 타하라는 감탄했다.

"정말 동에 번쩍 서에 번쩍 참 바쁘다니까? 장관님."

성녀의 수장인 화이트를 기둥서방이나 호스트처럼 사로잡아놓고 다음에는 북쪽이며 동쪽에 가서 한바탕 날뛰고 있다. 타하라가 보기에 회유와 폭력을 적절하게 나눠 사용하는, 말 그대로 **쿠나이 하쿠토**의 악랄한 수법 그 자체였다. 마왕은 내심 당황하면서도 무게감이 느껴지는 동작으로 담배에 불을 붙이고는 그럴싸한 말을 거만한 어조로 뱉었다.

"어느 시대, 어느 세계든 권력자와는 양호한 관계를 구축해두고 싶은 법이지."

"그래, 맞아."

양호한 관계를 넘어서 노천온천에서는 알몸으로 마주했다는 걸 생각하면 범죄급 변명이기도 하며 정치가 뺨치는 잡아떼기였다.

"매번 그렇지만 장관님의 수완에는 혀를 내두를 수밖에 없다니까."

"상당히 고평가하는 모양이다만………… 네가 본 내 모습은 대체 어떻지?"

마왕은 내심 두려워하면서도 큰맘 먹고 타하라의 인식을 확인하기 위해 입을 열었다. 무언가 오해가 있다면 조금이라도 그걸 풀겠다고 이 남자 나름대로 열심히 생각했기 때문이다.

하지만 그 결과는 참혹했다————.

"어떻든, 성녀의 막내인 루나 아가씨를 가장 먼저 끌어들여서 잽싸게 후견인 자리를 차지했지. 치외법권에 가까운 라비 마을을 거의 대가 없이 수중에 넣고 착착 기반을 다져서 주변에 손을 뻗는 악귀와도 같은 침략자?"

"…………아무래도 너는 큰 오해를 하는 모양이군."

타하라가 묘사하는 자신의 모습에 마왕의 등에 전율이 내달렸다.

하지만 타하라의 추가 공격은 가차 없이 이어졌다. 아니, 정확하겐 머리에 직접 꽂혔다.

《하핫. 나도 알아, 장관님. 이 기회에 유우의 인식을 고치고 싶은 거지?》

'돌겠네‥‥‥‥ 이 녀석 무슨 소릴 하는 거야?! 뭔 말인지 전혀 모르겠어!'

아무 말도 않는 마왕을 보며 타하라는 얄미울 정도로 다 안다는 얼굴로 가볍게 고개를 끄덕였다.

무슨 일이든 최종적으로는 '죽이면 되잖아?'라고 생각하는 유우에게 못을 박아두고 싶은 거라고.

죽여서 전부 해결된다면 대제국은 그런 식으로 붕괴할 리가 없었을 테니까.

잘게 부숴서 떠먹여 주듯 타하라는 마왕의 전략(?)을 웅변했다.

"오오, 미안. 좀 부족했지. 중요한 건 마담의 마음을 사로잡고 중앙 사교파와 무관파를 악수시킨 부분이니까. 이로써 한 방울의 피도 흘리지 않고 세력판을 뒤집어놨다. 본래대로라면 이 악수에 도달하기까지 수많은 피가 흐르고 막대한 비용이 들어갔을 거야. 민중이 받아들이는 이미지도 피와 돈으로 점철된 쿠데타 세력 정도였을 테고."

"‥‥‥‥흠."

"하지만 장관님은 한 방울의 피도 흘리지 않고 이 악수를 이뤄냈어. 덕분에 장관님만이 아니라 이 마을도, 루나 아가씨도 깨끗한 이미지란 말씀. 이미지란 돈으로 살 수 없는 거니까. 한 번이라도 지저분한 이미지가 박혀버린다면 위정자는 끝이지."

"‥‥‥‥네 말이 맞다."

노도와도 같이 쏟아지는 타하라의 발언에 마왕은 태풍이 지나가기를 가만히 기다리는 강아지처럼 목을 웅크렸다. 지금은 정신 안정 효과가 있는 담배만이 구원이었다.

'악수고 뭐고………… 애초에 나는 관여하지 않았거든?!'

마왕은 그렇게 소리치고 싶었지만 실제로 하룻밤 만에 세력 판도가 격변하긴 했다.

옆에서 보면 마법이라도 쓴 듯한 정치극이었으리라. 본래대로라면 마담과 아츠가 화해하기까지 가는 과정은 지극히 복잡괴기하여 난해하기 그지없었을 문제다.

물론 마왕 입장에서야 출장 간 사이에 집이 멋대로 신축된 셈이다. 완전히 청천벽력이다.

"민중이 혐오하는 귀족파의 수장에겐 온 고울을 쓴 함정을 파 놨고, 놈은 거기에 훌륭히 빠졌지. 성녀의 수장인 화이트도 이쪽에 악감정이 없어."

거기까지 말한 뒤 타하라도 담배에 불을 붙여 맛있게 연기를 뿜었다.

새삼 자신의 상사가 구상하고 세심하게 쌓아 올린 길에 감탄하는 모양이었다.

아무런 토대도 없는 곳에서 시작했는데도 불구하고 단단한 기반을 구축하더니 아군 세력을 급속도로 늘리며 나라의 정점도 사로잡고 적대조직을 제거할 밑준비를 착착 갖춰놓고 있다.

결과만 본다면 타하라가 아니어도 감탄할 수밖에 없는 흐름이었다.

'미치겠네…………. 아무것도 한 게 없는데 뭔가 위업을 달성한 인물처럼 되었어!'

마왕은 태산처럼 높이 쌓인 착각의 벽에 새삼 전율했다. 이 거대한 벽을 어떻게 해 보려고 손을 댔다간 단숨에 무너져 자신의 몸 위로 쏟아질 것 같았다.

한편 유우도 타하라가 무슨 말을 하고 싶은지 알아차린 모양이다.

"나도 장관님께서 바라보는 장기적인 전망은 이해하고 있는데…………."

"그럼 다행이고. 아무튼 네가 하는 치료가 지금 빈민층의 지지를 급속도로 모으고 있거든. 그런 네가 **묘한 짓**을 하면 곤란하단 말이야."

꼼꼼하게, 그것도 논리적으로 못을 박는 타하라의 말에 유우도 한숨을 쉬며 고개를 끄덕였다.

무엇보다 마왕이 자신을 '생각이 짧은 여자'라고 여기면 입장이 난처해진다.

유우에게도 하고 싶은 말이 전해지자 타하라는 다시금 마왕에게 몸을 돌렸다.

그건 최종적인 현황 보고였다.

"지금은 일이 없는 녀석에겐 일을 주고, 마담에게서 넘어오는 자본을 온갖 산업에 분배하는 중이야. 덕분에 조금씩이지만 일부 상인이나 생산자도 이쪽으로 오고 있어."

위를 보면 성녀를 포섭하고 사교파와 무관파를 악수시키고,

아래를 보면 빈민과 상인과 생산자마저 아군으로 끌어들였다.

말 그대로—— 예술적인 **국가 찬탈**이었다.

그것도 여기까지 유혈사태라고 할 수 있을 만한 일이 없었다는 걸 고려하면 기적에 가깝다.

"그나저나 성녀에게 주는 선물로 천사의 고리라니, 장관님도 참 시니컬하다니까."

그 '대제국의 마왕'이 '천사'를 만들어내다니, 타하라가 보기엔 배를 잡고 웃을 일이다. 하지만 그걸 듣는 유우는 태연할 수 없었다.

"성녀에게 선물, 이라고요…………. 장관님."

고개를 숙인 모습에서는 표정을 알 수 없으나 위압감은 느껴졌다. 마왕은 수조로 시선을 도망치며 별일 아니라는 듯 가볍게 대답했다.

"음, 친교의 증표라고 해두도록 할까."

"친교, 라고요…………."

앵무새처럼 말을 따라하는 유우에게서 공포를 느낀 마왕의 등을 타고 식은땀이 흘렀다. 동시에 타하라가 불쑥 밝은 목소리를 냈다.

"그러고 보면————."

천재의 머리에 무언가 이 분위기를 바꿔줄 아이디어가 번뜩인 걸까. 마왕도 기대에 찬 시선을 보냈다.

'좋아, 타하라! 네게 준 천재 설정을 지금 살려봐!'

하지만 그 결과는 잔인했다————.

"장관님, 선물 하니 말인데 유우에게도 뭔가를 줄 수 없어?"

그런 타하라의 말에 마왕도 생글생글 고개를 끄덕였다.

그게 제 무덤을 파는 행위인 줄도 모르고.

"음, 나도 그렇게 생각하던 참이다. 유우는 많은 것을 해주었으니 포상을 줘야지."

이미 타하라에게는 '여동생을 부르겠다'는 가장 큰 포상을 약속했다.

이랬는데 유우에게는 아무것도 주지 않는다면 불공평하다. 유우에게서 무언가 불길한 기척을 느끼던 것도 있기에 마왕도 좋은 아이디어라는 듯 달려들었다.

'어째 화이트 때도 이런 느낌이었던 것 같은데⋯⋯⋯⋯?'

마왕은 기묘한 기시감을 느꼈지만 사실이었다. 그때도 화이트의 기분을 풀어주기 위해 천사의 고리를 선물했다.

게다가 최근에는 흥분한 오르간을 달래기 위해 악마의 뿔을 선물했다.

당장 상황을 모면하기 위해 한쪽에선 천사를 만들고, 한쪽에선 악마를 만들다니. 여태껏 이렇게까지 민폐를 끼치는 남자도 없었을 것이다.

'뭐, 선물 하나로 기분이 풀린다면 싸게 먹히는 거지⋯⋯.'

마왕은 그렇게 생각하며 어떤 물건이든 마련하겠다며 자신만만한 태도로 의자에 몸을 기댔다.

하지만 그 결과는 잔인했다————.

"그렇다면 장관님도 가끔은 휴가라도 받아서 유우와 느긋하게 온천에라도 몸을 담그지 않을래? 가볍게 등을 밀어달라고 명령도 하고 말이야."

'잠………… 깐만!'

예상하지 못한 폭탄에 마왕은 의자에서 미끄러질 뻔했으나 가까스로 버텼다.

회장에서 쓰이던 아이템 정도를 생각하고 있었는데 설마 자기 자신이 선물이라니, 예상 범위를 너무 파격적으로 벗어났다.

"장관님도 계속 일한다고 피곤할 텐데 슬슬 생명의 세탁이라는 걸 해야 하지 않겠어?"

'너는 미쳤냐! 반대로 수명이 줄어든다고!'

천재(天才)가 아닌 천재(天災)와도 같은 제안에 마왕의 머릿속이 새하얘졌지만 타하라의 추가 공격은 가차 없이 머릿속에 꽂혔다.

《아니, 유우를 눌러두기만 해선 언제 폭발할지 알 수 없잖아? 내 생각에도 좋은 각도로 패스한 것 같은데 어때?》

'무슨 패스를 던지는 거야! 내 안면에 직격했잖아!'

마왕은 그렇게 소리치고 싶었으나 타하라의 제안에 잘됐다는 듯 반겨놓고 이제 와서 뒤로 뺄 수 있는 입장도 아니었다.

하지만 깔끔하게 포기할 줄 모르고 질척거리는 이 남자는 어떻게든 상황을 타파하기 위해 입을 열었다.

"…………잠깐, 타하라. 온천에 들어가서 여성에게 등을 밀라고 명령하는 건 성희——."

"멋진 제안이야, 타하라————!"

그 말은 유우의 힘찬 목소리에 순식간에 지워졌다. 감격에 겨운 건지 유우는 동료를 향해 극상의 미소를 지으며 말했다.

"당신은 어떻게 해볼 수도 없는 얼간이에다 나태하고 지저분하고 생활력도 없으며 여동생에게 미친 답이 없는 환자이긴 하지만 다시 봤어."

지독한 말의 나열에 타하라의 얼굴이 뻣뻣하게 꿈틀거렸지만, 이때만큼은 가까스로 웃으며 삼켰다.

유우를 진심으로 화나게 해서 기분이 나빠지면 상당히 성가셔진다는 걸 익히 알기 때문일 것이다.

타하라가 보기에 장관님과 둘만의 시간을 만들어주기만 해도 유우의 기분이 좋아진다면 이만큼 쉽고 편한 포상도 없었다.

'어, 어떻게 해야 하지⋯⋯⋯? 이 흐름 위험하다고!'

노도와도 같은 전개에 마왕의 머리도 바삐 돌아갔다.

본래 유우처럼 흠잡을 곳 없는 미인과 혼욕한다면 기뻐해야 할 일이지만, 설정을 부여한 당사자이기 때문에 유우의 무서움을 너무 잘 알았다.

애초에 근본적인 의문으로서, '쿠나이 하쿠토'와 유우가 이렇게까지 사이가 좋다고 설정한 기억이 없었다. 두 사람의 관계는 어디까지나 비즈니스 라이크였다. 따라서 마왕이 보기에는 묘한 위화감이 있으니 이중적인 의미로 두려움을 느끼는 원인이 되었다.

"휴가에 대해서는 일이 정리된 뒤에 생각하지. 먼저 전해야 할 말이 있다————."

몇 번이고 말하지만, 이 남자는 깔끔하게 포기할 줄 모른다.

여기까지 와 놓고도 분위기를 바꾸기 위해 비장의 카드를 꺼냈다.

"근시일 내에 두 명의 측근을 이 세계에 부를 생각이다. 내 머릿속에도 후보는 있지만, 너희들에게도 기탄없는 의견을 듣고 싶다."

마왕의 발언에 두 사람의 안색이 바뀌었다.

농담 따먹기를 하고 있을 분위기가 아니게 되었기 때문이다. 기탄없는 의견이라는 말에 유우가 바로 입을 열었다.

"저는 시즈카를 추천합니다."

"자자잠깐! 그런 걸어 다니는 제노사이더 같은 여자를 불러서 뭘 하려는 거야! 핵전쟁 후의 세기말로 만들 생각이야?"

유우의 추천을 들은 타하라가 즉각 반대 의견을 던졌다.

─────────마토바 시즈카─────────.

아는 사람이 듣기에 그 이름부터가 이미 끔찍하다. 과거 대제국의 수도를 패닉 상태에 빠트린 희대의 살인귀라는 설정이 부여된 측근이었다.

시즈카와 관련된 설정은 무척 상세했으나, 마지막에는 이렇게 적혀있다.

그녀의 숨겨진 소원은 딱 하나.

자신을 체포한 쿠나이 하쿠토의 목을 베는 것이다─────.

그런 설정을 알지 못하는 타하라와 유우는 정면으로 의견을 부딪쳤다.

"장관님도 말씀하셨듯 우리에겐 앞으로 적이 늘어날 거야. 그렇다면 전투능력이 뛰어나고 무슨 일에도 동요하지 않는 그녀 같은 존재가 필요해."

"바보 같은 소리 하지 마⋯⋯⋯⋯. 대제국이 존재하지 않는 이 세계에서 그녀가 명령을 고분고분 따를 리 없잖아!"

"바보는 당신이고. 대제국은 장관님의 손으로 1부터 재건되는걸."

"그러니까 그 녀석 주변에 칠 '울타리'가 완성된 뒤의 이야기라는 거야. 안 그러면 내부에서 나라가 멸망할 거다."

두 사람의 대화를 들으며 마왕도 잠시 생각에 잠겼다.

확실히 시즈카라는 측근은 겉보기엔 칼날과도 같은 아름다움을 지녔으나, 그 내면은 칼날을 넘어 제어할 수 없는 광전사라고 불러야 할 존재였다.

감옥 미궁에서 그 불길한 메시지를 보낸 상대를 고려하면 언젠가 그 전투능력이 필요해지리라는 건 마왕도 생각하고 있었다.

하지만 그건 '지금'이 아니라고 판단했다.

'간신히 스타트 지점에서 궤도에 올라탄 시점이야. 신중하게 움직여야지.'

예를 들어 라비 마을은 따뜻하게 품었던 달걀이 간신히 부화한 상태이니 병아리와 다를 게 없다. 자칫 잘못하면 간단히 잡아먹힐 것이다.

마왕의 그런 생각을 뒤로 타하라와 유우는 계속해서 의견을 내놓았다.

"나라면 노무라 아저씨지. 2순위로는 콘도를 추천해. 이유라면 앞으로 확장해나갈 이 마을의 경비를 위해서."

"뭐, 확실히 수비에는 적합하네."

"어쨌거나 다른 한 명은 렌으로 정해져 있겠지만. 나로서도 크게 도움이 되고."

"어머, 나는 카토가 오는 게 떠들썩해서 좋은데? 그 애도 행동파니까 적을 분쇄하기에 적합한걸."

"카토라. 그 생각 없는 '망할 꼬마'에게도 '울타리'가 필요한데…………."

타하라는 지긋지긋하다는 듯 손으로 얼굴을 덮었다. 어째서 내 동료는 이런 문제아투성이냐고 한탄하고 싶은 모양이었다.

한편으로 마왕은 마왕대로 생각을 정리했다.

'요컨대 타하라는 '수비'를, 유우는 '공격'을 생각하고 있는 거군………….'

병아리로서 수비를 강화할 것인가, 아니면 날개를 펼쳐 단숨에 하늘로 날아올라 누구의 손도 닿지 않는 존재가 될 것인가. 많은 경우 위치에 따라서 견해도 달라진다.

이럴 때는 누가 정답이고 누가 오답이냐는 없다. 선택의 결과는 때때로 그때가 되어야만 할 수 있는 법이다.

"양측의 의견 모두 들어볼 가치가 있었군————."

마왕이 엄숙하게 말하자 타하라와 유우도 바로 입을 다물었다.

드디어 불러낼 두 사람이 결정된다.

"나로서는 앞으로 급격하게 몸집을 불려갈 마을의 규모를 고려하여 콘도를 **반영구적**으로 상주시킬 생각이다."

마왕의 발언에 두 사람이 고개를 끄덕였다.

그 타고난 은둔형 외톨이라면 시키지 않아도 마을에 틀어박힐 것이다. 시킨다고 해도 밖에 나가지 않는다. 왜냐하면 '오오노 아키라'가 그렇게 '설정'했으니까.

불평 하나 없이 이상적인 자택경비원이 되리라.

그리고 침입해오는 적은 콘도가 지닌 '눈'에서── 절대 도망칠 수 없다.

"나는 앞으로도 국외에서 활동하는 일이 많아질 테지. 다른 한 명은 보디가드로서 렌을 소환하려고 한다."

그 발언을 듣고 타하라는 기쁘다는 듯 승리의 포즈를 취했다.

드디어 멀쩡한 동료가 온다고 생각한 모양이다.

"좋았어! 렌이 와 준다면 두 팔 벌려 환영이지! 내 일도 반으로 줄어들 거야!"

"…………장관님의 지시를 따르겠습니다."

예상대로라고 해야 할까── 유우의 얼굴에는 순간 불만이 스쳤으나, 어떻게든 삼킨 듯했다. 결과적으로 마왕이 선택한 건 '수비'에 무게를 둔 작전이었으니까.

단 '공격'은 자신들이 담당한다는 스탠드였다.

"그 외에도 해방된 권한이 있으니 순차적으로 그쪽도 해 두겠다."

두 사람이 고개를 끄덕이는 걸 보고 마왕도 회의 종료를 알리

듯 눈을 감았다.

드디어 위가 쓰린 회의에서 해방이라고 말하는 듯한 자세였으나 그 표정만큼은 더없이 중후했다.

동시에 마왕은 해방된 권한에 대해 생각했다.

'그 좌천사라는 녀석은 '쿠나이'가 이 세계를 멸망시키는 걸 기대하고 있던 모양이다만…………'

─────CONGRATULATIONS!─────

판도 내의 활동수가 일정수를 클리어─────《에어리어 설치》가 해방되었습니다.

'이걸 보내는 상대는 말 그대로 '게임 감각'이로군…………'

마왕은 생각했다.

자신을 부른 좌천사라는 녀석과 '이 녀석'은 다른 존재라고.

이 세계를 진정으로 멸망시켜주길 바란다면 권한을 제한하지 않을 것이다. 처음부터 전부 개방해두면 그만이다.

'뭐, 상대방의 꿍꿍이 같은 건 알 바 아니지.'

마왕은 관리 화면을 열고 해방된 에어리어 설치 항목을 보았다.

변함없이 대부분 검게 칠해져 있으나, 이것도 조건을 달성하면 순차적으로 해방되는 구조일 것이다.

─────놀자, 마왕─────.

미궁 안쪽에서 본 으스스한 메시지가 머릿속에 떠올랐다. 하지만 화면에 뜬 그리운 에어리어들을 보고 있자 마왕의 얼굴에는 자연스럽게 사나운 미소가 번졌다.

'놀아주는 건 **이쪽**이라고. 신인 척하는 얼간이가………….'

자신만만하게 웃는 마왕이었으나 그 얼굴이 얼어붙었다. 퇴장하는 유우에게서 특대급 폭탄이 떨어졌기 때문이다. 그건 신도 두려워하지 않는 이 남자를 떨게 만드는 발언이었다.

"장관님. 온천으로 불러주시길 기다리고 있겠습니다──."

우아한 미소를 지은 유우가 조용히 문을 닫았다.

홀로 남은 마왕은 조금 전의 자신만만한 미소는 어디로 갔는지 얼굴이 창백하게 질렸다.

'이럴 수가! 잘 얼버무린 줄 알았는데!'

마왕은 무심코 책상에 얼굴을 박고 벌벌 떨었다. 미녀와 함께 목욕한다는, 세상 남자들의 부러움을 살 상황인데도 어째서인지 마왕의 머릿속에 떠오르는 온천은 피바다였다.

새 단장

라비 마을의 아침은 일찍 시작한다————.

밭일하러 나온 바니들은 아직 사위가 어둑할 때 집에서 나와 농장으로 향한다.

모집을 보고 찾아온 장인들이나 북방국가군이 전쟁기에 들어가 갈 곳을 잃은 모험가들도 시원할 때 조금이라도 일을 마쳐두기 위해 이른 아침부터 움직인다.

거기에 맞춰 일반구획에 나온 노점도 가게에 물건을 내어놓는다.

라비 마을은 기본적으로 아침 5시에는 일하기 시작하므로 그들은 새벽 3시에는 일어나 채비를 마치고 일찌감치 개점 준비를 끝낸다.

"어이, 여기 호밀빵과 당근 수프를 줘."

"나는 날뛰는 닭의 닭꼬치와 당근 무침. 그리고 온천 달걀."

"점심까지 버틸 만큼 먹어놔야지. 보리 수프 있어?"

성광국은 1년 내내 여름 날씨인 나라이므로 낮에는 더위 때문에 일을 할 수 없어 새벽부터 낮까지가 주요 노동시간이었다.

"그러고 보면 새 가게가 세워진다는데."

"꿀꺽꿀꺽 2호점이라는 소문이었어."

"여기서도 꿀꺽꿀꺽의 요리를 먹을 수 있다고? 끝내주는데, 이 마을…………."

성광국 동부는 쇠퇴한 땅만 펼쳐져 있었으나, 라비 마을은 예외적으로 사람이 많기 때문에 자연스럽게 노점도 아침부터 떠들썩했다.

"밑창에 슬라임 젤리를 사용한 좋은 신발이 있어! 이거라면 구멍도 안 뚫려!"

"듣고 놀라시라! 이놈은 도시국가에서 들여온 회색곰의 간이라고."

"새참으로 먹기 딱 좋은 완두콩이야~ 하나 어때?"

"옛다, 모래 도마뱀붙이 구이 나왔수다! 요 녀석을 먹으면 아침부터 찌릿찌릿하다고!"

노점상들이 목이 갈라져라 크게 소리쳤다. 여기는 임대료가 들지 않고 세금 징수도 없는 **황당한 구역**이기 때문이다.

노점상들은 말 그대로 목숨을 걸고 장사한다고 봐도 된다. 여기에서 쫓겨나면 천국에서 지옥으로 처박히는 셈이다.

타하라는 사전에 '성적·평판이 나쁜 가게는 내보낸다'고 선언했고, 그걸 실행했다.

임대료도 세금도 내지 않고 장사할 수 있는 땅이 여기 말고 존재할 리 없다. 그렇다 보니 노동자들을 위해 마련한 일반구획은 이른 아침부터 매일같이 축제처럼 시끌벅적하다.

타하라가 노린 대로 모든 노점이 다 인기를 끌며 질을 올리기 위해 애를 썼다.

질 좋은 가게는 남고, 질 나쁜 가게는 강제 퇴거—— 가혹하리만치 철저한 자본주의라고 불러야 할까.

이 세계에는 윤리나 도덕 관념이 희박한 상인이 많으므로 타하라는 이런 방식으로 거름망을 마련했다.

"그나저나………… 이 마을은 어디까지 개척할 생각인 거지?"

"내가 알겠냐."

"어느 쪽이든 길이 무식하게 넓다니까. 이래서야 건물도 제대로 못 세우지 않아?"

노동자들의 말대로 이 마을에 깔리고 있는 길은 무식하게 넓은 공간을 차지하고 있으며, 대형마차가 네 대는 유유히 지나갈 수 있을 정도였다.

덤으로 군데군데 길이 십자로로 갈라져서 어지간히 커다란 '무언가'를 만들려는 것 같았다. 그게 무엇인지 아직 그들은 상상도 하지 못했다.

"슬슬 시간 됐네. 가자!"

"응? 좀 빠르지 않아?"

"바보냐, 총감독님이 그랬잖아. 5분 전 행동이라고!"

밥을 쑤셔 넣은 노동자들이 오늘도 저마다 일터로 서둘렀다. 그 표정에는 신기할 정도로 출근하는 사람 특유의 그늘이 없었다.

여기서는 일하면 그날 내에 급료가 나오기 때문이다.

본래 주소도 없고 언제 어디로 증발할지도 알 수 없는 모험가들이 평범한 일을 받는 경우엔 월말에 급료를 받는 게 보통이지만, 여기서는 그날 내에 바로 들어온다.

일이 없는 시기에는 먹는 둥 마는 둥 근근이 살아가는 그들에게는 마른하늘에 내린 단비와도 같았다. 젊은 여성이나 아름다운 남자라면 몸을 팔아서 버틸 수 있을지도 모르지만 그렇지 않은 자들에게는 그야말로 뭐든 하면서 입에 풀칠할 수밖에 없다.

이것도 미궁에서 본 일당 시스템을 마왕이 그대로 들여와 채용한 것이다.

"좋아, 오늘도 기합 넣고 가볼까."

"사랑하는 대동화 아가씨, 기다려줘~~!"

여기서도 이름 없는 2인조 모험가가 현장으로 향했다.

한 명은 체격은 좋지만 입은 옷이 너덜너덜했고, 다른 한 명은 비쩍 말랐으나 깔끔한 인상이었다.

"금방 써버리는 주제에 사랑은 개뿔."

"하지만 옷도 신발도 벨트도 샀는걸? 새로 단장했단 말씀."

그의 말대로 가난한 모험가치고는 제법 옷차림이 반듯했다.

벨트는 반들반들한 가죽이고 신발도 밑창에 얼려서 고무처럼 만든 슬라임 젤리를 사용한 사치품이었다.

"헹, 벌써 신발을 사고 말이야……. 너 머리에 꽃밭이라도 핀 거 아니야?"

"하지만 이걸 신으면 탄력이라고 해야 하나, 아무튼 허리와 다리에 부담이 덜해."

"그러니까, 그게 사치라고."

옷이라면 계속 수선하면서 넝마가 될 때까지 입고, 신발이라면 구멍이 뚫릴 때까지 신는다.

그런 빈곤층이 **물건**을 사기 시작했다.

여태까지는 살기 위해 꼭 필요한 물이나 하루하루 음식을 입에 넣는 것만으로도 최선이었다. 새 신발이나 옷을 사는 건 어지간히 급할 때뿐이었다.

"신발 하나로 상당히 변하거든? 몸만이 아니라 마음도."

"입은 살아선⋯⋯⋯⋯."

돈이 쓰이고, 물건이 팔린다── 참으로 단순하고 소박한 현상이지만 이게 경제의 기본이자 정의이기도 하며 국가의 근본마저 이루는 것이다.

반대로 다들 궁핍한 나머지 돈을 쓰지 않고 물건이 팔리지 않으면 그 나라는 멸망을 기다릴 수밖에 없다.

마왕이 노동자들에게 일당을 주라고 지시한 건 '가난한 사람이 많아 보이니까'라는 적당한 이유였으나 그게 만들어낸 효과는 수수하면서도 컸다.

빈곤층에 신속하게 돈을 뿌린다는 결과를 만들었기 때문이다. 취업 후에 그 자리에서 급료를 주면 노동자들은 환호성을 지른다.

매일매일 반복되는 그 광경은 특별하지 않은 일상의 한 장면이다.

하지만 그게 사흘이 지나도, 일주일이 지나도, 한 달이 지나도, 아니, 애초에 언제 끝날지도 알 수 없는 규모로 이어진다.

보는 사람이 본다면 그 광경을 이렇게 평할 것이다.

이상하리만치 집요하게 **매일 돈을 뿌린다**고── 실제로 돈을 받는 쪽의 의식은 확실하게 변해가고 있었다.

오늘 돈을 써도 내일이면 또 들어온다.

그게 당연하다는 듯 매일 이어진다.

변칙적인 형태이긴 하지만 그건 '안심'이나 '안정'으로 이어진다.

그것은 경제적인 측면만이 아니라 사타니스트로 전락하는 사람의 급격한 감소도 의미했다.

아무렇지도 않게 대화를 나눈 이 이름 없는 모험가 콤비조차 이 마을에 오지 않았다면 어떻게 되었을지 알 수 없으니까.

"아까부터 계속 불평만 하는데, 너도 옷을 살 정도의 돈은 모았잖아."

"그야 뭐, 그렇지…………."

"언제까지 더러운 **차림새**로 지내면 마음까지 가난해진다? 오늘도 내일도 일하면 돈이 들어오잖아. 너 내일도 그 추레한 옷으로 아쿠 앞에 나서려고?"

"……젠장, 알았어! 나도 멀쩡한 옷 한 벌 정도는 갖고 싶어!"

"뭐, 난 트론파이긴 한데."

"네 취향은 안 물어봤거든!"

노동자들이 차례차례 현장으로 달려가자 일반구획에 드디어 한때의 휴식이 찾아왔다.

하지만 그들의 일은 이것으로 끝이 아니다.

낮이 되면 일을 마친 노동자들이 일제히 돌아오기 때문이다. 대목이라는 말이 있다. 라비 마을은 말 그대로 많은 상인에게 전장이 되어가고 있었다.

그리고 태양이 대지를 비출 무렵—————.

"좋아, 여기까지. 나머지는 오후로 돌린다."

""수고하셨습니다!""

각 현장을 지휘하는 책임자들이 그렇게 선언하자 노동자들은 일제히 시끌시끌 떠들면서 길거리에 놓인 나무통에서 나무를 깎아 만든 컵으로 물을 퍼담아 마셨다. 사치스럽게도 손을 씻거나 세수하는 용도로 물을 가득 받은 대야도 마련되어있다.

"그나저나 당연하게 마시고는 있는데…… 이거 '물'이잖아?"

"뭔 소리야?"

"아니, '소금'도 그렇지만 계속 공짜니까…………."

"하긴."

그렇지 않아도 더운 나라에서 수분 보충도 없이 일하면 몸이 못 버틴다. 마을을 감독하는 타하라에게 그것은 '노동력 손실'이다.

따라서 휴식 장소에는 풍부한 물과 여관에서 나른 소금을 두고 상시 수분과 염분을 보충하라며 신신당부를 해놓았다.

참고로 타하라가 일당 시스템에 찬성한 건 한 가지 이유가 있다.

그들 대부분이 받은 돈을 마을에서 사용하기 때문이다. 대상은 노점, 스탠드 바, 급조 여관, 목욕탕 등 다양했지만 여기에 카지노나 창관을 대표로 하는 '오락 시설' 설치가 진행되면 그 경향은 한층 더 강해질 것이다.

말하자면 급료를 줬다가 잠시 후엔 다시 자신에게 돌아오는 셈이다.

이미 마을이라고 부르기 어려울 정도로 규모가 커진 라비 마을이지만, 지배지역이 확장될수록 상업시설을 세울수록 뿌렸던 돈의 리턴도 커진다.

"어, 어이, 저거…………."

"앗…………."

모험가와 장인들이 잠시 쉬는 동안 세 명의 남녀가 마을 중앙으로 걸어갔다.

마을의 '총감독님'인 타하라와 지금은 노동자들이나 환자에게서 열렬한 시선을 한 몸에 받고 있는 '신의' 유우였다. 그리고 그 두 사람을 거느린—— '마왕'을 자칭하는 이상한 박력을 지닌 남자.

타하라나 유우는 주민이나 노동자들 사이에 교묘하게 녹아들어 지금에 와선 그들이 사랑하고 의지하는 존재였으나, 여기에 마왕이 더해지자 분위기마저 확 달라진 듯했다.

그 모습은 과거 대제국이 지배한 점령구역을 당당히 활보하는 마왕과 그 측근들의 모습을 방불케 했다.

떠들썩하던 노동자들도, 시끄러운 책임자들도 바로 목소리를 죽였다.

"오, 오랜만에 마왕님의 모습을 뵈었네…………."

"역시 무서워…………. 뭐라고 해야 하지, 저 사람을 보면 몸이 막 떨려."

"하지만 저 사람이 없으면 이미 우리의 생활은 성립되지 않잖아."

"그 목욕탕이라는 황당한 곳을 만든 게 마왕님이라고 들었어."

"내가 들은 소문으론 루키 마을에서 히드라를 비웃으며 태워 죽였다고…………."

"야 인마, 묘한 소문 퍼트리지 마. 찢겨 죽을라!"

"유우 마마······ 마마············ 응애애애애애애애애애애!"

"시끄러워!"

이쯤 되면 걷기만 해도 대참사다.

마왕도 마왕대로 마을에 있는 사람들에게 일제히 시선을 받으며 걸으려니 완전히 벌칙 게임이었다.

수많은 사람이 지켜보는 가운데 미리 비워놓은 듯한 공터에 세 사람이 멈춰서자 마왕은 칠흑의 공간에서 거점을 만들어내는 두 개의 아이템을 꺼냈다.

"그럼 시작할까—— 거점 진화!"

마왕은 그곳에 거점진화 아이템인 《성수》를 꺼내 허공으로 던졌다.

밝은 빛을 뿌리는 구체가 공중에서 서서히 그 모습을 바꾸더니 예상하지 못한 형상을 이루었다. 그 **아이템**을 본 군중이 소리 없이 경악했다.

"말도, 안 돼············."

"나는 꿈이라도 꾸는 건가············?"

놀랍게도 순백의 옷을 입은, 어딜 봐도 천사로 보이는 여성이 나타난 것이다.

그 여성은 어깨에 커다란 병을 들쳐메고 있었는데, 거기에서 성스러운 물이 흘러나와 말라붙은 대지에 아낌없이 쏟아졌다. 그 순간 눈 부신 빛과 함께 《회복의 샘》이라고 불리는 진화거점이 탄생했다.

설치와 동시에 주변에서 술렁거림이 번지더니 잇달아 여기저기에서 외침이 터졌다.

"천사, 님…………?"

"화, 황야가, 물이 되었어…………!"

"뭐야………… 지금 그거?!"

그 광경은 이 세계의 주민에겐 충격적이었으나 실체는 간단했다.

소위 물병을 든 여성 조각상을 이미지한 것으로, 물병자리 일러스트에서도 많이 보는 모습이다.

군중의 눈에는 하늘에서 나타난 천사가 마른 대지를 샘으로 바꾼 것처럼 보였으나, 과거 회장에서는 거점을 진화시킬 때 매번 보던 **연출**일 뿐이었다.

당연히 측근들도 익숙하게, 아니, 질릴 정도로 본 광경이었다.

"하아, 살았어. 장관님. 이제 일일이 여관에서 나를 필요가 없어지겠네."

"음, 이 샘은 주민이나 노동자들에게 무료로 개방해두도록. 단, 물을 외부로 가지고 가는 건 금지다. 괜한 문제가 생길 테니까."

"맞아. **지금은 아직** 시장에 혼란을 주고 싶지 않고."

'지금은…………?'

타하라가 의미심장한 시선을 보냈고, 마왕은 잘 알지 못했지만 그럴싸하게 고개를 끄덕였다.

참고로 이 거점은 설치자가 이 장소에서 싸우면 체력을 서서히 회복해주는 시설이지만 다른 사람에게는 아무런 효과도 없는, 절대 더러워지지 않는 성스러운 샘일 뿐이다.

성스러운 샘이라고 해봤자 딱히 천사나 성속성에 관련된 가호가 있는 건 아니고, 이 거점 설정에 '무한하게 솟아나는 남알프스의 천연수'라는 웃기는 설명이 붙었을 뿐이다.

마족령에서 활약한 《후지산의 약수》와 마찬가지로 요리나 술의 맛을 끌어올려 주는 효과도 있지만, 실생활에서는 이런 비하인드 설정이 더 도움이 되곤 한다.

두 사람의 대화를 뒤로 군중들에겐 결정적인 착각이 퍼지고 있었다.

아니, 그건 이미—— 착각이라고 불러도 괜찮은 수준인 걸지.

"처, 천사님께서, 샘을 만드셨어!"

"마, 마법이겠지…………. 저게 소문으로 듣던 제7인가 제8마법 아니야?!"

"말도 안 돼…………."

"나 들은 적 있어. 저 사람의 마왕이라는 칭호는 타천사님을 가리키는 거라고………."

"루시퍼………… 님…………?"

그들의 목소리가 울려퍼지는 가운데 마왕은 계속해서 진화거점 중 하나인 《치유의 숲》을 설치하기 위해 이동했다. 이쪽도 현지 주민을 경악하게 만드는 내용, 아니, 연출이었다.

마왕이 《치유의 묘목》이라 불리는 작은 묘목을 땅에 설치하자 강렬한 빛과 함께 눈 깜짝할 사이에 묘목이 성장하여 대지를 잇달아 집어삼키더니 광활한 삼림이 되어 퍼져나갔다.

온천여관과 야전병원 사이에 아름다운 숲이 탄생하자 마을의 경관이 점점 아름답게, 한층 멋지게 변해갔다.

참고로《회복의 샘》주변에도 야자나무가 세워져 있어 이 더운 나라의 풍토에 무척 잘 어울리는 경관을 만들어주었다.

갑자기 나타난 삼림에 군중은 눈이 휘둥그레져서 소리쳤다.

"이봐, 이봐! 다음은 숲이 생겼어!"

"뭐가 어떻게 된 거야?"

"마왕님은………… 천지를 창조하신 건가…………."

군중의 의문은 당연했다.

어디의 누가 아무것도 없는 공간에 샘이며 숲을 만들어낸다는 말인가. 그런 존재가 있다면 그건 신이나 천사 같은 초고차원 존재밖에 없을 것이다.

이젠 착각이 착각이 아니게 되어버린 순간이었다.

"유우, 너무 늘어난 환자들이 이 숲에서 쉬도록 유도해라."

"감사합니다, 장관님."

그 이름대로 이 진화거점에는 치유 효과가 있다.

과거 회장에서 부상은 시간 경과에 따라 치유되었지만, 부상이라고 해도 현실로 치환하면 그 모습이 제각각이다.

골절, 베인 상처, 요통, 무릎 통증 등 잡다한 내용을 천천히, 시간을 들여서 치유해나간다.

마지막으로 마왕은 오늘 가장 중요한 거점을 설치하기 위해 마을 안쪽으로 이동했다. 지극히 자연스럽게 그 뒤를 따르듯 군중들도 우글우글 움직였다.

마치 기적을 일으키는 성자의 뒤를 따르는 신도 무리와도 같은 광경이었다.

다음으로 마왕은 거점진화 아이템인 《유희증》을 꺼냈다. 과거 회장에서 미니게임 요소로 도입했던, 도박을 할 수 있는 《카지노》를 설치하기 위해서다.

타하라는 그것을 보고 눈을 빛냈고 유우는 어이없다는 듯 한숨을 쉬었다.

"그럼 이 땅에 황금이 쏟아지게 해 보자고── 거점진화!"

마왕이 거들먹거리며 손을 휘젓자 그곳에 보는 이를 경악하게 만드는 웅장한 카지노 호텔이 탄생했다.

실제로 라스베이거스에 존재하는 '벨라지오'를 모티브로 오오노 아키라가 제작했다.

진짜 벨라지오는 36층에 객실 수는 본관과 신관을 합쳐서 4천 개에 가까운 터무니 없는 규모의 카지노 호텔이지만, 이 카지노는 14층이었다.

1층~3층 부분에는 카지노와 레스토랑, 쇼를 여는 공간이 들어가 있고 4층~13층 부분은 고급호텔이다. 최상층인 14층의 옥상에는 오너룸이 설치되어 있으며 참으로 호화로웠다.

카지노 정면에는 인공호수가 있는데, 거기서는 음악과 연동하여 다양한 분수 쇼를 볼 수 있지만 지금은 그저 조용한 호수가 펼쳐져 있을 뿐이었다.

이걸 움직일 때는 그 충격이 한층 더 커질 것이다. 이 나라에서 가장 귀중한 물을 사용해 성대한 쇼를 펼치는 것이니까.

"크으! 이걸 기다렸다고!"

카지노를 본 타하라가 감격에 겨워 소리쳤다.

그는 본래 방탕한 남자이며, 사생활에서도 생활력이 전무했다. 당연하게도 각종 도박을 아주 좋아한다.

유우는 도박에는 관심이 없지만, 건물의 아름다움에 취해 황홀해하는 목소리를 냈다.

"밤이 되면 한층 화려해지겠네요, 장관님…………."

"으, 음…………."

슬쩍 팔짱까지 낀 유우가 마왕에게 찰싹 달라붙었다.

유우의 말대로 카지노 호텔의 모습은 호화찬란이라는 형용사가 잘 어울렸다.

다양한 라이트업으로 건물 전체가 황금색의 밝은 빛을 뿌린다. 낮인데도 불구하고 이미 태양이 무색하게 환상적인 건물이었다.

여기에 더해 밤이 되면 일루미네이션으로 한층 치장하니, 그 호화로움은 말로 표현할 수 없다.

"이거 종업원 교육이 급선무겠는데. 세계에서 가장 바니걸이 빛나는 장소야. 설마하니 이것도 노린 건 아니지? 장관님."

타하라가 농담처럼 던졌으나 마왕은 그저 웃을 뿐이었다. 단순히 대답할 말이 궁했을 뿐이지만 그 미소는 보는 사람에 따라서는 다양한 억측을 부를 것이다.

침묵은 금이란 격언은 참으로 절묘했다.

황금색으로 빛나는 카지노를 보고 타하라는 절절히 입을 열었다.

"이 나라는 천년 넘게 귀족이 민중에게 돈을 착취해왔지. 하루하루를 버티며 사는 게 최선인 녀석들이 득시글거려. 완전히 슈퍼 울트라 계급사회지."

타하라의 말을 들으며 마왕도 생각하는 바가 있었던 건지 고개를 크게 끄덕였다.

현대 일본도 어느새 놀랄 만큼 격차가 벌어진 사회가 되었으니까. 이 문제는 마왕도 남의 일이 아니었다.

버블 시대와 그 붕괴. 그 후에 찾아온 취직 빙하기에 비정규직 고용이 당연해진 사회의 변천을 이 남자도 직접 목격했다.

그런 마왕의 생각을 뒤로 타하라의 혀가 매끄럽게 움직였다.

"민중은 제대로 된 교육도 받지 못하고, 돈이 잘 벌리는 장사가 있다면 귀족이 빼앗아 가지. 이래서는 생활 수준이 향상될 리 없으니 나라가 발전하지도 못해. 미래에 희망을 품지 못하는 국가는 서서히 후퇴하고, 정체하고, 마지막엔 정지하는 거야."

타하라의 말을 들으며 유우는 짜증이 난 듯 끼어들었다.

"뻔히 아는 사실을 구구절절⋯⋯⋯⋯ 대체 무슨 말을 하고 싶은 거야?"

"장관님은 지금까지보다 더 민중이 싫어하든, 울부짖든, 거부하든, 온갖 수단을 총동원해서 그 품에 돈을 쑤셔 넣을 거라는 뜻이지. 내 말 맞지?"

"⋯⋯⋯⋯퍽 유쾌한 표현이군."

마왕이 희미하게 미소를 지었고, 타하라도 웃으면서 담배에 불을 붙였다. 서로 생각하는 것은 다르지만 옆에서 보면 이심전

심인 모습이었다.

당연히 유우는 못마땅했다. 애초에 이 세계에 온 뒤로 두 사람의 생각의 거리가 너무 가깝다는 걸 늘 느끼고 있었다.

과거 대제국이 존재하던 세계에서 **장관의 뜻**에 가장 가까웠던 건 유우였기에 그 장소가 비좁아진 것 같은 짜증을 느끼고 말았다.

유우는 마왕의 팔을 더 강하게 끌어당겼지만 타하라는 아랑곳하지 않고 입을 놀렸다.

"물건을 사고 싶어도 돈이 없어. 팔리지 않으니까 제대로 장사가 안돼. 뭘 해도 귀족이 이런저런 이유를 붙여가며 무거운 세금을 부여하고, 이권을 휘둘러 끼어들지. 이렇게 사방이 틀어막힌 상황에선 미래에 절망해서 사타니스트라는 놈들이 되는 것도 무리는 아니야."

타하라의 말에 고개를 끄덕이며, 마왕은 유우에게도 의심받지 않도록 인체를 예시로 들며 대답을 돌려줬다.

"네 말대로 국가에서 돈이란 인체에서 혈액과 같은 것이지. 순환하지 않으면 다양한 방면에서 장애가 발생한다."

그런 마왕의 말에 유우도 팔을 껴안으며 부드러운 미소를 지었다. 인체로 비유한 대답에 만족한 건지 밀착한 것에 만족한 건지는 확실하지 않지만.

실제로 돈이라는 '혈액'이 돌지 않게 되거나 어딘가 한 곳에만 쌓여서 멈춰버린다면 건강이 나빠지는 선에서 끝나지 않는다.

그 너머에 기다리고 있는 건 완만한 죽음뿐이리라.

"즉 장관님의 '황금 수혈'이라는 거지. 이거 너무 고마워서 누워있던 영감님도 벌떡 일어나겠는데."

타하라의 말은 마왕은 일자리만이 아니라 오락거리도 주면서 거기에서도 민중에게 돈을 마구 뿌려댈 생각이라는 뜻이다.

일자리, 급료, 오락, 여기에 더해 목욕탕을 대표로 하는 각종 거점의 은혜를 생각하면 마왕의 지지자는 앞으로 급속도로 늘어날 것이다.

오히려 늘어나지 않을 리가 없다.

여기만 잘라놓고 본다면 단순한 퍼주기 정책으로 보이지만, 지금의 성광국에는 필요한 일이라고 타하라는 판단했다.

"이 나라는 귀족이라는 심장만 피를 잔뜩 빨아들여서 팔다리가 되는 민중에는 피가 전혀 돌아가지 않았어. 팔과 다리는 이미 괴사 직전이거나 미라처럼 바싹 말라버렸지."

타하라의 그런 비유를 들으며 마왕도 천천히 담배를 물었다.

뭔가 이야기가 터무니없는 방향으로 굴러가고 있다.

'저기요, 진정하세요………. 경제나 그런 방면의 이야기는 난 모른다고.'

그런 마왕의 모습을 보고 즉시 유우가 품에서 라이터를 꺼내 불을 붙였다. 유우는 연인처럼 오붓하게 기대며 타하라를 노려보았다.

"아까부터 말이 너무 많아. 언제까지 장관님의 귀에 소음을 들려드릴 생각이지?"

"아, 아니, 좋은 기회다. 타하라의 이념을 들어두고 싶군."

마왕은 다급히 끼어들어 타하라의 입으로 답을 찾으려 했다.

애초에 이 남자가 카지노를 설치한 것에는 별다른 이유가 없기 때문이다.

가장 큰 이유라면 부속시설인 레스토랑에 있는 술이나 호화로운 오너룸에서 자고 싶다는 시시껄렁한 욕망이었다.

"장관님은 평판을 올리고 지지를 모으기만 하는 게 아니라, 팔다리 쪽에도 피를 공급하려는 거지. 빈민층이라는 **모세혈관**에도."

"그렇습니까? 장관님."

유우는 약간 불만조로 물었다.

유우의 사상에 따르면 우민들을 치료하는 건 자신의 취미와도 연관이 있는 분야이니 환영할 정책이지만, 돈까지 주는 건 **지나친 자비**일 것이다.

그걸 듣고 마왕은 여느 때처럼 말투만은 무겁게 대꾸했다.

"예로부터 도박이란 천국과 지옥을 맛볼 수 있는 시설이지. 당근도 되지만, 때로는 매서운 통증을 주는 채찍도 된다——."

마왕은 필사적으로 옛날 일을 떠올리며 어떻게든 그럴싸한 말을 뱉었다.

실제로 이 남자도 파칭코와 슬롯머신 등의 도박에서 뼈저린 아픔을 겪기도 했고, 짜릿한 환희를 맛보기도 했다.

그 대답 자체는 평범했으나 대제국의 마왕의 입에서 나오자 일종의 위협이 느껴졌다.

"그렇군요. 국민의 행복을 관리하는—— 말 그대로 장관님의 영역이로군요."

어떻게 해석한 건지 유우는 황홀한 표정으로 대답했다. 유우가 수긍한 것을 보고 타하라는 호수에 돌멩이를 던져 표면에서 퍼지는 파문을 바라보았다.

그것은 화려하게 흩뿌려질 돈이, **혈액이** 어떻게 퍼지고 어떻게 돌아올지를 암시하는 듯했다.

"지금은 먼저 말단에까지 닿을 만큼 돈을 퍼트려야 해. 돈이 들어오면 자연스럽게 소비도 증가하지. 소비가 늘어나면 장사도 기세가 붙고 생산도 자극받아."

타하라가 이야기하는 내용은 직설적이고, 경제의 원리원칙이라고도 할 수 있는 논리다.

아무튼 인간이란 돈이 없으면 아무것도 못 하기 때문이다. 반대로 돈이 있다면 뭐든 할 수 있다는, 자연계에서 보면 기묘한 생물이다.

배가 고파도 돈이 없으면 굶주림을 견딜 수밖에 없으나, 돈이 있다면 달라진다. 하물며 지갑이 넉넉하다면 평소엔 먹을 수 없는 걸 먹고 싶어진다.

당연히 술을 마시는 사람도 있을 테고, 호화로운 여관에 묵는 사람도 나온다.

새로 옷을 맞추는 사람도 나오고 신발을 사는 사람도 있을 것이다. 그건 다양한 산업에 은혜와 자극을 주고 농민과 장인들을 배부르게 해준다.

국내에 돈이라는 혈액이 활발하게 돌수록 민중은 강하게 성장하며 하루하루 생활이 윤택해지고, 그런 정책을 펼치는 위정자를 당연하게 지지한다.

이 나라의 귀족들과 마찬가지로 과거 대제국도 공포와 무력이라는 수단으로 국민을 속박하고 활력을 빼앗았던 걸 고려하면 완전히 정반대의 길이다.

타하라의 그런 설명을 들으며 마왕은 현명하게도 침묵으로 답했고, 유우도 입을 다물었다.

유우의 머릿속에 떠오르는 건 '대제국과는 정반대의 길을 간다'──는 말이었고, 마왕의 머릿속에 떠오른 건 '거기까진 생각하지 않았어!'였다.

타하라는 담배 연기를 내뿜으며 마왕에게 의미심장한 시선을 보냈다.

"장관님은 예전에 나한데 했던 말을 기억해?"

'갑자기 이상한 패스 던지지 마! 무슨 이야기인데?!'

마왕은 필사적으로 타하라가 말하는 이야기를 떠올리려고 했으나 도저히 짐작 가는 게 없었다.

따라서 말없이 고개를 끄덕이기로 했다.

"장사란 자신의 이익만이 아니라 처음에는 상대방을, 때로는 자신보다 상대를 더 벌게 해주면서 '신뢰'를 쌓는다고."

"⋯⋯⋯⋯상당히 그리운 이야기군."

"당신의 '국가 찬탈'이라는 이름의 '장사'는 더없이 순조로워. 나도 장관님의 지금 정책은 대환영이고."

'아니, 내가 아니라 네 정책이야⋯⋯⋯⋯!'

이 남자에게 그런 책략은 없었다. 오오노 아키라 안에 있는 건 자신의 권한을 전부 되찾아서 자신이 구축한 '세계'를 다시 손에 넣는 것뿐이다.

이 남자는 독특한 기질의 창작자이지, 정치가도 뭣도 아니니까.

"장관님의 힘을 직접 보고 민중도 시끄러워진 모양입니다."

그 말에 돌아보자 군중이 인산인해를 이루고 있었다. 그 얼굴에서 보이는 건 경악, 경외, 공포, 당혹, 미지에 대한 기대 등 다양한 감정.

그중에는 '황금의 신전'을 보고는 무릎을 꿇고 절을 올리는 사람마저 있는 형국이었다.

그걸 본 타하라와 유우는 앞으로 일이 쉬워지겠다며 만족스러운 표정을 지었다.

'거점을 설치한 것뿐인데 일이 어마어마해졌어…………'

이 남자에게 거점 설치는 그냥 숨을 쉬는 것에 가까웠다.

회장의 아이템을 사용하는 것도 무의식중에 손발을 움직이는 것이나 마찬가지였다.

하지만 측근들이 보기엔 모든 언동이 천 리 앞을 내다본 정치적인 술책이 되고, 군중에게는 '기적'이 되어 소란의 중심이 된다.

'이 녀석이고 저 녀석이고 내가 하는 일을 죄다…………'

마왕은 고뇌할 수밖에 없는 상황이었으나 그래도 자신이 만들어낸 것을 전부 설치하고 세계를 모두 '자신의 색'으로 덧칠하는 걸 절대 멈추지 않을 것이다.

이 남자에게는 위정자의 자질 같은 건 눈곱만큼도 없었지만, 그렇다고 '타인의 세계'에 안주할 수 있을 만큼 쉬운 남자도 아니었다.

주변의 시선이나 생각이 어떻든 최종적으로는 '자신의 의사'를 관철해나갈 것이다.

"장관님, 뒤에 있는 군중들에게 뭐 한마디라도 해 주는 게 어때?"

'너……! 나에게 이 이상 무슨 말을 하라는 거야!'

마왕은 내심 당황했으나, 군중 속에서 카지노를 보고 눈을 반짝반짝 빛내는 루나를 발견했다. 그 옆에는 말문이 막혀버린 듯한 이글도 있었다.

마왕은 말없이 루나에게 걸어가 미소 지었다.

"금색은 네 이명이었지?"

"어…… 으, 응…………."

"이 거점은 그 이름이 걸맞은 거성(居城)이 될 거다."

"거성…… 나의…………?"

마왕은 그 말만 남기고 말없이 카지노로 향했다.

그러고는 중요한 것을 덧붙였다.

"타하라, 준비가 끝날 때까지 이 시설은 관계자 외 출입 금지다."

"라저~."

'뒷일은 루나에게 맡겨야지. 저 녀석은 어쨌든 영주니까! 이것도 일이다, 일!'

마왕은 표정만은 엄숙하게, 속으로는 싱글벙글하며 떠나갔다.

이 소란의 후처리를 루나에게 몽땅 떠넘긴 것뿐이었으나, 군중은 지금 오간 대화를 듣고 단숨에 흥분했다. 말만 들으면 이 '황금의 신전'을 루나를 위해 세웠다고 들렸으니 무리도 아니다.

"이, 이 신전을………… '기적'을 루나 님을 위해?!"

"성녀님과는 그런 관계였던 건가…………."

"터무니없는 규모잖아…………. 선물 수준이 아니라고!"

"굉장해!"

당황하는 루나였으나 군중에게서 경탄하는 목소리가 들리자마자 본래의 얼굴이 튀어나왔다.

거만하게 '흐흥!' 하고 코웃음을 치더니 없는 가슴을 한껏 내밀며 당당하게 선언했다.

"그래, 이건 내 성이야! 너희들도 아무쪼록 경배하라고!"

그 목소리에 군중들도 순순히 찬양을 외쳤다. 어쨌거나 눈앞에 듣도 보도 못한 '황금색으로 빛나는 대신전'이 있으니 부정할 수가 없었다.

"루, 루나…………. 정말 그런 말을 해도 괜찮은 거야?"

이글이 작은 목소리로 말하며 소매를 잡아당겼으나 루나가 그런 말을 들을 리 없었다.

오히려 기세가 붙은 듯 한층 더 가슴을 내밀었다.

"그래, 하인인 너에게도 방 하나 정도는 내려줄게. 고마워하라고!"

"아니, 나는 이런 무서운 건물엔…………."

"잠깐·········· 무섭다니 무슨 뜻이야! 이건 내 성이라고!"

루나가 소리치는 동안에도 군중의 술렁거림은 멈추지 않았다. 커다란 샘에, 갑자기 나타난 삼림, 마무리로 황금색으로 빛나는 대신전이니 어쩔 수 없다.

마치 신화에 나오는 듯한 '기적'의 연발이었다.

마왕이야 마치 마을을 **새 단장**해준 정도의 가벼운 마음가짐이었으나, 그게 가져온 여파는 상상을 초월하여 군중의 가슴속에 오래오래 새겨졌다.

라비 마을

당근밭

일반 구획

상업 구획
회복의 샘

온천 여관

치유의 숲
비밀
기지

안전 병원

풀장

바니
주거지

목욕탕

카지노

콘도 유우야

마왕은 방콕의 프로페셔널인 측근을 소환하기 위해 카지노로 향했다.

겸사겸사 내부도 확인해두고 싶었던 모양이다. 입구의 자동문이 열리자 안에서는 이미 냉방이 돌아간 건지 시원한 바람이 흘러나왔다.

"변함없이 전기가 없어도 돌아가는 건가⋯⋯⋯⋯."

카지노는 외관도 그렇지만 고급 시설이라서 그런 건지 내장도 호화롭기 그지없다.

입구인 현관 로비는 거대한 홀인데, 천장에는 황금 샹들리에가 가득 매달려 있다. 그 중앙에는 천사 조각상으로 장식한 분수도 설치되어 있다.

로비 여기저기에는 그리스 신전을 모티브로 삼은 듯한 기둥이 여럿 세워져 있는데, 거기에는 수정으로 장식한 밝은 조명이 달려있다.

'나도 참 화려하게 설정했네⋯⋯⋯⋯.'

천장으로 시선을 주자 색색의 스테인드글라스가 박혀있고 거기에는 다양한 서양화가 그려져 있다. 시선을 바닥으로 내리면 격조 높은 레드카펫이 깔려서 VIP라고 불리는 인간들이 유희에 잠기는 장소에 걸맞은 품격을 느끼게 했다.

'내부 인테리어는 그렇다고 치고, 식품 창고는 어떻게 되었지?'

구조를 훤히 꿰고 있는 마왕은 종업원 통로를 통해 목적지로 직행했다.

카지노에는 '황금 나무'라고 불리는 호화 BAR가 설치되어 있는데, 거기에선 식사도 즐길 수 있다고 설정해놨다.

마왕은 기대로 가슴을 부풀리며 창고 문을 열었으나 바로 실망한 표정을 지었다.

'역시 안되나…………. 그냥 빈 창고잖아.'

본래대로라면 다양한 식재와 세계 각국의 과일이 저장되어 있다는 설정이지만, 거기에는 식량은커녕 박스 하나도 없었다.

'젠장…………. 술, 술은 어떻지?'

한층 통로를 걸어가 와인 보관고로 향하자 그곳에는 공간을 가득 채우는 선반이 눈에 들어왔다. 전부 셀 수도 없을 만큼 많은 와인랙과 와인셀러 안에는 제대로 내용물이 들어있는 병이 남아 있었다. 마왕은 저도 모르게 주먹을 불끈 쥐었다.

"술 있네! 이걸 기다렸어!"

기세가 붙은 마왕은 한층 문을 열어 와인과 일본주, 소주 등이 들어있는 크고 작은 나무통을 확인하고 무심코 활짝 웃었다. 드디어 SP를 소비하지 않아도 술을 마실 수 있다.

'이거지, 이거! 역시 카지노에는 술이야…………. 그리고 바니걸이던가?'

타하라의 발언을 떠올린 마왕의 미소가 진해졌다. 실제로 바니들이 카지노에서 일하는 모습을 상상한 모양이다. 이 황금으로 가득한 호화 공간에서 바니걸들이 걸어 다니는 광경은 필시

볼만할 것이다.

'자, 다음은 냉장 보관실인데……………'

마왕은 자신감을 되찾은 듯 다른 창고로 가서 문을 열었다.

그곳에는 거대한 업무용 냉장고가 **빽빽**하게 들어서 있었다.

"있어, 있어, 있다고! 으하하!"

기어이 마왕은 큰 소리로 웃기 시작했다.

업무용 냉장고 안에는 맥주, 츄하이, 하이볼, 주스 등으로 가득한 것이 장관이었다.

마왕은 손을 뻗어 하이퍼 드라이라고 적힌 은색의 캔맥주를 꺼냈다.

들기만 했는데도 목이 꿀꺽 울렸다.

"오너로서 손님에게 내어놓기 전에 기미해야지……. 크으으!"

마왕은 그대로 캔을 기울여 단숨에 비웠다.

자극적이면서도 상쾌하며, 오랜만에 맛보는 목넘김이었다.

"캬, 찌릿찌릿할 정도로 차가운데…………. 아주 끝내줘!"

마왕은 이어서 엔트리 몰츠라고 적힌 캔맥주를 꺼내 고리를 딴 뒤 힘차게 기울였다.

"꿀꺽꿀꺽 THE MALT'S 크하! 한 캔만 기미하는 걸로는 부족하지, 암. 이건 오너로서 책임져야 하는 부분이야. 품질 체크는 완벽해야 해."

마왕은 공사현장 고양이(일본의 밈. 공사장 안전모를 쓴 고양이 캐릭터가 웃기는 포즈로 '좋아!'하고 외치는 일러스트로 유명.)처럼 '좋아!'라고 외치며 몇몇 반가운 술을 기미하고 품질을 확인했다.

그 모습은 아무리 변명해봤자 낮부터 술을 퍼먹는 아저씨일 뿐이었으나, 이 남자 안에서는 기미와 품질 확인이라는 대의명분을 만들어냈기 때문에 아무런 주저가 없었다.

"마왕이 또 술 마신다————."

"으허어억!"

뒤를 돌아보자 허공에 둥둥 뜬 트론이 있었다. 흘겨보는 그 얼굴에는 어이없다는 감정이 가득했다.

마왕은 다급히 헛기침해서 위엄을 만들어냈다.

"여기는 관계자 외 출입 금지다."

"나도 관계자야."

"하아………… 그래, 됐다."

"응."

진지한 얼굴로 선언하는 트론에게 마왕도 체념한 듯한 표정을 지었다. 이 특별한 '눈'을 지닌 소녀 앞에선 무슨 가면을 써봤자 통하지 않으니까.

"나도 술 마시고 싶어."

"어린애가 무슨 소리냐. 애초에 이건 품질 체크라는 중요한 일이라고. 생산지를 속이는 문제라도 일어나면 언론이 물어뜯어서 15년간 경영한 가게의 명성에 흠이 간단 말이다."

"무슨 말을 하는 건지 모르겠어."

"아, 아무튼 나가자! 이리 와."

"어라라~."

트론의 몸을 옆구리에 낀 마왕이 빠른 걸음으로 냉장 보관실을 나왔다.

얌전히 들려있는 걸 보면 트론도 다른 장소를 보고 싶었던 모양이다. 어린아이가 보기에 여기는 기묘한 은색 상자가 쌓인 지루한 공간일 뿐이다.

'로비에 돌아가는 김에 확인해둘까…………'

마왕은 로비를 빠져나온 곳에 펼쳐진 카지노 구역으로 발을 옮겼다.

그곳에는 찾아온 이의 눈을 현혹하듯 현대적인 카지노 시설이 완벽한 형태로 구현되어 있었다.

포커, 블랙잭, 바카라, 크랩스 같은 대표적인 도박만이 아니라 2층으로 가면 해외식 슬롯머신이나 키노도 있다.

3층으로 가면 '주사위 인생 게임', '탈출 게임'도 마련해놔서 운이나 지혜를 시험하는 공간에 걸맞은 시설이 갖춰져 있다.

"물고기가, 헤엄쳐…………."

"음?"

트론이 허공에 둥실둥실 뜬 채로 거대한 디스플레이에 달라붙었다.

그건 수족관 뺨칠 정도의 아쿠아리움이었다.

"이런 반짝거리는 물고기 처음 봐. 아주 예뻐."

"뭐, 예쁘긴 하다만…………."

이 남자는 딱히 열대어를 기르는 취미는 없다.

다만 번쩍번쩍한 카지노 안에 힐링 공간도 마련해놓으려고 생각한 것뿐이었다.

아쿠아리움 안에는 다양한 수초만이 아니라 물레방아 비슷한 것까지 놓여있고, 동굴과 이끼가 낀 바위 사이를 즐겁게 헤엄치는 물고기들의 모습을 구경할 수 있다.

은은한 조명을 받은 그것은 물의 왕국이라고도 부를 수 있을 법한 공간이었다.

"굉장해. 여기는 이것만으로 '완성'되어 있어."

트론은 질리지도 않고 유리에 달라붙어 그런 말을 했다. 마왕은 완전히 자식을 데리고 수족관에 오기라도 한 듯한 기분이 들었다.

'아마 열대어 사육은 19세기 무렵에 시작했던가…………?'

열대어에 대해 무언가 가르쳐주려고 해도 이 남자에겐 그런 지식은 없다.

물고기라고 하면 먹을 것이니, 머릿속에 떠오르는 거라곤 생선구이나 회뿐이었다.

'하아, 왠지 보고 있으니 출출해졌어………. 참치, 연어, 참돔, 가다랑어, 방어, 잿방어, 넙치…………. 회도 제대로 먹을 수 없다니 너무하잖아.'

마왕의 머리에 다양한 횟감이 떠오르며 머릿속을 온통 뒤덮었다.

이런 남자에게 열대어에 대해 이야기하라는 건 불가능한 일이다.

"반짝거리는 거라면, 위에도 있다."

"…………응?"

마왕이 손가락질하자 그곳에는 별이 가득한 하늘에서 이미지를 딴 천장이 펼쳐져 있었다.

이 남자가 보기엔 흔한 플라네타리움이다.

하지만 트론의 눈에 비친 그것은 소리도 없이 조용히 펼쳐진 우주 그 자체였다.

"굉장해…………. 마치 꿈속의 성 같아…………."

"가끔 별똥별이나 오로라를 볼 수 있게 해놨지. 플레이어 사이엔 별똥별을 보면 승률이 올라간다는 헛소문이 퍼져 있었다만."

옛날 일을 떠올린 마왕이 웃기다는 듯 웃었다.

그런 마왕을 보고 트론은 둥실둥실 뜬 채로 팔에 매달렸다.

"나 여기서 살고 싶어. 아쿠랑 반짝반짝할래!"

그런 어린아이다운 감상에 마왕도 쓴웃음을 지을 수밖에 없었다. 처음에는 화려해 보여도 매일 살면서 보면 이렇게 정신 사나운 공간도 없다.

"여기는 카지노 공간이고 거주 공간이 아니야. 13층은 관계자에게만 개방할 예정이니 거기서 원하는 방을 고르도록."

"내 방…………. 그럼 아쿠랑 같이 살래."

13층은 기본 스위트룸이고, 로얄 스위트라고 불리는 방도 있다.

아마도 루나가 거기를 점령할 것이다.

"아쿠에겐 얼마 전에 비밀기지를 선물했다만…………. 의외로 너도 그쪽을 더 마음에 들어할지도 모르지."

"비밀기지?"

마인으로서 쫓기는 입장이었던 트론에게도 그 거점은 일종의 안심을 주는 장소가 아닐까 마왕은 생각했다.

위협에서 해방된 오르간이 눈부신 미소를 지었던 게 자연히 떠올랐다.

"……………너는 '뿔'을 갖고 싶진 않나?"

어느새 그런 말을 하고 있었다.

오르간이 그토록 갈망하던 것을 트론은 어떻게 생각하는지 궁금했다.

"나는 필요 없어. 모두가 있는 이 마을에서 매일 지낼 수 있으면 만족해."

"그런가…………."

오르간은 가혹하리만치 '생'을 원했고, 트론은 평온한 '정적'을 원했다.

즉, 그런 것이리라.

"하지만 나한테도 소원은 있어."

"호오, 말해봐라."

마왕은 담배에 불을 붙이며 흥미로운 표정을 지었다.

여태까지 트론에게서 이런 이야기를 별로 들은 적이 없었기 때문이다.

"나를 제로의 신부로 삼아줘."

"커헉!"

그 말에 마왕이 성대히 콜록거렸다. 얼마 전 오르간에게도 아이를 갖고 싶진 않냐는 말을 들었던 참이라 맹렬한 기시감을 느꼈다.

"너 말이다, 나이 차를 생각해라. 애초에 너는 몇 살이지?"

"나이 같은 건 몰라. 그런 걸 생각할 여유는 없었어."

"뭐, 이래저래 고생했던 모양이니………."

마인으로서 마족에게도 인간에게도 따돌림을 받다가 결국 사타니스트에게 주워졌다는 경위를 들었기 때문에 그 이상 묻는 것도 무신경한 짓이었다.

"그럼 아쿠와 동갑인 13살인 걸로 해라. 외우기 쉬운 게 좋지."

마왕이 아무렇지도 않게 난폭한 논리로 말했다.

남의 나이를 마음대로 정하다니 참으로 제멋대로인 폭거였지만 트론은 놀라서 눈을 크게 떴다가 이윽고 기쁘다는 듯 고개를 끄덕였다.

"아쿠랑 같은 거, 좋아."

"그래, 그럼 16살 이하라는 거지. 신부 이야기는 없었던 걸로 하마."

마왕은 그 말을 끝으로 엘리베이터로 향하려 했다. 하지만 트론이 롱코트를 붙잡아서 그 걸음이 뚝 멈췄다.

"마왕, 적당히 넘어가려고 해도 안 돼."

애초에 이 세계에선 결혼에 나이에 따른 속박이나 법이 없다. 귀족 가문에선 태어난 순간에 약혼자가 정해지는 일도 드물지 않다.

결혼이나 약혼은 다양한 정략적 상황에서 이용되고, 본인의 의사는 상관없이 **일**이 진행되는 게 일반적이다.

가난한 민중들도 입을 줄이기 위해 고용살이로 내보내거나 쓰다 버릴 노동력이 필요한 곳에 헐값으로 팔리는 게 일상 풍경이다.

"마왕, 도망치지 말고 대답해."

"이거, 놔! 아무튼 위로 가자!"

트론의 몸을 억지로 붙잡은 마왕은 부리나케 엘리베이터에 탔다.

호화로운 카지노에 걸맞게 멋들어진 원형 구조인 엘리베이터였다.

그곳에는 1부터 13까지 버튼이 있었는데, 마왕은 거기는 건드리지 않고 위쪽 지문인증 부분에 검지를 댔다.

그러자 엘리베이터가 천천히 움직이기 시작했다.

"떴어………… 움직여."

"이 세계에서도 공사 현장에선 도르래와 밧줄을 사용해 짐을 높은 곳으로 옮기잖냐. 그걸 자동화한 기계다."

엘리베이터의 역사는 의외로 오래되어서, 로마 제국의 황제 네로는 궁전에 3대의 엘리베이터를 설치했다고 전해진다. 물론 그건 인력으로 움직이던 것이니 근대의 엘리베이터와는 조금 다른 물건이지만.

"마왕은 매번 굉장한 걸 꺼내."

"내가 보기엔 마음껏 하늘을 날 수 있는 네가 훨씬 굉장하다만………."

마왕은 절절히 생각했다.

인류는 과학을 발전시켜 번영했지만, 하늘은 아직도 멀다고.

아무리 강철 비행기를 날린다고 해도 사람 자체는 날 수 없다. 동네에서 보는 참새나 까마귀도 할 수 있는 것을 아직 정복하지 못했다.

'인간이란 누군가가 날개를 뜯어낸 생물일지도 모르지…….'

무심코 생각한 그것이 의외로 중요한 걸 가리키고 있는 듯한 느낌에 마왕은 생각에 잠기려고 했으나, 도착을 알리는 경쾌한 소리와 함께 문이 열렸다.

그 순간 트론이 잔뜩 들떠서 밖으로 뛰쳐나갔다.

그곳에 펼쳐진 건 호화롭기 그지없는 오너룸이었다. 전면은 전부 유리로 되어 있어, 방에 있으면서 아래쪽을 내려다볼 수 있다.

방 밖에는 크고 작은 전자식 패널이 설치되어 있을 뿐인데다 높이도 높이다 보니 시야를 가로막는 건 아무것도 없다. 트론은 밖으로 나가 하늘을 가리켰다.

"마왕, 저기 봐! 하늘이 가까워!"

"하늘이 가깝다라……………. 재미있는 표현이군."

위를 올려다보자 그곳에는 솔로 칠해놓은 듯한 푸른 하늘과 그 속을 느긋하게 헤엄치는 구름이 흐르고 있었다.

조금 전까지 아쿠아리움을 바라보고 있었기 때문인지 구름마저 물고기처럼 보였다.

"세계가 전부 보여."

"보이는 거라고는 황야밖에 없다만…………. 본고장의 라스 베이거스도 네바다 사막 한복판에 있다고는 하나 아무리 그래도 이정도까진…………."

옥상에는 기분 좋은 바람이 불었지만 거기서 보이는 풍경은 삭막했다.

그래도 트론의 눈에는 아름다운 광경으로 비치는 모양이었다.

"이 풍경을 제로에게도 보여주고 싶어."

"이런 곳에 그 녀석이 와 봤자 개조 오토바이나 타겠지."

마왕은 그렇게 대꾸했으나 확실히 이만큼 아무것도 없는 장소에서 오토바이를 탄다면 상당히 기분 좋을 것 같긴 했다.

여기에는 교통경찰도 없으며, 속도위반도 없고 신호등도 없다.

"미리 말해두는데 그 녀석은 히어로도 뭣도 아니다. 오히려 치안을 어지럽히는 폭주족이지. 그것도 구시대의 유물."

마왕은 거칠게 말했으나 트론은 귀엽게 고개를 갸웃거릴 뿐이었다. 그녀에게는 말 그대로 **보이기** 때문일 것이다. 그건 말뿐이고, 마음속 깊은 곳에서는 다른 생각을 하고 있다는 걸.

"제로는 마왕의 이상적인 모습. 이렇게 되고 싶다고 바란 존재 그 자체야————."

"……! 아니, 그건 어릴 때, 그야말로 초등학생 정도 되는 어린애가 좋아할 법한 전대물의 히어로를 조금 웃기게 개그 캐릭터로 만든 거라, 그야 가끔 멋지기도…… 아아, 진짜! 무슨 이야기를 하고 있는 거야!"

마왕은 짜증이 난 듯 담배 연기를 마시며 고개를 홱 돌렸다.

그렇게 당황하는 마왕의 모습을 보고 트론도 웃었다.

"제로는 연인. 마왕은 원조교제."

"웃기지 마! 뭐가 원조교제냐!"

트론의 천연덕스러운 발언에 마왕이 성대하게 태클을 걸었다. 실제로 외관만 본다면 원조교제를 넘어 영락없이 어린 소녀와 소녀를 유괴한 범죄자였다.

"잘 들어. 나는 지금부터 일할 거야⋯⋯⋯. 아쿠와 같이 놀도록 해."

"응. 밤에 또 봐."

그 말에 마왕은 핼쑥한 표정을 지었다.

마을에 돌아가면 대체로 아쿠와 트론 사이에 끼어서 자게 된다. 결혼조차 하지 않았는데도 그 모습은 이미 육아에 지친 회사원이었다.

"아무튼 엘리베이터 사용법을 설명해주마⋯⋯⋯."

하지만 버튼을 누르기만 하면 끝이니 설명할만한 것도 없다. 작게 손을 흔드는 트론의 모습이 문 너머로 사라졌다.

그걸 지켜본 마왕은 천천히 담배 연기를 뿜은 뒤 휴대용 재떨이에 꽁초를 집어넣었다.

"어쩐지 시끄러웠다만⋯⋯⋯. 시작할까."

마왕의 표정이 바뀌며 새 측근을 불러내기 위한 준비에 들어갔다.

불러낼 상대는 '콘도 유우야── 다양한 '눈'을 지닌 능력자다.

콘도는 능력을 발동하면 360도의 시야를 지니게 되며 하늘에서 부감하는 눈과 순간적인 미래시도 가능해지고, 때로는 상대의 시야를 '탈취'하는 등 다방면에 걸친 눈과 관련된 능력을 지녔다.

그 때문에 과거 회장에서는 콘도의 원거리 공격에는 회피판정이 발동하지 않아서 건드리면 따끔한 맛을 본다는 수준을 넘어 지옥 같은 카운터를 감수할 수밖에 없다는 특수한 캐릭터였다.

셀 수 없을 만큼 반복된 불야성 공방전에서 거의 모든 플레이어가 콘도를 무시하고 지나간 것도 당연하다.

그는 능동적으로 움직이지 않으므로 공격하지 않는 한 자신의 방에 얌전히 틀어박혀 있다. 요컨대 싸워봤자 전력 낭비. 전투에 들어가도 크게 손해만 보는 존재였다.

'콘도라············.'

마왕의 뇌리에 여태까지 소환한 측근들의 모습이 떠올라서 무심코 머리를 부여잡을 뻔했다.

동생에 미친 천재, 해부광 의사, 제어불능 미사일에 이어 다음은 자택 경비원이다. 이 남자가 아니어도 머리를 부여잡고 싶어질 만한 인선이었다.

'왜 나는 이런 측근들만···············.'

한탄하는 마왕이었으나 어쩔 수 없는 일이었다.

전부 자업자득이고, 과거의 자신이 던진 부메랑이 시차를 두고 돌아와 머리에 꽂혔을 뿐이다.

'어쨌거나 마을의 안전은 이 녀석에게 달렸어. 부탁한다, 콘

도…………'

마왕이 심호흡을 한 번 한 뒤 얼마간의 긴장과 함께 관리 화면을 열었다.

드디어 소환이 시작된다.

"콘도, 내 앞에 모습을 드러내라————!"

그 말과 함께 하얀색과 검은색의 거대한 빛이 전방에 나타나고, 그것들이 겹쳐졌을 때————.

소년의 형태가 되었다.

"어…… 여기, 어디…………? 응? 으아아악, 장관님!"

"음, 잘 와 주었다."

"머, 먼대요…… 저, 저 뭐 혼날만한 짓이라도 해써요……?"

'혀가 굳었군…………'

설정한 대로, 아니, 그 이상으로 동요한 모습이었다.

무엇보다 지나치게 겁을 먹었다. 콘도는 연소자조와는 다소 대화를 나누지만 카토 말고는 거의 입을 열지 않기 때문에, 그 낯가림은 병적인 수준이었다.

말할 필요도 없이 상사인 '대제국의 마왕' 같은 건 공포의 대상일 뿐이다.

"여, 여기는 어디죠……. 왜 저를 데려오신 거예요…………?"

콘도의 다리가 갓 태어난 새끼 사슴처럼 바들거렸다. 마치 지진이라도 일어난 것처럼 몸을 심하게 떨고 있었다.

아직 아무것도 안 했는데, 앞에 서 있기만 해도 이미 마왕의 모습은 죄인을 처벌하는 염라대왕이 되어버렸다.

"진정해라, 콘도. 여기는 나와 너뿐이다."

"그, 그래서 더 무서운 거라고요! 으허어어엉!"

'너 말이다⋯⋯⋯. 너무 실례인 거 아니냐!'

자신의 모습을 보기만 해도 잔뜩 겁을 집어먹은 콘도의 모습에 마왕은 살짝 충격을 받았으나, 이성으로 그걸 간신히 눌렀다. 두려워하는 콘도를 달래듯 어깨를 부드럽게 잡은 뒤 남자로 두기에는 아까울 만큼 가련한 얼굴을 가만히 들여다보았다.

"혼내려고 부른 게 아니다. 네 힘이 필요해서 불렀지."

"흐으⋯⋯⋯⋯?! 으⋯⋯⋯."

"⋯⋯⋯⋯? 아무것도 두려워할 필요 없다. 알았나?"

"네, 네에⋯⋯⋯."

콘도의 몸에 무언가가 퍼지면서 떨림이 멈췄으나 대신 그 얼굴이 새빨개졌다.

그건 안도였던 건지 부끄러움이었던 건지—— 아무튼 간신히 대화할 수 있는 상태가 되었다.

"콘도, 너를 부른 이유는————."

마왕이 여태까지 있었던 일을 간단히 설명했다.

이미 네 번째라서 그런지 상당히 익숙한 모습이었다. 듣는 쪽인 콘도도 2차원에 푹 빠져있는 오타쿠라서 이해가 빨랐다.

물론 그 이해의 방식은 참으로 엉뚱했지만.

"그, 그러니까, 장관님은 이세계에 소환되었다는 거죠⋯⋯? 공포의 대마왕이나 지옥의 제왕이나 살육의 대마수 같은 걸로⋯⋯⋯."

"그, 그런 표현은 어폐가 있다고 본다만…………."

"저, 저도 장관님께서 이세계에 소환된다면 분명 마왕이라고 불릴 거라고 생각했어요! 세계 한두 개쯤은 손가락 하나로 멸망시키거나 전 세계의 여성을 노예로 삼아 하렘을 건설하거나 쳐들어온 여자 용사를 잡아 타락시키거나."

"현재 그럴 예정은 없는데…………."

콘도에게서 쏟아지는 악의 없는 매도에 마왕은 가벼운 현기증을 느꼈다. 오타쿠 그 자체인 콘도는 관심 없는 이야기에는 얌전하지만 관심 있는 이야기가 나오면 바로 말이 많아진다.

"장관님이라면 어떤 귀축 게임 주인공보다 암흑의 세계를 만들어내실 거예요! 마지막엔 신과 전쟁이라도 해서 너덜너덜하게 꺾은 여신을 알몸으로 벗기고 오크나 고블린의 태반으로 삼거나 전 세계의 처녀를 훔쳐서 크하하 웃거나, 그 외에도."

"————진정해라, 콘도."

"힉!"

마왕의 깊은 목소리가 콘도의 몸을 꿰뚫었다.

그것만으로도 콘도는 다리에 힘이 풀려 비틀비틀 주저앉았다. 2차원 이야기가 나오면 낯가림 증상이 개선되는 건지 비참하리만치 혀가 매끄러웠다.

"죄, 죄송합니다………. 늘 읽던 라노벨에 그런 이야기가 있었거든요. 보통 트럭에 치여서 환생하거나 하는데 장관님이라면 트럭을 박살 낸 뒤에 운전사의 사지를 찢고 두개골로 술잔을 만드시겠죠."

"네가 보는 나는 대체 어떻게 되어 먹은 거냐…………."

"요즘은 무차별 살인마에게 찔리는 패턴도 있지만, 장관님이라면 범인에게 반격하는 걸 넘어서 마을째로 폭격해 지도상에서 지워버릴 것 같고요. 여신이 소환하는 패턴이라면 만나고 3초 만에 합체해버릴 것 같아요. 그것도 확실하게 임신하는 정액을 여신의 자궁에 쏟아──."

"────진정해, 콘도."

"히이익! 죄송합니다! 그 무서운 얼굴로 화내지 말아 주세요!"

반복되는 대화에 마왕은 두통을 누르듯 얼굴을 덮었다.

무서워하는 수준이 아니라 지옥의 악귀처럼 생각하는 모양이었다. 사실 콘도의 눈으로 본 마왕은 '걸어다니는 지옥' 그 자체였다.

"들어라. 여기는 우리가 있던 세계와는 달라. 당연히 우리의 태도나 행동도 달라지지."

"네, 네에…………."

"사는 세계가 다르면 사람도 자연스레 변한다. 이건 알겠지?"

"아, 압니다…… 아마도."

그 대답에 고개를 끄덕이며 마왕은 주저앉은 콘도에게 손을 내밀었다. 이대로 콘도의 헛소리에 어울려줬다간 날이 저물 것 같았다.

어떻게든 일으키긴 했으나 콘도는 살그머니 눈을 굴려 마왕의 얼굴을 올려다보았다.

"왜 그러지?"

"아, 아뇨…………. 왠지 정말로 분위기가 바뀐 느낌이, 들어서…………. 그, 무서운 건 여전하지만요…………."

"흠————."

마왕으로서도 자신이 만들어낸 측근이 계속 무서워하는 건 섭섭했다.

하물며 타하라나 유우처럼 자립한 성인이라면 모를까, 콘도는 아직 16살. 어린아이라고 부를 수 있는 나이였다.

"이 세계에서는 우리의 배경이자 힘의 원천이기도 했던 대제국이 존재하지 않는다. 말하자면 지금의 우리는 의지할 곳 없는 돛단배 같은 상황이지."

"돛단배, 라고요…………?"

그 말은 콘도에게 적잖은 충격을 주었다. 국민행복관리위원회의 멤버들은 말 그대로 세계를 압도하는 존재였기 때문이다.

그를 이끌던 대제국의 마왕 입에서 돛단배라는 표현이 나오다니 놀라웠다.

현재 상황을 그대로 전달한 마왕은 지평선으로 시선을 주며 담배에 불을 붙였다.

"그래. 우리의 결속만이 미래를 개척할 힘이 될 테지. 따라서 너도 공연히 무서워하지 말고, 나를 믿고 의지해라. 나도 마찬가지로 네 힘을 의지하마."

"자, 장관님께서, 저를…………?!"

"음."

마왕이 짙은 미소를 짓자 약간의 시차를 두고—— 콘도도 기쁘다는 듯 고개를 끄덕였다.

그 순간 콘도의 몸이 맹렬하게 흔들렸다.

"흐아아······! 지금 또 찌릿하고 뭔가가 와써요!"

"··········무슨 소릴 하는 거지?"

"지, 진짜거든요! 뭔가 찌릿한 게! 아, 또!"

자신을 만들어낸 전지전능한 창조주의 신뢰. 그것을 느낀 콘도의 전신을 환희가 꿰뚫었다. 마치 전기충격과도 같은 감각에 콘도의 몸이 튀어 올랐다.

이것만 들으면 뭔가 멋진 이야기처럼 들리기도 하지만, 그 모습은 몸속에 파묻힌 바이브레이션이나 로터의 리모콘이 조작된 에로게임의 히로인과도 같았다.

"여하간 오늘은 이 마을을 안내하며 관계자들을 만나게 해주마. 앞으로 할 일에 관해서는 타하라에게 지시를 듣도록."

"네, 네헤··········."

"이 마을에는 온천여관을 세워놨다. 뭣하면 밤에라도 함께 들어갈까?"

"아아앗! 또 찌릿하고!"

"진정해라, 콘도."

"히이이!"

기묘한 무한루프를 반복하며 이날, 새로운 측근이 소환되었다. 이 남자가 만든 8명의 측근 중 이것으로 4명째다.

마왕 진영의 전력은 이로써 간신히 절반이 갖춰졌다고 할 수 있으리라.

'권한을 해방하려면 막대한 돈과 판도 내의 활동수…………
즉 마을 사람 같은 정착자만이 아니라 노동자나 상인의 수도 필
요해. 그리고—— SP.'

하나같이 죄다 모자란 것투성이다. 이것들을 확보하려면 탐욕
스럽게 앞으로 나아갈 수밖에 없다.

원하든 원하지 않든, 이미 싸움은 시작되고 말았으니까.

콘도 유우야
Yuya kondou
【종족】 인간 【나이】 16세

무기 ▶ 월천(月穿)
콘도가 애용하는 아름다운 활.
스킬과 함께 사용하면 말도 안 되는 연사를 날릴 수 있다.
화살 수 무한.

방어구 ▶ 사복
방에 틀어박혀 지내기 때문에 방어구다운 방어구는 착용하지 않는다.
그에게 방어구란 그 스킬들이니 방어구는 필요하지 않다.
내구력 무한.

소지품 ▶ 2차원 세계
동서고금의 애니메이션, 만화, 라노벨, 게임 등을 소지하고 있다.
과거 회장에서는 무의미했지만, 이 세계에서는 유용하게 활용할 수 있으리라.

【레벨】 1 【체력】 3000/3000 【기력】 600/600 【공격】 40(+50)
【방어】 25(+5) 【민첩】 20 【마력】 0 【마방】 0

【속성 스킬】
FIRSTSKILL 급습
SECONDSKILL 화란(華亂)
THIRDSKILL 화살장마
【전투 스킬】 대파(大破) 파퇴(破槌) 강타 맹타 맹독 마비 겁화 리벤지
카운터 보신 대란(大亂)
【생존 스킬】 함정해제 회복 우정 도피 회피 매의 눈 호시(虎視) 상속
유서 단말마 동반자살 자폭
【특수 능력】 파노라마 아이 테이크 오버 법전의 수호자 ?

마왕님,
리트라이!

Maousama
Retry!

게임 개시

아직 해가 뜨지 않은 하늘 아래, 여러 대의 마차에서 노동자들이 내렸다.

그들은 근처 마을에서 심야에 출발해 이동하는 동안 자면서 왔다. 라비 마을에는 아직 숙박 시설이 적으므로 이걸 늘리는 게 급선무였다.

"흐아암, 벌써 도착했나…………."

"오늘도 돈을…… 헉, 저게 뭐야!"

"뭐야, 아침부터 시끄………… 어어어어어어어어억?!"

마차에서 내린 사람들이 카지노를 보고 경악했다. 시선의 방향을 바꾸자 그곳에는 이전엔 존재하지 않았던 '숲'마저 있었다.

"뭐야?! 뭐냐고, 저거!"

"그, 금색으로 빛나…………."

"이 마을에 숲 같은 건 없었잖아…………. 대체 무슨 일이 일어난 거야?!"

그런 목소리를 듣고 마을에서 숙박하는 노동자들이 웃었다.

자신들도 처음에는 저랬으니까.

"아, 그래. 너희는 그때 마을에 없었던가?"

"바보 같긴. 평생 한 번이나 볼 수 있을지 없을지 모르는 '기적'을 못 보다니…………."

어쩐지 그 얼굴은 자랑하는 것 같아 보였다.

신화 속에 등장할 법한 기적을 직접 보았으니 무리도 아니었다.

"마왕님이 마을에 돌아오셨거든————."

"마왕, 님이라니………… 자, 잠깐만! 그거 이명이나 그런 거였지?!"

"아니, 나도 들었어. 북쪽에서 터무니없는 괴물을 죽였다는데."

"어이, 저런 곳에 샘이 있었던가?!"

"너희들! 계속 떠들어대지 말고 빨리 모여!"

이런저런 소문이 날아다니는 가운데 오늘도 하루가 시작된다.

소환된 콘도도 침울한 표정으로 모험가들에게 지시를 내리고 있었다. 그의 담당은 보초이므로 전투력이 좋은 모험가를 부하로 붙여놓았다.

"오늘은 이 순서로 마을을 순찰합니다. 물과 소금 반출에는 특히 조심해주세요…………."

콘도는 종이를 나눠주며 의욕 없는 목소리로 말했지만, 이래 봬도 그나마 개선된 편이었다.

처음에는 시종 쭈뼛거리면서 개미 기어가는 듯한 목소리를 냈으니까.

'아…… 빨리 방에 돌아가고 싶어…………. 바깥바람은 몸에 안 좋아………….'

소환된 뒤로 콘도의 일상은 혼란의 극치였다.

그는 천성의 은둔형 외톨이다. 타인의 얼굴을 보기만 해도 고통스러운데, 거기에 더해 처음 만난다고 인사도 해야만 했다.

콘도에게는 완전히 고문이었다.

그런 데다 타하라가 명령한 건 '자경단'의 리더였다.

은둔형 외톨이와 극도의 낯가림을 조금이라도 개선하기 위한 거친 치료법이었으나 콘도에게는 그저 민폐였다.

'뭐가 자경단인데…………. 이 마을의 전체 모습은 10초 만에 파악한 데다 직접 돌아다니면서 경비한다니 너무 전근대적이라 말문이 막힐 지경이라고. 타하라 씨는 효율이라는 걸………….'

콘도는 마음속으로 저주를 늘어놓으며 라디오 카세트의 스위치를 눌렀다.

빨리 일을 끝내고 방으로 돌아가고 싶어진 모양이다. 콘도의 마음과는 반대로 경쾌한 멜로디와 명랑한 목소리가 울려 퍼졌다.

《대제국 체조~♪ 첫 번째~♪ 먼저 두 손을 하늘로 뻗어요~♪》

처음엔 작은 상자에서 음악과 목소리가 들리는 바람에 모여 있던 사람들이 깜짝 놀랐다.

하지만 풍경과 마찬가지로 인간은 적응이 빠르다. 지금은 무언가 마도구일 거라며 아무도 신경 쓰지 않게 되었다.

'하아~ 이 목소리가 좋아하는 성우라면 더 의욕이 솟을 텐데………….'

콘도는 진심으로 귀찮아하는 표정으로 두 팔을 뻗었다.

직장에서 종종 보는 아침 라디오 체조였다. 나태한 생활을 뜯어고치려는 건지 타하라가 신신당부하며 지시했다.

콘도의 움직임을 따라 하며 모험가들도 몸을 움직였다.

의외로 이 라디오 체조는 평판이 좋았다.

전신을 모조리 움직이며 근육을 풀어줘서 구석구석까지 피를 보낸다. 한 번의 부상이 죽음과 직결하는 그들에게는 유익한 운동으로 보인 모양이었다.

지금은 장인들도 솔선해서 체조할 정도였다. 이윽고 라디오 체조가 끝나자 자경단 단원들은 지시를 따라 움직였다.

"당신이 리더라‥‥‥‥. 상당히 귀엽게 생겼잖아?"

신참으로 보이는 여성 전사가 입술을 핥으며 콘도에게 걸어왔다.

상당히 과격하게 노출한 전사였다.

모험가는 실력만이 아니라 옷차림이나 이명, 행동거지에 이르기까지 아무튼 눈에 띄어야 팔리는 장사이다. 그녀는 자신의 몸매를 당당히 무기로 삼고 있었다.

하지만 콘도의 반응은 떨떠름했다.

"죄, 죄송한데요‥‥‥‥. 3차원의 여자는 너무 가까이 오지 말아주실래요?"

"3차? 1차와 2차가 뭔지 모르겠지만 나중에 몰래 놀지 않을래?"

"저, 저는 해군 콜렉션의 카미나리와 진결혼을 했거든요. 카미나리가 바람피웠다고 오해하면 어떻게 하실 거예요."

"벼락(카미나리)과 결혼?? 너 아침부터 약이라도 했어?"

"3차원은 부담스러워‥‥‥‥ 진짜 귀찮아‥‥‥‥‥."

콘도는 표독스럽게 중얼거렸고, 전사도 황당하다는 얼굴로 떠났다.

대화가 안 통한다고 판단한 모양이다.

콘도도 콘도대로 독이라도 털어내듯 메롱 하고 혀를 내밀고는 휴대용 게임기를 꺼냈다.

《콘도, 오늘도 고생했어! 하지만 나를 더 의지해도 괜찮아~.》

"고, 고마워………… 카미나리. 하, 하지만 나도 남자로서 열심히 해야지."

《대단하네! 하지만 피곤하면 언제든 나에게 말해줘!》

"응……! 에헤헤…………."

콘도가 게임기와 즐겁게 대화하는 모습을 보고 멀리서 지켜보던 타하라는 무심코 얼굴을 가렸다. 치료는커녕 은둔 성향이 더욱 가속할 것 같은 모양새였다.

"이봐, 콘도. 가끔은 뿅뿅 말고 살아있는 사람에게도 관심을 가져 보지 그래?"

"뿅뿅이라니 언제 적 말이에요…………. 애초에 저는 카미나리 말고도 여러 명과 가결혼을 해놨으니까요."

"가인지 진인지 하는 건 모르겠는데. 여기는 대제국이 존재하지 않는 세계라고. 바깥 세계나 살아있는 인간에게도 조금은 시선을 돌리란 말이다."

"그, 그럼 타하라 씨야말로 여동생분 말고 다른 여성에게도 시선을 줘 보세요…………."

"무슨 소리! 대천사 마나미 말고 다른 여자에게 어떻게 관심을 가지라는 거야! 너 바보야? 뇌가 증발했어?"

"대, 대천사라고 불러도 되는 건 해군 콜렉션의 토키아메뿐이거든요…………!"

"…………이게? 지금 뭐라고 그랬냐?!"

두 사람의 무의미한 싸움을 보며 지나가던 마왕도 한숨을 쉬었다.

마침 아쿠와 함께 《치유의 숲》에 가서 《비밀기지》를 재설치하고 돌아오는 길이었다.

나무를 숨길 때는 숲에 숨기라는 말을 실제로 적용했다. 아쿠도 두 사람의 싸움에 어떻게 반응해야 할지 망설이는 모양이었다.

"마, 마왕님의 부하분들은, 그, 개성적인 분이, 많네요……."

"저래 봬도 능력은 우수해. 내용물은 좀, 그렇긴 하다만……."

여관 집무실로 돌아가며 마왕은 절절히 한탄했다.

왜 두 사람에게 저 정도로 극단적인 설정을 부여했을까. 새삼스럽게 후회하는 모습이었지만 이미 늦었다.

'하아, 당시엔 개성을 강조하려는 의도였지만, 너무 지나치잖아…………!'

마왕은 집무실에 돌아가 지친 표정으로 오너용 의자에 등을 맡겼다. 아쿠도 자기 자리라는 양 마왕의 무릎 위에 앉았다.

"그러고 보면 최근엔 마왕님을 타천사님이라고 부르는 사람이 늘어났어요."

"타천사라…………."

아쿠가 기쁘다는 듯 말했지만, 마왕의 표정은 밝아지지 않았다.

그 소문이 플러스가 될지 마이너스로 향할지 아직 잘 알 수 없기 때문이다. 이 남자는 종교에 어둡고 서양 신화를 배운 적도 없으며 관심도 없다.

루시퍼라고 불리는 존재가 무엇인지 본질적으로는 아무것도 모른다.

'이 나라에선 타천사라고 해도 천사는 천사라는 건가…….'

성광국의 '기본'은 천사 신앙이고, 그 존재는 때로는 법이나 상식을 아득히 초월한 높은 위치에 놓여있다.

본래대로라면 타천사라는 존재에 더 공포나 혐오감을 가져도 이상하지 않은 이야기였으나 사람들의 반응은 예상 밖일 만큼 부드러웠다.

'혐오는커녕 무언가 '기대'하는 것 같은데…………?'

여태까지 아무리 천사를 숭상하고 믿어도 생활이 전혀 좋아지지 않았던 게 원인인지도 모른다. 귀족에게만 번영이 이어졌기에 마왕이라고 불리는 존재에 지지와 기대가 모여들고 있는 것이리라.

'유저의 민심을 파악하는 게 일류. 불만을 품기 전에 대처하는 게 초일류. 랬던가.'

또다시 과거 **아오키 전무**에게 들은 말이 떠올랐다. 짜증이야 나지만, 그의 말은 전부 경험이 뒷받침되어 나온 말들이었다.

이 남자도 창작자로서 일선에서 싸워왔던 존재다. 세간이나 민심이라는 부분에는 결코 둔하지 않다.

"분명 좌천사님이 이 나라를 좋게 만들기 위해 마왕님을 부르신 거예요."

"…………**그게** 그런 사려 깊은 존재로는 안 보였다만."

좋게 만들기는커녕 좌천사는 세상의 혼돈을 원하고 세계의 파멸을 바라는 존재였다. 만약 진짜 '쿠나이 하쿠토'가 소환되었다면 그 소원은 이뤄졌을 것이다.

'애초에 그 좌천사라는 게 거의 악신이었는데⋯⋯⋯⋯.'

마왕은 아예 뻔뻔해진 마음가짐으로 생각했다――자신을 부른 존재가 이미 블랙이었으니 소환된 이쪽도 블랙인 게 당연하다고.

'이렇게 된 거 쓸 수 있는 건 뭐든 써먹어 주지⋯⋯⋯⋯.'

이용할 수 있는 건 뭐든 이용해서 조금이라도 빨리 권한을 회복하도록 움직이는 게 훨씬 유익하다고 판단했다.

"여하간 자금이나 노동력은 대강 잡았고⋯⋯⋯⋯. 남은 건 역시 미궁인가."

"⋯⋯⋯⋯또 북쪽에 가시는 건가요?"

"그래. SP는 얼마나 있어도 부족하고, 더 강한 마도구도 필요하다."

"그럼 저도 데려가 주세요."

"―――안 돼."

마왕이 즉각 거절했다. 아쿠에게는 무른 이 남자라고 해도 위험한 미궁에 소풍 가듯 찾아갈 마음은 전혀 없었다.

"여기 있으면 안전하다. 타하라에 유우에, 게다가 콘도까지 있으면 마물이든 악마든 뭐가 와도 대처할 수 있어."

"그래도 쓸쓸해요⋯⋯⋯⋯."

"음⋯⋯."

마왕은 새삼 생각했다―― 이 아이에게 자신은 어떤 존재인 걸까.

동시에 자신에게도 이 아이는 어떤 존재인 걸까.

'나이로 따지면 부녀 같은 느낌이지만, 나는 이 아이의 아버지가 아니야. 하지만⋯⋯⋯⋯.'

어째서인지 존재 그 자체가 보호 대상이다. 무서우리만치 강한 사명감마저 느낄 정도로 '지켜야 한다'는 감정이 가슴속에 자리 잡고 있다.

처음 만났을 때와는 다르게 그 마음은 날이 갈수록 진해진다.

"뭐, 심정은 이해한다만⋯⋯⋯⋯ 소중하기 때문에 위험한 장소에 데려갈 수 없는 거다."

마왕은 말을 고르며 그렇게 대답했다.

안 된다고만 하는 게 아니라, 제대로 이유도 알려준다면 수긍할 것이라며.

"소중⋯⋯⋯⋯ 하다고요?"

그 한마디에 아쿠가 고개를 들었다.

그 진지한 눈빛을 본 마왕의 등을 타고 불길한 예감이 올라왔지만 이미 늦었다.

"마왕님은 저를 소중히 여겨주시는 건가요?"

"으, 으음⋯⋯⋯⋯."

"저도 마왕님을 좋아해요. 아주 많이 좋아해요!"

"그, 그러냐⋯⋯⋯⋯. 하하⋯⋯⋯⋯."

마왕이 무심코 주변을 둘러보았다.

누군가가 보고 있다면 난감한 오해를 살 법한 대화였다. 여기가 현대 일본이라면 온갖 조례에 걸려서 콩밥을 먹는 신세가 될 것이다.

"아, 아무튼, 그런 이유이니…………. 미궁에는 데려가지 못하지만 언젠가는 마을에 이것저것 세워서 놀 수 있게 해주마."

"아무것도 없어도── 저는 괜찮아요."

그렇게 말하며 아쿠가 마왕의 몸에 팔을 감았다. 오늘은 하얀 드레스를 입고 있어서 그런지 하얗고 작은 고양이라도 안고 있는 듯한 모습이었다.

마왕도 포기한 건지 머리를 쓰다듬으며 다정하게 말했다.

"다음에 북쪽에서 돌아올 때는………… 부하가 늘어나 있을 거다."

"이번에는 어떤 분이 오시나요?"

"흠───────."

마왕의 머릿속에 떠오르는 건 한 명의 소녀. 그것도 자신이 만들어낸 측근 중에서도 과장 없이 최고라 평가할 수 있는 소녀다.

외모나 말투는 얼음이 연상되는 싸늘한 인상이지만 내면은 무척 상냥하고, 다른 사람을 향하는 시선도 자애로 가득하다.

"그래…………. 상냥하다는 점에서는 아쿠를 닮았을지도 모르겠군."

"저요??"

'게다가 그 애한테는 아마도───────**마법이 안 통할 거야.**'

부여해둔 몇몇 설정이 그대로 반영된다면 과거 회장과 마찬가지로 최고의 보디가드가 되어줄 것이다.

마왕이 그런 생각을 하고 있을때 타하라에게서 《통신》이 들어왔다.

《장관님, **기다리던** 손님이 왔어. 동쪽 마을의 영주가 만나고 싶대.》

《호오, 무슨 용건이지?》

《으하하! 그렇게 화려하게 세워놨으면 무거운 궁둥이도 가벼워지지 않겠어?》

《그래. 그럼 정성껏 환영하도록 할까.》

마왕이 의미심장하게 통신을 끊었으나 거기에 깊은 의도 같은 건 없다.

난데없이 카지노 같은 걸 설치했으니 항의라도 하러 왔다고 생각했을 뿐이다.

'IR 추진법도 국회에서 많이 싸웠지…………. 유치지에서도 치안 악화 같은 이유로 반대하는 목소리도 많았다고 하고.'

"마왕님? 무슨 일이 있나요?"

"아무래도 성가신 클레임 처리를 해야 하는 모양이다."

"일하러 가시는 거군요. 그럼 저도 당근 수확을 도우러 가겠습니다!"

"그래, 무리하진 마라."

동쪽 마을의 영주, 와단 퀴네는 낙타 위에서 못마땅한 표정을 짓고 있었다.

저택에서 우아하게 미술품을 감상하고 있었는데, 우민들이 시끄럽게 소란을 피우더니 기어이 이웃 마을로 향했기 때문이다.

'평민 주제에 내 시간을 낭비하게 만들다니. 뭐, 좋다. 이걸 구실로 세금을 올려야지.'

와단은 닳아서 너덜너덜해질 때까지 본 미술품 목록을 보며 그 다짐을 다시 굳혔다. 귀족에게 유명한 미술품이나 예술품을 보유하는 건 무엇보다 우선되는 일이었다.

그게 명예가 되고, 사람을 부르고, 돈을 부르고, 가문의 번영으로도 이어진다.

아무리 영지가 가난해도 세상에 널리 알려진 미술품을 하나라도 더 갖고 있다면 자동적으로 '격'이 올라간다.

'크림슨 경의 작품까지는 바라지 않아도, 하다못해 좋은 작품을 하나라도 더⋯⋯⋯⋯!'

목록을 노려보는 와단이었으나, 생각에 잠길 수 있었던 건 그때까지였다. 모래폭풍이 지나간 뒤 거대한 신전으로 보이는 게 시야에 들어왔기 때문이다.

'신기루인가⋯⋯⋯⋯? 아니, 뭔가 빛나고 있어!'

다급히 낙타를 달리자 그곳에는 믿어지지 않는 광경이 펼쳐져 있었다.

이전부터 이웃 마을에 관련한 다양한 소문은 들었으나, 그 본인은 예술에 심취해서 자신의 저택에서 거의 나오는 일이 없었다.

영지민이 워낙 시끄럽다 보니 마지못해 저택을 나와 시찰하러 왔는데, 눈앞에 펼쳐진 광경은 예상과는 다르게 완전한 이차원이었다.

그의 인식 속 라비 마을이란 쇠퇴한 한촌이다. 성녀의 영지라고는 하나 어디까지나 이름뿐인 영주라는 건 귀족들 사이에선 상식이었다.

"이게 뭐지………… 무슨 일이 일어난 거냐?! 나는 꿈이라도 꾸고 있는 건가…………."

마을 안을 오가는 사람, 사람, 사람.

다들 바쁘게 일하고 있었다. 이 마을만 다른 세상처럼 보였다. 길에는 값비싼 돌포장이 아낌없이 깔려있고, 셀 수 없을 만큼 많은 가게와 노점이 즐비했다. 심지어 지금도 공사 중인 건물이 여기저기에 흩어져 있었다.

무엇보다 신기한 건 마을 중앙에 '거대한 샘'이 있다는 점이었다. 이 메마른 대지에 난데없이 샘이 솟아나다니 말이 안 된다.

하지만 현실에는 눈앞에 샘이 있고, 많은 인간이 줄을 지어서 담당자가 나눠주는 물을 받아 작은 수통 등에 물을 채웠다.

"대체 저런 숲은 어디서 나온 거냐! 안쪽에 있는 거대한 '신전'은 또 뭐고!"

도저히 참을 수 없게 된 건지 와단이 소리쳤다.

꿈이라도 꾸는 게 아닐까. 그렇게 생각하고 싶었던 모양이다. 하지만 이게 현실이라는 걸 알려주듯 타하라가 훌쩍 나타났다.

낭비라는 걸 찾기 어려운 육체에 이질적으로도 보이는 외모.

거기에 더해 강자임을 숨기려고도 하지 않는 오만한 기척이 느껴진다.

"상당히 **늦었잖아**. 뭐, 일단은 안내하지만, 우리 장관님은 성격이 급하셔. 무능한 녀석에게는 아주 매몰차지. 판단이 느린——
굼벵이에게도."

"무슨…………!"

타하라의 거침없는 말에 와단은 분노한 나머지 낙타에서 떨어질 뻔했다. 귀족을 보자마자 폭언을 퍼붓는 남자는 타하라 정도일 것이다.

"아, 그래. 나는 여기의 공사를 담당하고 있는 타하라. 짧은 시간이나마 잘 부탁해."

"…………큭."

타하라의 말에 와단은 입술을 깨물었다. 귀족인 자신에게 이런 무례한 태도를 보이는 남자는 처음 본다.

'평민 주제에…………! 나를 누구라고 생각하는 게냐!'

하지만 상대방을 혼내는 말이 도저히 나오지 않았다.

오히려 눈앞의 남자에게서 느끼는 강렬한 위압감은 더욱 커지기만 할 뿐. 마주 보기만 했는데도 숨 쉬는 것조차 힘들어졌다.

"뭐, 처음엔 내가 중재해줄 건데…… 너무 기대하진 말고."

"…………크윽………… ."

와단은 그 태도에 짜증을 느꼈으나 현명하게도 낙타에서 내리는 걸 선택했다.

상대의 고압적인 태도와 말투는 완전히 아랫사람을 대하는 **그것**이었기 때문이다. 이 마을의 상황이나 정체를 알 수 없는 타하라의 태도를 보고 귀족으로서 자기보호 본능이 발동한 모양이었다.

"━━━━좋은 태도야. 조금은 덤을 주기로 할까."

"와, 와단 퀴네라고 하오……. 아, 아무쪼록 중개를, 부탁하지…………."

이렇게 되자 완전히 타하라의 술수에 말려든 셈이다. 와단은 굴욕에 떨면서도 동시에 눈앞의 남자에게 매달리고 싶어지는 듯한 상반된 감정을 느꼈다. 악당이란 무릇 두려운 법이지만 아군이 되면 신기하게도 든든해지는 생물이다.

타하라는 숨 쉬듯 자연스럽게, 순식간에 그런 포지션에 자신을 놓고 입장 차이를 명확하게 만들었다.

한편 와단도 여태까지 들은 소문을 필사적으로 정리했다.

'평민들이 시끄럽게 떠들어댄 건 이 녀석들이 원인이었나……!'

이 궁전이라고도 할 수 있을 번화함을 보고 와단은 확신했으나, 그 이상으로 이 소란을 만들어낸 눈앞의 남자와 그 상사로 추정되는 존재에게 두려움을 느꼈다.

외모로 보아 틀림없이━━ 이 나라의 인간이 아니다.

'마왕이라고 떠들고 다니는 황당한 남자……… 라고 했던가.'

소문을 들었을 때는 웃어넘겼다.

얼마 전에는 '악마왕'이라는 전승 속 괴물이 되살아났다는 소문도 있었지만, 그것도 어느샌가 연기처럼 사라졌기 때문이다.

비슷한 종류의 시시껄렁하고 황당한 소문이다. 그렇게 생각했다.

아직 이때까지는━━━━.

'뭐지? 이 기묘한 건물은……. 이국적이긴 하지만 아름답군……!'

하지만 그런 감정은 온천여관을 보자 산산조각으로 날아갔다. 안에 들어가 보긴 했으나 다리가 휘청거려서 똑바로 걷는 게 어렵다.

'마, 마치 '다른 세상'에 떨어진 것 같지 않은가…………!'

타하라가 무언가 말했지만 와단의 귀에는 들리지 않았다. 그가 보기에 여기는 마치 '보물 창고'와도 같았다.

"타, 타하라 공, 여기는 대체…………! 명화들도 그렇고, 조금 전의 항아리도 그렇고."

예술을 사랑하는 와단의 눈에 후스마와 항아리, 전시해둔 족자 등은 전부 시선을 빼앗길 정도로 훌륭한 작품이었다. 어디선가 들리는 현악기 소리가 한층 그것들을 돋보여주고 있었다.

흥분한 와단을 향해 타하라는 찬물이라도 끼얹듯 말했다.

"당신, 쓸데없는 소릴 하면 장관님이 머리를 깨버릴걸? 대리석 재떨이로 쾅! 하고. 나는 그 패턴으로 저세상에 간 멍청이를 여럿 봤지."

'마, 말도 안 돼…………! 그 야만인은 뭐냐!'

이쪽을 돌아보는 타하라의 얼굴은 진지했다. 와단이 상대가 진심으로 한 말임을 알아차리자 뱃속 깊은 곳에서 떨림이 치밀어올랐다.

이윽고 타하라는 중후한 문 앞에서 멈췄다.

"장관님, 데려왔어."

'제, 제발…… 멀쩡한 남자이길…………. 천사님, 부디 구원해주소서…………!'

와단의 심경은 마치 처형 전의 죄인과도 같았다. 방에 들어가자 안쪽 의자에 앉은 인물의 뒷모습이 보였다.

남자인데도 칠흑의 긴 머리카락을 늘어트린 인물이었다. 그 의자가 회전하고── 이쪽을 향한 순간 와단은 저도 모르게 비명을 지를 뻔했다.

'으아아아악! 틀렸어! 완전히 틀렸어! 마왕! 어딜 봐도 마왕이야! 천사님, 어째서 제게 이런 시련을…………!'

그 날카로운 안광과 어마어마한 위압감 앞에 와단의 다리가 힘없이 풀렸다.

그러고는 가슴을 스치는 강렬한 후회──.

왜 더 일찍 '신하'가 되겠다고 청하지 않았을까. 타하라가 말한 '늦었다'의 뜻을 뼈저리게 이해하고 말았다.

"처음 만나는군요── 음? 상당히 몸이 안 좋아 보입니다?"

"아, 아뇨…………!"

"이런 더위 속에 먼 길 잘 와 주었습니다."

상대방의 정중한 말투와 그 뒤에 숨어있는 냉소를 본 와단의 전신에서 땀이 분출되었다.

이쪽이 초조해하는 걸 보고 희롱할 생각이다.

"왕창 퀴네 씨였던가요? 위세가 좋은 이름이군요."

"…………와, 와단입니다."

와단은 상대방의 실수를 은근슬쩍 지적했으나 개미가 기어가듯 작은 목소리라 마왕에게는 들리지 않았다. 그 대화에 타하라는 혼자 입을 벌리고 어깨를 떨었다.

아무 소리도 내지 않았지만 필사적으로 웃음을 참고 있는 모양이었다.

마왕이 일어나 중앙에 놓인 소파로 걸어갔다. 그 모습을 보고 와단은 무심코 소리칠 뻔했다. 부디 그대로 안쪽에 있어 달라고.

와단은 필사적으로 천사에게 기도를 바쳤으나 그 절실한 기도는 이뤄지지 않았다. 마왕은 소파에 앉아 심장을 꿰뚫어버릴 듯 매서운 시선을 보냈다.

끔찍하게도 그 손에는 대리석으로 만든 큼직한 재떨이가 들려 있었다.

'으아아아아악! 안 돼, 안 돼! 저걸로 날 죽이려는 건가?!'

마왕은 에티켓으로 꺼낸 것이었으나, 와단의 눈에는 사형선고와 마찬가지인 흐름이었다. 얼굴이 창백해진 와단을 보고 때가 되었다 생각한 건지 타하라가 끼어들었다.

"장관님, 그렇게 겁을 주면 대화도 못 하잖아. 온건하게 가자고."

"흠――――."

마왕은 품에서 담배를 꺼내 불을 붙였다.

본인은 '딱히 겁주려는 생각은 없어!'라고 외치고 싶었으나 이 남자를 모르는 사람이 보면 그 위압감은 어마어마했다.

어딜 어떻게 봐도 세상을 배후에서 조종하는 거대 마피아 세력의 보스다. 그 앞에 서게 된 와단은 새끼 양처럼 바들바들 떨었다.

"자, 당신도 앉아. 장관님의 시간은 귀중하거든."

"네, 네헵!"

그 목소리를 듣고 와단도 조심조심 소파에 앉았다.

대화가 시작하기도 전에 와단은 이미 사형선고를 받은 죄인의 심정이 되었고, 마왕은 마왕대로 귀찮은 클레임 처리 건으로 인식하고 있었으며, 타하라만 별개의 꿍꿍이가 있었다.

"처음부터 당신에게는 안타까운 이야기지만…… 곧 영주라는 지위에서 추락하게 될 거야. 이 마을을 보고 당신도 생각하는 바가 있었지?"

"그, 건…………."

타하라가 입을 열자마자 높은 위치에서 일격을 가했다.

항변을 허락하지 않는, 이미 정해진 사항을 알리는 듯한 말투였다.

"말해봤자 입만 아프지만, 당신이 다스리는 이웃 마을에 비해 여기는 어때? 남의 떡이 더 커 보인다는 말이 있는데, 당신의 영지민들이 볼 때 이곳의 '떡'은 어떻게 보일까?"

"끄응…………."

타하라가 던지는 말에 와단은 신음을 흘렸다. 실제로 남의 떡이 더 크고 먹음직스럽게 보여서 와단은 영지민에게 항의를 받았기 때문이다.

"영지민의 항의 정도로 끝나면 다행이지만…………. 당신은 늘 무력으로 그걸 진압해왔던 모양이니까. 하지만 쌓일 대로 쌓인 불만이라는 건 언젠가 반드시 폭발해. 이번만 놓고 본다면 밭을 버리고 '도망'치는 엔딩이겠지."

도망—— 밭을 버리고 다른 영지나 타국으로 간다는 소리다.

여태까지는 다른 영지에 도망쳐봤자, 돌려달라고 요구하면 귀족 간의 싸움을 피하기 위해 서로 도망친 영지민을 넘겨주곤 했다.

하지만 이곳으로 도망쳤을 경우를 생각하자──── 와단의 등을 타고 싸늘한 것이 흘렀다. 그걸 본 타하라가 씩 웃었다.

마치 와단이 '거기'에 도달하리라는 걸 처음부터 알고 있었던 것처럼.

연속으로 몰아세우듯 타하라는 경쾌한 어조로 말했다.

"일단 말해두는데………… 이쪽엔 그런 의도는 없어. 다만 우리로서는 궁지에 몰려서 품으로 날아온 새를 쏴버릴 수는 없다는 거지. 어쨌거나 여기는 자비로운 '성녀님의 마을'이잖아."

'이 녀석들………… 저런 헛소리를 뻔뻔하게!'

와단은 확신했다──── 이 두 사람은 '그것'을 기다리고 있었다고.

영지민이 도망쳐서 자신들을 찾아오는 것을. 여기에 항의하거나 돌려달라고 요구하면 기꺼이 달려들 속셈이다.

'설마 이런 식으로 '발밑'부터 무너뜨리려 들다니…………!'

성녀님을 내세워 영지민이 도망칠 정도로 무거운 세금을 비난하며 지적할 생각인 걸까, 아니면 예술에 몰두하여 영지를 돌아보지 않았던 걸 책망할 생각인 걸까.

어쨌거나 중앙에까지 퍼질 추문이 되리라는 건 틀림없다. 와단 같은 변경 마을을 거느린 시골 귀족에게는 완전한 치명상이었다.

'생각해라. 무언가, 무언가 이 궁지에서 벗어날 방법을……!'

와단은 열심히 뇌를 쥐어짰으나 머릿속엔 아무런 아이디어가 떠오르지 않았다.

이 공전의 번성과 발전을 만들어내고 성녀님을 대표로 내세웠으니, 도저히 와단 쪽에는 승산이 없었다.

귀족이란 힘 있는 자에게 머리를 숙이고 아군으로 붙는다. 그 누가 도랑에 추락한 시골 귀족에게 손을 내밀까.

오히려 점수를 벌겠다는 듯 도랑에 처박힌 개를 막대기로 두들기는 게 귀족 사회다.

세상이 멸망한 듯한 표정인 와단을 보고 타하라는 천천히 일어나더니 옆에 앉은 후 지금까지 보인 태도가 거짓말이라는 듯 가볍게 어깨를 두드렸다.

"뭐, 여기까지는 대외용이고————."

"……뭣?"

여태 느껴졌던 위압감이 사라지고, 타하라는 친근한 미소를 지었다. 절망으로 짓눌려있던 와단의 어깨에서 그만 힘이 빠져버릴 듯한 미소였다.

"미안하게 됐어! 당신도 '상황 파악'을 해줘야 할 필요가 있었거든. 깜빡 말투가 흉흉해지긴 했는데—— 여기서부터는 **돈** 이야기를 좀 해보자고."

"도, 돈이란 말이오……?"

"이쪽의 조사론 당신 마을의 수입은 대충 1년에 대금화 다섯 닢. 흉작이 들든 무슨 일이 생기든 세율을 바꾸지 않으니, 이듬해에 아사자를 12명이나 낸 적도 있었지?"

"……그, 음, 뭐."

와단의 이마에서 땀이 흘렀다.

그런 옛날 일을 어떻게 조사한 걸까. 게다가 영지 내에 아사자가 나왔다는 건 추문으로 분류되므로 철저히 숨기던 사항이기도 했다.

'이 조사력을 보아하니, 혹시 작년의 그 일까지 조사해놓은 거 아닌가……?!'

아킬레스건이 없는 귀족은 없다.

타하라의 말에 와단은 점점 의심의 굴레에 사로잡혔다.

교역 도시 야호를 제외하면 신도에서 동쪽은 황량한 대지가 이어지는 변경이자 와단처럼 영세 귀족이라고 불러야 할 사람이 많다. 그 수입은 미미하여 이름뿐인 귀족이 된 자가 많지만, 그래도 1천만에 가까운 돈이 연수입으로 들어오니 세금이 얼마나 무거운지 알 만 하다.

"그래서 제안인데. 당신—— 성녀님께 영지를 '헌상'할 마음 없어?"

"헌상, 이라면…… 나에게서 모든 것을 박탈하겠다는 거요?!"

"걱정하지 마. 대신 이쪽에서 매년 대금화 다섯 닢의 연금을 줄 테니까. 당신은 귀찮은 영지 경영에서 해방되고 좋아하는 예술에 몰두할 수 있게 된다는 소리야."

"연금…………."

그건 전사한 성당기사단의 기사나 전장에서 다쳐 은퇴할 수밖에 없게 된 군인에게 주는, 명예금이라고도 불리는 것이다.

물론 와단에게는 아무런 명예도 공적도 없으니 그런 것을 받을 자격은 없지만, 성녀님에게 영지를 고스란히 바쳤다면 사정이 달라진다.

"만약을 위해 말해두지만 한 세대에 한정된 게 아니야. 이 권리는 대대로 물려줄 수 있지. 성녀 루나 님께서 서명한 공식 문서를 발행해줄게."

"루나, 님의…………."

와단은 그 말을 듣고 얼굴을 살짝 찡그렸다. 화이트라면 모를까 루나의 공식 문서로는 믿을 수 없다고 생각한 모양이다.

타하라도 그 점은 알고 있었는지 바로 비장의 카드를 꺼냈다.

"불안하면 거기에 마담의 서명도 추가하고."

"마담, 이라고?!"

와단 같은 시골 귀족에게는 완전히 구름 위의 사람.

멀리서 보는 게 고작이며, 평생이 걸려도 그림자조차 밟을 수 없는 존재였다.

"저기 있는 물건도 마담이 보낸 선물이야. 우리가 어떤 관계인지 당신도 알겠지?"

"뭣………… 이건 클로스 경의 그림. 저건 에마의 항아리?!"

아무렇게나 늘어놓은 미술품을 본 와단이 비명처럼 소리쳤다. 긴장한 나머지 방 안을 둘러볼 여유조차 없었기 때문에 이제야 알아봤다.

두 사람의 대화를 들으며 마왕도 조용히 담배 연기를 내뿜었다.

머릿속을 스치는 건 '완전히 야쿠자의 수법이네'라는 생각이었다. 처음에 권총을 보여줘서 실컷 협박해놓은 뒤 마지막에 당근을 내밀어서 조건을 받아들이게 하는 흐름이다.

평판을 올리기는커녕 완전히 '땅 투기꾼'이었다.

'처음엔 귀찮은 클레임인 줄 알았는데 뜻밖의 기회가 굴러오는군. 이 빅 웨이브에 탈 수밖에 없어!'

마왕의 의사와 연동하듯 타하라도 단숨에 대화를 진행시켰다.

처음에는 친절하게, 마지막에는 '적'을 보는 눈으로.

"그야 당신이 질세라 버티면서 노력한다면 막진 않지. 단, 그때는 이쪽도―― 봐주지 않을 거고."

타하라의 눈이 순간 푸르게 빛나며 와단의 전심을 집어삼켰다. 여기는 이미 상대방이 생각할 여유도 주지 않는 타하라의 책략 세계였다.

"어느 쪽을 선택하는 게 이득인지 어린애도 알겠지? A를 선택하면 꿀을 빨 수 있다. B를 선택하면 무수입으로 쫓겨나는."

"에, 에에에에에에에에에이가 좋은 선택이겠군요! 넵!"

와단이 절실하게 타하라의 말을 가로막았다.

끝까지 말하게 했다간 그대로 B를 선택했다면서 파멸시킬 것 같았기 때문이다.

실제로 타하라는 그럴 생각이었다.

"…………그으래? 그럼 정리하자."

타하라가 씩 웃으며 와단의 어깨를 두드렸다. 그 후 두 사람의 대화는 순탄하게 흘러가 성녀님에게 헌상한다는 명목의 '매매'가 끝났다.

마왕은 담배 연기를 흘리며 가슴을 쓸어내렸다.

'이 녀석에게 맡겨두면 내가 나설 차례가 안 온단 말이지……
편해서 좋아♪'

마왕은 일련의 거래를 구경하기만 하다가 아이템 파일에서 잡
동사니를 꺼내 와단에게 건넸다. 본래대로라면 항의하러 올 상
대에게 사과의 뜻을 담은 뇌물로 주려던 물건이었다.

"모처럼 방문하였는데 빈손으로 돌려보낼 수도 없죠."

"…………이, 이것으으으으은!"

마왕이 무심하게 건넨 건 아카네가 벨페고르의 성에서 주운
것이었다.

이상한 모양의 나무 조각상이라 잡동사니로 인식하고 쑤셔 넣
어놨던 물건이었다.

"설마 진짜…… 아니, 그럴 리가! 분명 모조…… 아니, 역시,
어딜 봐도 진짜로밖에 안 보이는데!"

"………………역시 보는 눈이 있으시군."

와단의 격렬한 반응에 마왕은 조금 위축되었지만 다 안다는
듯한 얼굴로 고개를 끄덕였다.

과거 한 나라의 대신으로 일하면서 뛰어난 예술품을 수없이
남긴 크림슨 경이라 불린 인물이 만든, 심홍색의 작은 새를 조
각한 작품이었다.

그가 남긴 물품은 대부분 벨페고르의 보물 창고에 모여 있기
때문이기도 한지 그 가치는 천정부지로 치솟았다.

호사가들은 '환상의 유물'이라고 불렀고, 와단도 간절하게 원
하던 물건이었다.

와단은 자세를 바로잡더니 나무 조각상을 들어 올리며 요란한 포즈로 넙죽 엎드렸다. 양쪽 뺨에는 비유가 아닌 정말로 눈물이 흐르고 있었다. 말도 제대로 나오지 않는 모양이었다.

"가, 감사………… 망극합니다."

"당신의 '신앙심'에 감명을 받았을 뿐입니다── 루나만이 아니라 성궁에 있는 화이트도 당신의 정순한 신앙에 축복을 내릴 테지요."

마왕은 그럴싸한 말을 늘어놓으며 미소 지었고, 와단은 그 말에서 구원을 얻었다.

이것은 돈도 권력도 아닌 뜨거운 신앙심에서 '헌상'한 행위임이 틀림없다고. 실제로는 그렇지 않지만 인간이란 늘 대의명분을 추구하는 생물이다.

와단은 마왕이 내려준 '거짓 정의'에 자발적으로 취하기로 했다.

"하~ 잘 끝났네."

그 후 와단을 배웅한 타하라가 돌아와 소파에 털썩 앉았다.

그 얼굴에는 만족스러운 미소가 번져 있었다.

"장관님이 애프터 케어까지 해준 덕분에 크게 도움이 됐어. 그 양반은 '그 물건'에 아주 집착했던 모양인가 봐. 계속 우는 게 솔직히 징그럽더라."

"**우연히** 입수한 물건이다. 마음에 들어 했다니 다행이군."

"허, 참. 뭐가 우연이냐고. 어차피 처음부터 알고 준비해놓은 거지?"

'아니, 필요 없어서 준 것뿐이거든!'

타하라는 기가 막힌다는 듯 머리를 긁적인 뒤 품에서 지도를 꺼냈다. 새로 늘어난 영지를 표시하며 무언가 생각에 잠긴 표정을 지었다.

"장관님은 늘어난 '이쪽'을 어떻게 할 생각이야?"

"…………동쪽 마을 말인가. 일부를 부술 수 있는 간이 여관으로 만들고, 그 외엔 밭을 확장하는 게 좋겠군."

"역시나————."

타하라가 예상했었다는 듯 바로 대답했다. 마왕으로서는 마을 개조를 시작할 때 여러모로 불편을 끼친 사죄의 뜻이었다.

입지를 봐도 동쪽이라면 그대로 농경지를 이어붙일 수 있게 되니 편하기도 했다.

"나는 '외국'에서 돌아온 바니들을 어떻게 맞아야 할지 계속 고민했었거든. 한번 고향을 버린 녀석들이 지금은 번영했으니까 돌아온다는 건, 돌아오는 쪽도 맞는 쪽도 여러모로 감정 문제가 있지 않을까 해서."

"…………흠."

"하지만 풍요로운 농경지가 넓어졌으니 작업할 일손이 너무 부족하다는 명분이 있다면 상황은 또 달라진다고 봐. '부탁이니까 힘을 빌려달라'고 한다면 떠났던 녀석들도 돌아오기 쉬워지지 않겠어?"

"그렇군. 좋은 아이디어야."

"됐어. 나야 당신이 만들어놓은 라인을 쫓아가기만 하는 걸로도 고생이니까."

'그 말은 내가 하고 싶어!'

마왕은 반사적으로 소리칠 뻔했지만, 동시에 타하라는 남자에게 감탄했다.

두뇌 회전이 빠른 사람은 어딘가 차갑다거나 재수 없다는 인상을 느끼기 쉽지만, 타하라는 인간의 마음이나 감정을 무시하지 않기 때문에 따뜻하다.

'기쁜 일이지………….'

그 부분은 마왕도 순순히 그렇게 생각했다.

오래전에 만든 캐릭터가 이런저런 사정은 있지만 이렇게 자신을 보좌해주고 있다. 그들에게 생명을 불어넣은 창작자로서 이보다 더 큰 기쁨은 없으리라.

"그럼 대대적으로 바니들의 귀향 프로젝트를 개시할까. 카지노를 굴리려면 그야말로 바니가 몇백 명이 있어도 부족할 테니까."

"동쪽 영지민은 어떻게 할 생각이지?"

"그쪽은 성대하게 돈을 뿌리면서 간이 여관 건설을 시키려고. 장관님의 지배권에 들어오면 황금이 쏟아진다면서."

마왕의 지배권에 들어간다————그 자체가 황금을 부른다는 분위기를 만들어내려는 것이다. 타하라는 이런 '흐름'을 만들어내는 능력이 탁월하다.

"북쪽에도 건축 러시가 시작되는 건가—————."

"뭐, 처음 하나가 넘어오면 그 뒤엔 눈덩이를 굴리듯 '헌상'이 늘어나겠지."

타하라가 빨간색 색연필을 들고 지도 동쪽에 커다란 빨간색 동그라미를 그렸다. 그것이 가리키는 건—— 성광국의 대략 3분의 1 정도 되는 국토.

완전히 '국가 찬탈'이었다.

"그래서 문제는 이쪽인데………. 아무래도 저쪽은 할 마음인가 봐. 부리나케 전쟁 준비를 시작했다나."

타하라가 성광국의 서쪽을 가리키며 웃었다.

도나가 이끄는 귀족파의 풍요로운 영지이자, 물의 마석을 생산하는 풍부한 광산지대였다.

"장관님이 수를 쓴 온 고을로 시작해서 좀도둑 침입, 무관파와 사교파의 악수. 놈들도 마침내 공공연하게 물어뜯기 시작했다는 거지."

"도나 도나라는 남자였던가. 언제 출하되어도 이상하지 않은 이름이군."

"크하하! 아까 왕창도 그렇고. 적당히 해줘, 장관님!"

타하라는 폭소하면서 서방 지역도 빨간색 동그라미로 감쌌다.

그것이 무엇을 의미하는지, 물어볼 필요도 없었다.

'드디어 **일**이 시작된다……………….'

하지만 마왕도 그 계획에 반대할 이유는 없다.

성광국의 내부 상황을 알수록 타하라에게 뒤치다꺼리를 시키는 게 훨씬 나은 환경이 되리라고 확신하기 때문이다.

그리고 나타난 적을 분쇄하기 위해서도 영지 확장은 피할 수 없다.

—————GAME OVER—————

마왕의 머리에 그 기분 나쁜 글자가 되살아났다.

그날을 떠올릴 때마다 어째서인지 몸속 깊은 곳이 욱신거린다.

그건 분노인지, 반발심인지, 반골 기질인지. 어느 쪽이든 그 메시지를 보낸 상대를 온 힘을 다해 패버리고 싶다는 강렬한 감정이었다.

'자…………. 네가 바라는 '게임'이라는 걸 시작하자고.'

황금의 마을

이날, 마왕은 타하라를 데리고 마을을 시찰했다.

걷기만 해도 소란이 일어나므로 둘 다 은밀자세로 모습을 숨겼다.

《오오, 오늘도 그 아가씨가 열심히 하고 있네.》

《흠.》

타하라의 시선 끝에 있는 건 야전병원.

오늘도 치료가 필요한 인간으로 북적거렸지만, 그들 앞에 케이크가 헌신적인 모습으로 물을 나눠주거나 노인에게 말을 걸고 있었다.

"할아버지. 오늘은 햇볕이 강하니까 저쪽에 있는 텐트로 가세요♪"

"오오오…… 케이크는 오늘도 착하구나."

"떽, 영감! 어영부영 케이크의 손을 잡다니!"

"케이크 마마…… 마마……… 응애애애애애애애애애애애!"

"마마아아아아아아아아아!"

"닥치라고, 노망난 영감탱이들! 케이크는 우리 손녀야!"

케이크의 가련한 미소에 속아 넘어간 모양이다. 오늘도 노인들이 시끄러웠다. 그중에는 양녀나 어머니(?)로 삼고 싶다는 노인도 많으며, 현재 야전병원의 천사 취급이었다.

유우가 여신처럼 민중에게 존경받고 케이크가 순수한 천사 같은 소녀로 대우받는다니 마왕이 보기엔 웃을 수 없는 광경이었다.

《병원에 있는 게 죄다 속이 시꺼먼 인간들이라니, 세상 말세야. 저기가 공포 게임의 무대라면 틀림없이 도망칠 수 없는 망겜이 될걸.》

타하라의 평가에 마왕도 그만 웃을 뻔했다.

케이크는 암흑 속에서 난데없이 기습하는 캐릭터, 유우는 플레이어를 끊임없이 쫓아오는 무시무시한 의사로 훌륭한 공포 게임이 완성될 것 같았다.

《뭐, 저 아이라면………… 유우와도 잘 지낼 테지.》

《그러게…………. 꿍꿍이가 있는 쪽이 나로서는 다루기 쉬워서 좋지만.》

타하라의 시각으론 케이크나 마담처럼 서로 이용하는 관계가 더 이해하기 쉽고 마음이 편하다.

각자의 이해를 일치시켜서 그걸 추구하면 그만이니까. 반대로 아쿠나 홀리 브레이브처럼 사욕이 없는 인간은 훨씬 상대하게 버겁다.

상대가 원하는 것을 주는 게 아주 곤란하기 때문이다.

《장관님은 저 왕녀님을── 아니, 미안. 물어볼 필요도 없지.》

'아니, 어떻게 해야 할지 가르쳐줘!'

케이크에게서 복잡한 사정을 들었기도 하기에 마왕은 어떻게 해야 할지 아직 알 수 없었다. 제노비아네, 멸망한 나라네 해봤자 그다지 감이 오지 않았다.

《…………너는 어떻게 대응하는 게 옳다고 생각하지?》

《그러지 마. 장관님 머릿속엔 **그게** 빼곡하게 들어있을 거 아냐.》

'아무것도 없거든?! 오히려 시원할 정도로 텅 비었거든!'

마왕은 어떻게든 답을 찾았지만 타하라의 대응은 칼 같았다. 천 리 앞을 내다보며 적확하게 상황을 구축해온 상사에게 새삼 이러쿵저러쿵 끼어들 마음은 없는 모양이었다.

타하라가 보기엔 마치 자신의 지략을 시험당하는 듯한 기분이기도 하니 사양하고 싶은 심정이었다.

'진짜, 제발 좀…………. 아무리 나라고 해도 처음부터 세계정복을 생각하고 움직이는 건 무리란 말이야. 이 사람의 머릿속은 어떻게 생겨 먹은 거냐고.'

'너 왜 중요할 때 침묵하는 거야! 네가 답을 말해주면 편해지는데!'

엇갈리는 생각을 이어가며 두 사람은 말없이 걸음을 옮겼다.

다음으로 시야에 들어온 건 우물을 파는 두더지 집단과 루나였다.

"너 좀 더 빨리 팔 수 없어? 빈둥거리다간 해가 저문다고!"

"아마추어는 닥쳐봐! 우물이란 판다고 다 되는 게 아니라고!"

"뭐? 구멍을 뚫으면 되는 거잖아? 그럼 내 마법으로——."

"하, 하지 마! 미친! 나무틀 무너진다!"

루나와 두령이 언쟁하고, 이글은 조금 떨어진 곳에서 그걸 보고 있었다.

그 모습은 어딘가 아련하고, 보이지 않는 벽이라도 느껴지는 듯했다.

《저 아가씨는 늘 저렇단 말이지.》

《늘?》

《무리에 들어가지 않는다고 해야 하나, 스스로 거리를 둔다고 해야 하나.》

그 말에 마왕의 가슴에 복잡한 감정이 퍼졌다.

그녀를 사로잡고 있던 저주는 사라졌으나 그걸로 전부 끝난 건 아닌 모양이다.

'자기 때문에 몇 번이나 싸움이 일어나 많은 인간이 죽었다라……'

단순하게는 해결될 것 같지 않은 문제였다.

구멍 밑바닥에 떨어진다면 누구나 자력으로 기어 올라오는 건 어렵다. 하지만 마왕은 이 부분은 그리 심각하게 생각하지 않았다.

'저 아이에겐 손을 내밀어주는 친구가 있으니까…………'

시끄럽게 소란을 피우는 루나를 본 마왕은 살며시 그 자리에서 떠났다.

그대로 마을을 한 바퀴 돌고 야전병원의 뒤쪽으로 간 두 사람이 드디어 모습을 드러냈다.

"응? 이런 곳에 뭐가 있나?"

"아쿠와 약속했으니까. 이곳에 《에어리어 설치》로 풀장을 만들 거다."

"…………흐응, 풀장이라고."

그 단어에 타하라는 그리움보다도 다른 놀라움을 느꼈다.

그 소녀를 위해 《에어리어 설치》까지 하다니. 아쿠에게 약간 듣기는 했으나, 타하라는 정말로 설치할지 내심 의문을 느꼈었다.

라비 마을에 필요한 설비는 많이 있지만, 풀장이 지금 필요할까.

"그럼 시작할까── 에어리어 설치!"

마왕이 관리 화면에서 풀장을 선택하자 눈 부신 빛과 함께 풀장이 설치되었다.

평범하게 생각하면 말이 안 되는 광경이었으나 두 사람에게는 일상 풍경이다.

과거 회장에서는 플레이어가 질리지 않도록 정기적으로 에어리어를 변경했기에, 일주일마다 바뀌는 일도 많았다.

"여기는 당분간 우리 식구에게만 개방해두도록."

"…………! 그래."

대제국의 마왕 주변에는 8명의 측근이 있었다. 그들이 마왕과 가장 가까운 자리에 있었다고 말할 수 있다.

하지만 그 명칭은 어디까지나 '측근'이었고, 그 이상도 이하도 아니었다.

'식구, 라……………'

마왕의 입에서 그런 단어가 튀어나왔다는 사실에 타하라는 적잖은 충격을 받았다.

침묵한 타하라를 보고 걱정이 된 건지 마왕이 가볍게 말했다.

"물론 너도 마음대로 써도 된다. 오히려 가끔 살펴보러 와 주는 게 좋지. 루나라거나, 너무 흥분한 나머지 다리에 쥐가 나서 익사할지도 모르니까."

"…………하하, 있을 법한 이야기라서 무서운데."

"그럼 나는 마담과 만나기로 약속했으니 이만 간다. 뒷일 부탁하마."

마왕은 그 말만 남기고는 전이동으로 모습을 감췄다.

그 자리에 남은 타하라의 몸에는 찌릿찌릿한 충격이 퍼졌다.

'당신, 나도 **식구**라고 칭한 거냐고………………'

생각하고 있던 각종 계획이 머릿속에서 전부 날아가 버릴 듯한 한마디였다.

타하라는 일렁이는 무언가를 가만히 견디듯 우두커니 서 있었다. 이윽고 고개를 내저은 뒤 그 자리를 뒤로했다.

————라비 마을, 카지노————

현재 황금의 신전이라 불리는 건축물.

밤낮 불문 금색으로 빛나는 벽도 그렇고 휘황찬란한 네온도 그렇고, 확실히 황금이자 극채색의 신전이기도 했다. 실제로 이 시설이 움직이기 시작하면 거액의 돈이 움직일 것이다.

그런 카지노의 13층에선 웬일로 콘도가 능동적으로 움직이고 있었다.

방안에는 디스플레이가 빼곡하게 놓여있는데 거기에 마을의 풍경을 띠 있다. 각 장소에 설치한 방범 카메라가 보낸 영상이다.

밖에 나가는 걸 싫어한 콘도가 마련한 것이다.

그 외에도 설치형 게임기, 만화와 라노벨이 가득한 책꽂이, 수많은 피규어로 장식한 컬렉션 케이스 등이 여기저기에 놓여

있다.

말 그대로 자택 경비원의 이름에 부끄럽지 않은 방이었다.

"방에도 쿄의 포스터를 붙여놔야지!"

《…………스바시바.》

콘도 주위에 떠 있는 반투명한 디스플레이에 비친 미소녀가 대답했다.

몹시 근대적인 풍경이었으나 내용물은 미연시다.

"이쪽 책상에는 토키아메의 피규어를 놓고…………♡"

《콘도 제독, 나에게 관심 있어?》

도중에 또다른 디스플레이가 나타나더니 거기에 뜬 미소녀가 콘도의 얼굴을 빤히 들여다보았다.

"그, 그건! 이, 있지만………… 이, 이상한 의미가 아니야!"

콘도가 홀로 행복한 공간에 잠겨 있었다가 노크 소리로 현실에 돌아왔다. 아침부터 아무것도 먹지 않은 콘도에게 콘이 식사를 가져온 소리였다.

"콘도 씨~ 식사 시간입니다뽕."

"피, 필요 없어요…………. 지금부터 원정 임무가 있으니까요. 게다가 빨리 성배(性杯) 전쟁도 진행해야 하고요."

"어휴. 그럼 방 앞에 두고 갈게요……, ……뽕."

콘이 토끼 귀를 살랑이며 방 앞에서 떠나갔다. 마치 은둔형 외톨이인 아들을 둔 어머니와도 같은 모습이었지만 나이는 동갑이었다.

한쪽은 밭을 일구며 이런저런 일을 하는 16살, 한쪽은 방에서 나오지 않는 16살. 나이는 같아도 그 차이는 너무나도 크다.

일련의 대화를 멀리서 보고 있던 모모는 무표정으로 방문을 바라보았다.

"저 남자, 아직 안 나오는 거야?"

"응………… 방에서 움직일 마음이 없나 봐."

"시커먼 인간은 이상한 사람만 불러."

"부, 분명 저 사람도 특별한 힘을 가진 사람이겠지…………."

콘이 옹호하거나 말거나 모모의 관심은 다른 곳으로 넘어갔다.

마왕이 계속해서 만들어내는 불가사의한 건물을 많이 봤지만, 이 눈 부신 빛으로 가득한 황금 신전은 불가사의의 극치였다. 아무리 생각해봐도 이해할 수 있는 건물이 아니었다.

"그 시커먼 인간은 정말로 타천사님인 건지도 몰라."

"…………그러게."

"이런 건물은 아무도 못 만들어."

신화 속에 나오는 희대의 반역자. 그것은 아마도 이 나라에서 숭상해온 세 천사조차 초월하는 고차원적 존재일 것이라고 두 사람은 생각했다.

하지만 그게 악의 화신 같은 존재라고 해도 두 사람에겐 '복을 부르는 신'이라는 건 변함이 없다. 실제로 다 망해가던 마을이 지금은 공전의 번영을 맞았다.

타이밍이 절묘하게도 좋은 소식이 또 있었다.

"게다가 시커먼 인간에게 밭을 확장하라는 연락이 왔어."

"뭐? 정말?!"

"그 시커먼 인간, 얼굴은 무섭지만 거짓말은 안 해. 한 말은 전부 사실이 돼."

모모가 작게 흘린 그 중얼거림은 마담이 느낀 것과 같은 감상이었다.

선악은 둘째 쳐도 입 밖으로 낸 말을 전부 현실로 만든다는 건 완전히 신의 영역이다. 인간이 해낼 수 있는 일이 아니다.

"그 시커먼 인간………… 지금은 가짜 모습이고 분명 변신도 할 거야."

"뭐어? 어떤 모습으로? 당근은 제대로 갖고 있을까?"

"당연히 갖고 있을걸."

"영양은? 크기는?"

두 사람이 제멋대로 떠들면서 카지노를 떠나자 교대하듯 마담이 1층 로비에 발을 들여놓았다.

그녀는 여기에 몇 번 온 적이 있는데, 그때마다 압도당했다. 이렇게까지 호화로운 건물은 아무리 마담이라고 해도 본 적이 없었다.

억지로 끼워 맞추려고 한다면── 그야말로 신화시대의 산물이리라.

"말 그대로 '천상의 힘'이구나………………."

마담 안에서 타천사 루시퍼라는 존재가 선명하게 두드러졌다.

그녀가 그렇게 생각하는 것도 무리는 아니었다. 그 누가 아무것도 없는 공간에 이런 화려한 건물을 만들어낼 수 있을까.

"엘리베이터, 라고 했던가………… 이것도 어떤 구조의 마도

구인 거지?"

몸집이 컸던 마담에게 계단을 올라간다는 건 무척 힘든 작업이었다. 하지만 이 신기한 상자를 타면 순식간에 높은 곳에 데려다준다.

'신화시대에는 이런 건물이 널려 있었을까…………'

화려한 걸 좋아하는 마담에게 이 카지노는 모든 것이 취향이었다.

그녀는 뛰어난 통찰력으로 이 건물에 부여된 '하룻밤의 꿈'이라는 콘셉트를 간파하였으며, 그 찰나적인 감각에 '아름다움'을 느꼈다.

《오너룸에서 승인. 14층으로 이동합니다.》

엘리베이터 안에 기계음이 울리더니 천천히 상자가 움직이기 시작했다. 아직 보지 못한 오너룸을 상상하며 마담의 가슴에 기대가 부풀었다.

'신전 최상층…………. 어떤 풍경일까.'

이윽고 상승이 멈추자 답답할 정도의 속도로 문이 열렸다. 마담의 눈에 가장 먼저 들어온 것은 전면 유리창으로, 지상을 한눈에 볼 수 있는 압도적인 조망이었다.

"오랜만입니다, 마담."

지상을 내려다보고 있던 마왕이 돌아보자 그 모습에 마담은 숨을 삼켰다.

이 호화롭기 그지없는 방에 그 모습은 너무나도 잘 어울렸다. 본래 알맹이만 제외하고 보면 서 있기만 해도 '그림'이 되는 남자다.

그게 방의 분위기와 어우러져 뭐라 말할 수 없는 색기를 만들어냈다.

"한동안 못 본 사이에 또 아름다워지셨군————."

그 목소리에 마담의 전신에 짜릿한 환희가 퍼졌다. 체온이 올라가고, 필사적으로 억누르려 했지만 호흡이 흐트러졌다.

"마왕님의 칭찬이 나에게는 가장 큰 기쁨이야."

"⋯⋯⋯⋯아름다움에는 몇 가지 '강적'이 존재하지만, 아무래도 당신의 노력과 단련 앞에서는 전부 도망친 모양입니다."

마왕은 거들먹거리는 미소를 지으며 마담을 고급스러운 소파로 에스코트했다.

그 모습은 참으로 익숙하고 당당해 보였으나 내심 식은땀을 흘리고 있었다.

'아니 대체 누구야! 원형이 사라졌잖아!'

이미 그 몸에선 살집이 확 사라진 데다 골격만 봐도 다른 사람 같았다. 마왕은 몰랐으나 오랜 세월에 걸쳐 마담 일족을 뒤덮었던 고대 악마의 저주가 이미 숨만 간신히 붙은 상황까지 밀려났기 때문이다. 그 저주는 어마어마하게 거대하고 집요했으나, 오오노 아키라의 '세계' 앞에서는 저항하지 못했던 모양이다.

마왕이 건넨 말은 빈말도 아부도 아닌, 단순한 **사실**이었다.

"북쪽에서 보인 활약을 들었는데⋯⋯⋯⋯."

"방해되는 고철 덩어리를 치웠을 뿐입니다."

마왕은 내면의 동요를 숨기며 가볍게 웃었지만, 마담에게는 터무니없는 이야기였다.

황국이 소환하는 유사 천사는 혼자서도 전장을 송두리째 바꿔놓는 존재다. 도저히 고철 덩어리라고 부를 수 있을 만한 게 아니다.

이 이상 북에서 일어난 일을 묻는 건 멋이 없다고 생각한 건지 마담은 선뜻 화제를 바꿨다.

"지난번에 유우에게 '화장수'라는 걸 받았어. 그것도 효과가 굉장해서 처음에는 쟁탈전이 일어났지 뭐야………. 정말 부끄러운 이야기지만."

"하하, 언젠가는 다양한 화장품도 마련하겠습니다. 스킨로션, 선크림, 클렌징폼, 파운데이션과 립스틱, 네일, 향수도 있고. 그래, 피부관리기도 괜찮을지도 모르겠군요. 마담 같은 여성은 끝없이 강하게, 그리고 아름답게 빛나길 바랍니다."

마왕이 입을 열 때마다 마담의 심장박동이 빨라졌다.

이 남자가 말하는 도구가 무엇인지 마담에게는 정확하게 전해지지 않았다. 하지만 여태까지 경험상 아는 것도 있다.

그것들이 확실하게── '터무니없는 물건'이라는 것.

"그, 그건………. 아주 기대되는데."

마담은 마왕의 말을 곱씹으며 새삼 생각했다. 이 남자가 한 말에 허구는 없다. 어떤 꿈같은 이야기라고 한들 현실로 만들었다.

그렇다면 저것들을 손에 넣었을 때 자신은 더 강하고 아름다워진다.

마담은 환희하는 표정을 지으며 생글생글 회담을 시작했다.

"그러고 보면 예의 숙박권. 마왕님의 노림수대로 동생이 낙찰 했어."

"호오————."

마왕은 '숙박권?'하며 내심 고개를 개웃거렸지만 어떻게든 오래된 기억을 끌어냈다.

만덴을 스카우트했을 때 덤으로 준 선물이었다.

"후후, 그 애는 솔직하지 못하니까 내가 불러도 고집을 부리면서 안 왔거든. 정말 바보 같다니까. 전부 마왕님의 손바닥 위인데."

"…………하핫."

마왕은 시선을 내려 홍차를 입으로 가져갔다. 마담이 본 그 모습은 더없이 진중하며, 아득히 먼 미래를 내다보는 지혜와 자신감으로 흘러넘치는 자태였다.

그 초월적인 힘을 빼고 봐도 마담이 본 마왕은 색기가 뚝뚝 묻어나는 존재였다. 부인들 사이에서도 인기가 많다.

숙박 중에 하룻밤을 함께 하고 싶다며 은밀하게 노리는 부인도 많아서 마치 수학여행 온 중학생처럼 소란을 피워댔다. 개중엔 타하라파도 존재했지만 얼마 전 혜성처럼 나타난 미소년에게도 빠르게 팬이 만들어지고 있었다.

"이번에는 젊은 아이들을 데려올까? 다들 마왕님이나 부하들에게 빠져버릴 텐데."

"그것참 영광이군요."

"후후후, 게다가 동생이 여관이나 여기를 보면 어떻게 생각할까——."

마담이 먼 곳을 보는 듯한 눈빛을 했다.

이 자매의 사이가 틀어진 뒤로 오랜 세월이 지났다. 서로 소문만은 들었지만 직접 만나는 일은 오랫동안 없었다.

"그 아이의 파벌은 수는 적지만 무척 강한 힘을 지녔지……. 이 나라에서도 가장 큰 경외와 존경을 받는 집단이야."

"예술파, 라고 불리는 집단이던가요."

"귀족은 허세를 부리는 자가 많지. 이러는 나도 아름다움에 목을 매지만."

"무관파와도 화해하신 모양이던데."

"그래. 이 이상 우리의 싸움으로 마왕님에게 폐를 끼칠 순 없잖아."

그걸 생각했기에 마담은 자존심을 버리고 사람들 앞에서 머리를 숙였고, 막대한 금전을 들여 지원물자까지 보냈다.

마담의 정치적 수완이 얼마나 뛰어난지 보여주는 장면이라고 할 수 있다.

마왕은 개입하지 않았음에도 알아서 역사가 움직인 순간이기도 하다.

"폐라니. 그저 국내에서 싸움이 일어나면 기뻐하는 건 타국이니까요."

과거 일본을 떠올린 건지 마왕도 고개를 끄덕였다.

국회에서는 매일같이 추잡한 욕설이 오가고 아수라장인 모습을 중계해주곤 했다. 그걸 생각하면 마왕의 담력은 대단하다.

"다만 물자는 보냈어도 근본적인 해결과는 거리가 멀어. 무관파의 영지는 날씨 때문에 작물도 제대로 자라지 않거든."

지원해준다고 해도 한도가 있다.

영지가 가난하면 아무리 시간이 지나도 가난에서 벗어나지 못하고 지원에만 의존하게 된다.

현대 아프리카의 빈곤 문제와 비슷하다. 근본적으로 해결하려면 국토에 산업을 만들어 풍요롭게 키워낼 수밖에 없다.

마담이 고민하는 가운데 마왕은 아무렇지도 않다는 듯 대답했다.

"간단합니다── 그들에게 직업군인으로서 적절한 급료를 주면 되죠."

마왕은 담배에 불을 붙이며 주변을 달래는 듯한 음색으로 말했다. 그런 황량한 대지를 어떻게 하기 보다는 군인으로 고용하는 게 더 빠르다는 사고방식이었다.

'먼 옛날의 둔전병도 아니고…………'

군대에 가난한 땅을 주고 거기서 가혹한 자급자족 생활을 시키며 심지어 국방까지 담당하게 만들다니, 마왕의 시각에서는 낡아빠진 방식이다.

'군인의 일은 적을 분쇄하는 거잖아. 거기에만 전념하게 해야지…………'

이것도 저것도 다 요구하는 건 넌센스다.

적어도 이 남자 안에서 군인이란 돈을 주고 고용하는 존재이지, 농담으로라도 땅을 줘서 부양하는 단체가 아니다.

일본의 전국시대에서도 오다 노부나가가 돈으로 병사를 고용해 농지 개간이나 수확기를 불문하고 쉴 새 없이 침공하여 적을 피폐하게 만들었다.

북방국가군의 전쟁도 전쟁기와 휴전기를 만들어놨지만, 전업 군대가 돌격한다면 상황은 확 변화할 것이다.

"마왕님은 그들을………… 그, 모조리 고용하겠다고 말하는 거야?"

"요약하자면 그렇게 되겠군요."

"무관파를 모조리 먹여 살리려면 막대한 돈이 필요해. 짧은 기간이면 모를까————."

"지금의 라비 마을로는 도저히 불가능하겠죠. 하지만 풍부한 광산이 들어온다면 사정이 달라집니다. 실은 이 마을에 '좀도둑'을 보낸 귀족이 있다네요."

마왕의 말에 마담의 눈이 커졌다. 총명한 그녀는 '그것'이 무엇을 의미하는지 바로 추측해냈다.

동시에 마왕의 머릿속에 떠 있는 건 타하라가 보던 성광국의 지도였다.

그것도 그 서쪽을 감싸듯이 그린 커다란 빨간색 동그라미다.

'거기 사는 녀석들은 이쪽과 한판 붙고 싶은 모양이니, 광산 몇 개 정도 접수해야겠어.'

선공을 받은 걸 이용해 마왕은 당당히 불난 집에서 도둑질하는 모리배가 될 생각이었다.

실제로는 한판 붙는 정도를 넘어서 대규모의 내전이 될 것이다.

"그래⋯⋯⋯⋯. 드디어 그 추악한 남자에게도 끝이 찾아오는 구나."

"그쪽은 용감하게도 전쟁 준비마저 하고 있다더군요. 저는 마을 사람을 지키기 위해 **방어**할 수밖에 없습니다."

마왕이 뻔뻔하게 지껄였다.

하지만 마음만 먹는다면 뭐든 저지르는 게 이 남자다.

동쪽 마을을 접수한 것도 있기에 이미 영토 확장에 망설임이 사라진 모습이었다. 실무는 타하라가 해준다고 생각하는 건지 그 모습은 쓸데없이 자신감이 넘쳐났다.

"그래서 마담에게 한 가지 부탁이 있습니다. 간단한 일이죠. 제가 좀도둑을 보낸 남자에게 격노했다는 소문을 사교계에 흘려주시길 바랍니다."

"그, 그런 짓을 했다간 도나가 수비를 강화할 텐데!"

마담이 무심코 상대의 이름을 입에 담았다.

하지만 마왕의 미소는 변하지 않았다.

"좋습니다. 아주 단단하게 강화하라죠. 동료가 있다면 대대로 모여준다면 더욱 고맙군요. 수고를 덜 수 있으니까요."

"그, 그래⋯⋯⋯⋯."

일격. 한 번에 전부 끝내버릴 생각임을 마담은 알아차렸다.

그리고 '주인 없는 땅'이 대량으로 발생하리라는 것도.

"하지만 반대로 소문을 듣고 공격해 온다거나 하지는 않을까?"

"어째서인지 예로부터 소인배는 공격받는다는 걸 알면 수비 강화에 급급해지는 법입니다. 사실은 적을 분쇄하지 않는 한 아무리 방어해봤자 무의미한데 말이죠."

마왕이야 소문을 듣고 공격해온다면 더욱 좋았다.

타하라와 유우는 일대다에 적합한 스킬과 능력을 보유하고 있으며, 마을에 잠입하려고 해도 콘도의 눈에서는 절대로 도망칠 수 없으니까.

"자, 멋없는 이야기는 여기까지 하고. 지인에게서 받은 술이라도 어떻습니까?"

마왕이 꺼낸 건 당연하다는 듯 화주였다.

아무리 마담이라고 해도 쉽게 맛볼 수 없는 귀중한 술이다.

"설마 화주……? 어디서 그런 것을…………?!"

"하하. 최근엔 드워프나 수인이라고 불리는 이들과도 교류를 다졌습니다."

"정, 말………… 당신이란 사람은……………."

마담은 기가 막힌다는 듯 웃으면서 잔을 받았다.

두 사람은 화기애애하게 건배하며 많은 잡담을 나눴다.

동쪽 마을을 접수한 일, 마담과 화이트의 회담, 귀족 사이에 퍼진 소문, 미술품, 마을의 평판. 가볍게 오가는 그 이야기들은 정보로 환산 시 만금의 가치가 있는 것들이었다.

이윽고 화주를 다 마신 마왕이 마지막으로 고했다.

"저는 또다시 북쪽에 갈 예정입니다. 동생분이 방문했을 때는 대신 인사 부탁드리죠."

"그래…………. 나도 몇 년 만에 하는 '자매 싸움'을 즐기도록 할게."

마담은 그때를 상상한 건지 환한 미소를 지었다. 마왕도 잔을 들어 올려 건배하는 동작으로 대답했다.

밤. 일을 마친 마왕은 《치유의 숲》에서 휴식하고 있었다.

온갖 부상을 치유한다는 설정이 붙어있기도 해서 그런지, 숲에 있기만 해도 뭐라 말할 수 없는 평온한 기분이 든다.

'북쪽에서 할 일도 빨리 처리해야지…………'

더 강한 마법 대항책.

그걸 생각하면 더 강한 미궁에 들어가야만 한다. 동시에 아쿠의 쓸쓸해 보이는 표정이 떠올라 마왕은 얼굴을 찌푸렸다.

'내가 왜 이러는 거지…………. 어째서 그 아이의 아버지처럼 행동하는 거야?'

아무리 생각해도 답이 나오지 않는다.

생각에 잠기는 마왕의 등에 대고 루나가 말을 걸었다.

온천에서 막 나온 건지 유카타 모습으로, 전보다 조금 어른스러워진 분위기였다.

"이런 곳에 혼자 있다니, 너 진짜 외톨이구나."

"그 부메랑이 네게 돌아가지 않든?"

마왕은 기가 막힌다는 듯 담배 연기를 내뿜으며 나무에 등을 기댔다.

노동자들이 술이라도 마시는 건지 멀리서 웃음과 악기 소리, 그에 환호하는 목소리며 박수 소리가 들렸다.

"좋은…… 밤이네. 이 숲도 나쁘지 않아."

루나도 마왕과 같은 나무에 등을 기대더니 밤하늘을 올려다보며 말했다.

한 그루의 나무를 마왕과 성녀가 샌드위치로 끼고 앉은 기묘한 광경이었다.

"곧 이 마을에는 시설이 더 늘어날 거다."

"그건 기쁘지만………. 문란한 건 안 돼."

"문란이라. 미리 말해두지만 밤의 거리에는 캬바쿠라, 캬바레, 나이트클럽, 호스트클럽, 창녀나 남창을 살 수 있는 창관 같은 게 필요하다."

"창녀나 남창이라니………… 어, 어째서 그런 게 필요한데!"

"욕망을 법으로 규제하면 반드시 암거래로 빠지지. 뒷세계에서 사는 인간을 만들어내고 그들을 살찌울 뿐이다. 그렇다면 국가가 배후에서 그들의 권리를 지키며 건전하게 운영하는 게 나아. 단순히 그걸 규제하면 성범죄가 증가한다는 이유도 있고."

미래를 내다보고 루나에게 영주로서 마음가짐을 조금이나마 가르쳐주고 싶었던 모양이다. 어린아이 같은 정의감만으로는 영지를 다스릴 수 없으니까.

"너는 가끔 어려운 이야기를 하더라………. 평소엔 맨날 술이나 마시는 주제에."

"유사 이래로 인류의 역사는 술과 함께 했다. 내가 아는 한 기원전 4천 년 전에는."

"와악! 골치 아픈 이야기라면 됐어! 모처럼 나와 단둘이 있는데, 조금 더 로맨틱한 이야기 같은 건 못 하는 거야?"

"이런 어두운 숲속에서 무슨 로맨틱을 찾는 거냐……."

마왕은 담배 연기를 내뿜으며 황당하다는 듯 말했다.

애초에 루나는 눈치채지 못했지만, 여기에는 두 사람만 있는 게 아니었다.

"일단은………… 제대로 인사하고 싶었어."

"무슨 인사지?"

"지난번 일이라거나 이 마을 일이라거나…………."

"필요 없다. 내가 마음대로 하는 일이니. 오히려 내가 고맙다고 해야지."

그 말에 루나가 놀라서 돌아봤다.

변함없이 그곳에는 커다랗고 검은 등이 있었다.

"이 마을이나 네 존재 없이 여기까지 기반을 만들어내지는 못했다."

마왕은 지금까지 있었던 일을 돌아보며 솔직한 기분으로 말했다.

본래 어디에서 왔는지 알 수 없는 유랑자는 배척당해도 이상하지 않다.

자칫하면 국가에 쫓기는 몸이 되었을 것이다. 성녀의 이름이, 루나의 존재가 다양한 상황에서 이 남자의 신용을 보장해준 결과다.

"흐, 흐응…………. 그런 생각을 다 했었어?"

"너와 다르게 어른이니까."

"뭐가 어른이야, 바보 같아."

루나는 밝은 목소리로 웃고는 마왕의 등을 검지로 쿡 찔렀다.

마치 '그때'를 재현하듯이.

"…………그때의 너는 조금 멋있었어."

"글쎄. 방해되는 고철을 배제했을 뿐이다."

마왕의 대답은 평소처럼 퉁명스러웠다. 여느 때의 루나라면 발끈해서 뭐라고 받아쳤을 것이다. 하지만 이번에는 달랐다.

"나 말이야. 너 좋아하는 것 같아——————."

"뭐?"

아무리 그라도 해도 놀란 건지 마왕이 돌아봤다.

하지만 그곳에 루나의 모습은 없고, 그 자리를 떠나려고 하는 등이 있을 뿐이었다.

"세상에서 제일가는 공주님의 마음을 사로잡았으니까 책임져."

"어이, 잠깐…………."

루나는 마왕의 말을 기다리지 않고 그대로 가버렸다.

남은 마왕은 떨떠름한 얼굴로 다른 한 명에게 말을 걸었다.

"언제까지 숨어있을 생각이지?"

"죄, 죄송해요……. 그럴 의도는, 아니, 이렇게, 되다니……."

"하아…………."

나무 그늘 뒤에서 몸 둘 바를 모르는 이글이 나타났다.

그녀도 이런 상황이 될 줄은 상상하지 못했을 것이다. 마치 자신이 사랑 고백이라도 한 것처럼 얼굴이 새빨개져 있다.

"다, 당신은, 어떻게 할 생각이시죠…………? 그, 답은."

"너는 그런 걸 물어보러 왔나? 뭔가 다른 용건이 있는 거잖아?"

"앗, 네⋯⋯⋯⋯. 하지만 충격으로 머리에서 날아가 버렸다고 할까요⋯⋯⋯⋯."

"난감하군⋯⋯⋯⋯."

마왕은 새 담배를 꺼내 물고 불을 붙였다.

이 남자도 이 나이에 청춘 영화 같은 풋풋한 전개가 찾아올 줄은 예상하지 못했다. 하지만 이글이 왜 왔는지 짐작 가는 게 있었다.

"아마 자신은 이 마을에 있어도 괜찮은 거냐 같은 고민을 하고 있겠지."

"⋯⋯⋯⋯네."

"결론부터 말하마. 네가 있어도 아무 문제 없다."

"그렇게, 간단하게⋯⋯⋯⋯."

마왕의 담백한 대답에 이글은 고개를 숙였다.

상담할 상대를 잘못 선택한 건지도 모른다고 생각한 게 틀림없다.

"네가 떠나봤자 루나는 억지로 데려오겠지. 무의미한 짓이다."

"하, 하지만⋯⋯⋯⋯."

"저런 친구를 만난 걸 귀찮게 여길지 고맙게 여길지는 네 자유다. 다만———."

"다만⋯⋯⋯⋯?"

"대체할 수 없는 친구라는 건 그냥 생기는 게 아니야. 반대도 마찬가지다."

나이를 먹을수록 친구는 바뀌고 환경에 따라서도 달라진다.

그리고 평생 변하지 않는 관계도 있다. 두 사람의 관계를 생각하면 자르려고 해도 자를 수 없는 관계라고 마왕은 생각했다.

"모처럼 재회하지 않았나. 그렇다면 계속 어두운 표정 짓지 말고 조금은 웃는 게 어때? 계속 우울해하고 있는 게 더 귀찮다."

마왕은 적나라하게 지적하며 이글의 양 뺨을 억지로 잡아당겨 웃는 얼굴을 만들었다.

이상한 장면을 보여주고 말았다는 민망함도 더해졌으리라.

"으, 그러케, 억찌로 우스라고 해도⋯⋯⋯⋯."

"비극의 히로인은 유행 지났다. 그나저나 너는 매의 종족이라는 것 같던데 왜 이글이라는 이름인 거지?"

분류상 맹금류 중 매목 매과에 속하는 새가 호크고, 수리목 수리과에 속하는 걸 이글이라고 부른다.

이글은 마왕의 손에서 벗어난 뒤 가슴에 손을 올리고 호흡을 가다듬으며 말했다.

"응인은 먼 옛날 치천사님과 함께 하늘을 날았다는 전승이 있습니다⋯⋯⋯⋯."

"전승이라. 그래서?"

"덕분에 악마들이 눈엣가시로 여겨서요⋯⋯. 결국 절멸 위기까지 몰렸죠."

"그렇군. 너는 그래서 다른 종족의 이름을 쓰는 건가."

"취인(鷲人)도 결국은 비슷한 종족이라 절멸 직전까지 몰렸다고 들었습니다. 악마를 불러들이는 저주받은 종족이라며 같은 수인들에게도 박해받아 다들 죽었다고⋯⋯⋯⋯."

그 말을 듣고 마왕은 절절히 한숨을 쉬었다.

어딜 어떻게 들어도 정말 비극의 히로인이 아닌가.

"그래, 네 사정은 이해했다……. 억지로 웃으라고는 안 하지만 이 마을에서 생활하다 보면 곧 웃는 법을 떠올리게 되겠지."

마왕은 마치 제로가 하는 말 같다며 쓴웃음을 지었다.

동시에 그 천방지축으로 날뛰는 바보스러움을 떠올린 건지 눈빛이 부드러워졌다.

"저주받은 종족인지 뭔지는 모른다만, 너는 좋은 친구를 지녔다. 나도 루나를 본받아 실컷 **제멋대로** 굴도록 하지. 설령 상대가 이 세계를 지배하는 신이라고 해도."

그 말을 끝으로 마왕은 그 자리를 떠났다.

남은 이글은 떠나가는 마왕의 등을 말없이 바라볼 수밖에 없었다.

그건 '그때'와 마찬가지로 크고 강했다. 세상의 규칙도, 부조리도, 법도, 전부 다 억지로 짓눌러버리는 기개로 가득했다.

'루나는 저런 굉장한 사람에게 사랑을…………. 너무 무모하잖아………….'

고아에서 성녀라는 자리까지 올라가더니, 다음엔 전승에 나오는 존재에게 당당히 고백한다.

그 무모한 스케일에 이글은 현기증이 났다. 루나 옆에 나란히 서려면 그야말로 신마저 두려워하지 않는 담력이 필요할 것이다.

이글은 눈앞이 막막해지는 걸 느끼며 밤하늘을 올려다보았다.

Maousama
Retry!

마
왕
님,
리
트
라
이
!

타천사 루시퍼

그날 마왕은 야전병원으로 향했다.

북쪽에 가기 전에 모든 준비를 갖춰놓기 위해서였다.

그 모습은 여느 때 같지 않게 분주했다. 요양구획은 늘 환자로 득시글하지만, 이 시간만큼은 사람을 물려놓았다.

"장관님, 기다리고 있었습니다."

"음."

유우가 웃으며 맞이하는 가운데 마왕은 진료실에 들어가 말없이 어설트 배리어를 쳤다. 지금부터 하려는 일에는 배리어가 방해였다.

이어서 롱코트와 정장을 옷걸이에 걸고 넥타이를 거칠게 풀었다. 그대로 셔츠 단추를 몇 개 풀자 유우의 입에서 한숨 같은 것이 흘러나왔다.

"그럼 시작할까, 유우."

"네, 네…………! 하, 하지만 정말로 괜찮으신 겁니까?"

"상관없다. 해."

그 목소리에 유우가 조심조심, 하지만 어딘가 기대에 가득한 눈빛으로 《기록개찬》을 발동했다.

마왕의 명령은 자신의 나이를 '18'로 '개찬'하는 것.

딱 한 번뿐인 성대한 연극의 시작이었다.

"그럼 실례합니다————."

유우의 손이 고속으로 움직이며 마왕이 지닌 나이라는 기록이 개찬되었다. 말도 안 되는 초자연 현상임에도 불구하고 작업 자체는 금방 끝났다.

그 후에 남은 건 검고 칼날 같은 외모를 지닌 청년의 모습이었다. 마치 건드리면 흑염이 삼켜버릴 듯한, 긴장되는 분위기를 두른 미남이 그곳에 있었다.

장래에 국가를 짊어질 존재가 될 것이라는 소문이 자자하던 청년 시절의 모습이다. 소문대로 쿠나이는 엘리트 관료로 출발하여 순식간에 두각을 드러냈다.

출세가도를 쭉쭉 달려나가다가 제출한 '계획'이 승인되어 국가의 중진 자리에도 앉았다. 그것이 대제국의 영광과 붕괴의 시작이었다.

"흠, 그리운 모습이군."

"아…… 으…………."

거울에 비친 모습을 보고 마왕은 무심하게 고개를 한 번 끄덕일 뿐이었으나 유우는 입과 코를 틀어막고 기묘한 신음을 흘렸다. 마왕의 옛 모습에 코피가 나올 뻔했기 때문이다.

"자, 장관님, 괜찮으시다면 조금 더 개찬할까요? 구체적으로는 8살 정도로…………."

"무슨 소리냐. 그래서는 연극을 못 해."

마왕은 이어서 아이템 작성으로 두 개의 아이템을 만들었다.

이름 그대로, 《타천사의 날개》와 《타천사의 의상》이라는 세트 아이템이었다.

예나 지금이나 다양한 게임에 천사나 악마가 사용한 장비가 나오는 건 클리셰에 해당하는데 의상도 예외가 아니다.

과거 회장에는 《천사의 고리》, 《악마의 뿔》 같은 종류의 패션 아이템이 넘쳐났다.

"유우, 나는 잠시 갈아입도록 하지."

"네! 돕겠습니다."

"아, 아니, 잠시 밖에 나가 달라는 말이었다만…………."

"안 됩니다! 장관님의 몸에 무슨 일이 생기면 큰일이니까요! 네!"

"이미 배리어를 켜놨다. 걱정하지 마."

어떻게든 유우를 달래서 밖으로 내보낸 뒤 마왕은 부리나케 옷을 갈아입었다.

설명해봤자 입만 아프지만, 방금 만든 두 개의 아이템은 패션 용이라 실용성은 없다. 이런 걸 장비하고 전투에 임했다간 순식간에 증발할 것이다.

'이거 완전히 90년대 스타일이네………….'

거울에 비친 날 선 모습을 본 마왕은 그리운 기억에 잠겼다.

그 시절엔 비주얼계 밴드가 크게 히트쳐서 밤을 걸으면 이런 모습의 남녀가 가득했다.

옷 여기저기가 찢어졌고 어째서인지 팔이며 다리에는 사슬이 감겨있다.

전형적인 검은색 일색의 비주얼계 복장이었다.

'옷은 그렇다 쳐도 날개까지…………. 완전히 가장대회네.'

마왕은 각오를 굳히고는 《타천사의 날개》를 등에 장착했다.

이 남자는 한번 각오하면 다른 사람이 피할 법한 일이라고 해도 태연하게 해내는 게 가장 큰 특징이다.

'오랜만에 보지만 여전히 거창하다니까…………'

오른쪽에 여섯 장, 왼쪽에 여섯 장으로 총 열두 장의 날개다. 물에 젖은 듯 윤기가 흐르며 요사스러운 매력을 지녔으나 방어력은 고작 2밖에 안 되는 잡템이었다.

하지만 여기에 적힌 설정만큼은 '진짜'다.

잘 벼려진 묵빛 칼날 같은 외모와 의상. 그 날개가 흩뿌리는 칠흑의 아우라가 어마어마하다. 누가 어떻게 봐도 전승에 나오는 타천사 그 자체였다.

"자, 장관님………… 이제, 괜찮겠습니까?"

더는 기다릴 수 없었던 건지 유우가 거칠게 노크하며 안으로 뛰어 들어왔다.

안에 들어오자마자 그 입에서 괴성이 흘러나왔다.

"크흑………… 최고…………! 이 모습은 이 모습대로 또 다른 맛이 진하게 우러나오는군요, 장관님……!"

'내가 무슨 수프냐!'

마왕은 무심코 태클을 걸 뻔했으나, 유우의 반응을 보고 안도하는 표정도 지었다.

만약 폭소 같은 반응이 돌아왔다면 지금부터 예정된 연기는 도저히 시행하지 못했을 것이다.

"장관님…………. 그, 조금만 껴안아 주실 수 없겠습니까?"

"…………뭐?"

"휴가를 받으실 때까지 포상이 필요합니다."

"으, 으음…… 그건…………."

마왕이 떨떠름한 표정을 지으며 말을 흐렸다. 온천에 들어간다는 이야기도 흐지부지 넘겨버린 상태인데다 지금도 유우 덕분에 모습을 바꿨다.

신나게 신세를 져놓고 아무것도 돌려주지 않는다는 건 너무 매정하다.

"하지만 이 옷은 사슬 때문에 아플————."

"아뇨, 전혀 신경 쓰지 않습니다! 괜찮습니다! 오히려 포상입니다."

"자, 잠깐만………… 포상이라니."

유우는 마왕의 말을 가로막듯 그 가슴에 뛰어들어 얼굴을 묻었다.

마왕도 포기하고 그 몸에 살짝 팔을 감았다. 동시에 쓸데없이 고성능인 타천사의 날개마저 움직이더니 칠흑의 날개가 유우의 몸을 감쌌다.

'잠깐만, 이 날개 뭐 하는 거야!'

마왕은 당황했지만 이미 늦었다. 백의를 입은 유우와 타천사의 대비는 보는 이를 현혹하는, 참으로 고혹적인 모습이었다.

마왕의 가슴에 얼굴을 묻은 유우의 뺨은 상기되어 있고 호흡도 거칠었다.

마왕의 손이 허리에 감겼을 때는 유우의 몸에 벼락이라도 떨어진 듯한 충격이 꽂히면서 마치 감전된 것처럼 몸이 움찔움찔 튀어 올랐다.

"유, 유우……… 괘, 괜찮은 건가?"

"걱정, 마세요. 저, 는, 괜찮, 습니다………."

그 불가사의한 모습을 보며 마왕의 머리에 떠오른 것은 능욕 게임 히로인처럼 반응하던 콘도의 모습이었다. 하지만 유우의 얼굴에는 고통이 없다. 굳이 따지라면 황홀한 표정을 짓고 있으며, 이 세상의 행복을 독점한 듯한 얼굴이었다.

"그, 그럼……… 나는 슬슬 일하러 가보마."

"네………."

마왕이 전이동으로 사라진 뒤, 유우는 도저히 서 있지 못하고 바닥에 두 손을 짚으며 무릎을 꿇었다.

어깨를 헐떡이며 숨 쉬는 모습은 마라톤 경기를 마친 선수와도 같았다.

"………'세계'가, 있었어. 장관님 안에, 세계의 모든 것이!"

유우가 수상한 말을 중얼거리고는 입을 크게 벌리며 웃었다.

이날의 유우는 종일 기분이 좋았다. 환자에게 아낌없이 미소를 뿌리고, 웬일로 토양에 물을 주는 등 말 그대로 여신으로서 지내게 되었다.

웃지 못한 사람은 이 사태의 일부를 훔쳐본 케이크였다.

'드디어 본성을 보였어……. 아니, 저게 진짜 모습인 거려나?!'

케이크는 이미 마왕의 여러 모습을 봤다.

평상시의 모습, 체력이 반으로 감소한 모습, 마지막으로——타천사 그 자체가 된 모습.

'진짜 괴물이라고! 저게, 저게………… '밤의 지배자'인가!'

케이크의 착각이 확고해졌을 때, 성궁에서도 소란이 일어났다.

────────성광국, 성궁────────

성궁 집무실에서는 많은 서류를 앞에 두고 화이트와 할멈이
협의를 나누고 있었다.

세 사람의 성녀 중 정치적 업무를 볼 수 있는 사람은 화이트뿐
으로, 그녀는 성녀로서 선택받은 이후 휴일다운 휴일이 거의 없
었다.

"추악한 도나 놈! 마석의 값을 대폭으로 올리겠다고 찾아오
다니."

"또 왔습니까. 곤란하네요…………."

"유복한 귀족이라면 모를까, 이래서야 백성들은 한층 굶주리
게 될 뿐이거늘…………."

도나는 성광국 서쪽의 대광산지대를 지배하고 있으며, 그 풍
부한 자금력으로 많은 귀족과 용병들을 포섭했다. 북쪽에는 국
경 부근에 아츠를 정점으로 세운 무관파가 뒤숭숭한 움직임을
보이고 있으며 중앙에서는 버터플라이 자매가 사교, 예술이라
는 각 분야에서 여제로 군림하고 있다.

얼마 전 그 무관파와 사교파가 손을 잡았다는 경악스러운 소
식이 도착한 참이었다.

사정을 모르는 화이트가 보기에는 속이 울렁거리는 이야기였다.

'나라가 흔들리고 있어…………. 여태껏 이랬던 적이 없을 만

큼·················.'

그리고 동쪽을 보면 척박한 황야가 펼쳐져 있는데, 중앙의 힘이 미치지 않은 것을 핑계로 산적마저 창궐하는 형국이다. 아래를 보면 많은 빈민이 사타니스트로 전락했고 북방국가군도 틈만 나면 영지를 빼앗기 위해 호시탐탐 성광국을 노리고 있다.

말 그대로── '내우외환'을 체현한 듯한 나라다.

성녀의 역할이란 나라가 집행하는 의식이나 외교 석상에서 대표를 맡는 게 주된 업무이고, 귀족 사이에 분쟁이 일어났을 때 조정하는 정도가 고작이다.

커다란 칼을 휘둘러 개혁할 수 있을 만한 권력이 없다.

처참한 현재 상태에 절망한 건지 할멈이 어두운 목소리를 냈다.

"많은 귀족이 각자 토지를 소유하고 마음대로 행동하고 있지. 이미 성당교회도 이름뿐인 존재로구나··········."

"··········최근에는 기부도 줄어들었죠."

"흥, 옛날이라면 모를까 지금 시국엔 섣불리 받았다가 무슨 요구를 할지 알 수 없지 않으냐."

화이트는 머리 위에서 빛나는 천사의 고리를 떼어 무의식중에 끌어안았다. 사방이 막혀버린 상황에 그만 마음이 약해지고 만 모양이었다.

하지만 할멈은 그 《천사의 고리》에서 한 줄기 희망을 보았다.

"그분께서 힘을 빌려주신다면··········."

"그, 건··········."

할멈의 목소리는 비통했다.

오래 살아온 만큼 옛날에 비해 엉망이 된 지금의 성광국을 보기 괴로운 것이리라.

그렇게 축 가라앉은 공간에 거친 발소리가 다가왔다.

문을 요란하게 걷어차며 발소리의 주인이 모습을 드러냈다.

당연하게도 발소리의 주인은—— 퀸이었다.

"꼰대 할멈도 있었나. 잘됐네, 외국으로 나가는 거 허락해줘."

"자네는………… 여기를 어디라고 생각하는 게야! 그게 성녀의 행동거지냐!"

"그런 건 내가 알 바 아니고. 허락이나 해 줘."

"잠깐, 퀸. 외국에 간다니 무슨 소리야!"

성궁에는 몇 가지 방어 시스템이 있는데, 그중에서도 가장 단단하다고 할 수 있는 결계는 성녀가 자리를 비우면 위력이 크게 저하된다.

따라서 화이트는 성궁에 거의 상주하고 있으며, 국내에서 무언가 소동이 일어났을 때는 퀸이나 루나를 보내 무력으로 분쇄하는 패턴이었다.

"———나락이야———."

""나락?!""

퀸의 대답에 두 사람의 목소리가 딱 겹쳐졌다.

이 내우외환 상태에서 나락에 신경을 쓸 여유는 없다. 애초에 그건 북방국가군의 문제이지 성광국의 문제가 아니었다.

"제로 님이 나타나는 건 늘 나락이 나타났을 때였어."

"다, 당신은, 그런 사적인 일로…………!"

"――――잠깐. 제로라면 그 소문의 '용인'을 말하는 게냐?"

가장 먼저 반대할 할멈이 의외로 퀸의 말에 관심을 보였다.

무엇을 노리는지는 둘째 치더라도, 그 존재가 상급 악마를 쓰러트린 건 사실이기에 할멈에게도 마음에 걸리는 이야기였다.

"당연하지. 나락에 가면 무언가 단서를 잡을 수 있을지도 몰라."

"내가 들은 소문으로는 그 용인과 자네는―― '상사상애'라고 하던데, 진실이냐?"

"무슨, 그런…………! 누, 누누누누누가 그런 끝내주는 소문을 퍼트린 거야, 미, 미친………….."

"이것 참………… 놀라운 반응이로구나…………."

귀까지 새빨개져서 고개를 숙인 퀸을 보고 오히려 할멈이 당황했다. 소문으로는 들었어도 이 악귀 같은 인간이 설마 그럴리 없다며 흘려넘겼었다.

하지만 이렇게 노골적인 반응을 보고 할멈도 생각에 잠기는 표정을 지었다.

"화이트는 《천사의 고리》를 받았고, 자네는 《은빛 용인》이라……. 대체 이건 어떤 인도인 것꼬…………."

할멈의 머리에는 자연스럽게 루나가 떠올랐다.

그쪽도 '마왕'임을 자칭하는 수상한 남자와 영지에 틀어박혀 있다. 성녀 세 명이 모두 기묘한 만남과 연을 맺다니, 우연으로 치부하기에는 너무 작위적이었다.

"어, 어쨌든! 외국으로 나가는 걸 허락해줘!"

"기다려, 퀸! 당신이 나가면 또 소란을 일으킬 거잖아!"

284 마왕님, 리트라이! 6

"뭐? 말을 해도 꼭 그딴 식으로 씨부리긴. 내가 언제 소란을 일으켰다고?"

"당신…… '게이트 키퍼의 비극'을 잊었다고 하지 않겠지!"

"뭐래. 그런 건 쳐들어온 새끼가 '쫄보'였던 것뿐이잖아. 등신들이 또 쳐들어오면 몇 번이든 쳐 죽여야지."

두 사람이 말다툼하는 가운데 할멈은 결단을 하나 내렸다.

사방이 모조리 막혀버렸다고 할 수 있는 상황에 조금이라도 구멍을 뚫고 싶었던 모양이다.

"퀸. 내 권한으로── 자네의 출국을 허락해줄 수도 있다."

"진짜야? 꼰대 할멈! 제법이잖아, 꼰대 할멈!"

"꼰대꼰대 시끄럽다! 단, 허락은 지금이 아니야."

"엿 같네, 꼰대 할멈! 쓸모없는 꼰대 할………… 아야!"

할멈은 손에 든 큼직한 지팡이를 말없이 휘둘러 퀸의 머리를 때렸다.

인정사정 봐주지 않는, 전력을 담은 풀스윙이었다.

"명심하거라, 퀸. 지금 이 불안정한 상황에서 자네를 출국시켜줄 수는 없어. 단, 상황이 진정되면 생각해줄 수 있지. 그 용인이 우리나라에 힘을 빌려준다면 그건 커다란 힘이 될 테니 말이다."

"뭐? 진정이라니 언제! 내일? 1분 뒤?"

퀸이 물어뜯듯 짖어댔으나 할멈은 기가 막힌다는 표정을 돌려줄 뿐이었다.

"여유라고는 하나도 없구나…………. 그런 꼴사나운 모습으로 좋은 남자를 잡을 수 있다고 생각하는 게냐. 화이트 같은 여자에게 눈뜨고 빼앗길 게 뻔하구나."

"뭐라고? 언니 이 새끼가 무슨 짓거리야!"

"어어?! 왜 나에게 불똥이 튄 거야?!"

집무실에 때 아닌 소란이 일어나 협의는 일시 중단되었다.

화이트는 평소 쓰던 가장 안쪽 방으로 돌아가 원탁에 앉았다. 화이트는 방음방첩 설비를 철저히 해두어 조용한 이 공간을 좋아했다.

원탁 안쪽에는 성단(聖壇)이 있다. 그 뒤에는 세 천사가 그려진 장엄한 벽화. 신성한 분위기로 가득한 이 방은 화이트에게 걸맞은 공간이라고도 할 수 있다.

"…………보고 싶다."

화이트는 작게 중얼거렸다.

앞뒤를 고려하지 않는 퀸의 언동에 영향을 받은 건지도 모른다.

화이트는 만나고 싶은 상대가 같은 나라 안에 있는데도 자유롭게 움직일 수 없고 목소리조차 들을 수 없다.

무심코 화병에서 꽃을 꺼내 그 꽃잎을 한 장 한 장 뜯었다.

"만날 수 있다, 없다, 있다, 없다…… 만날 수 있다, 없──."

무정하게도 꽃잎은 '만날 수 없다'에서 끝나버렸다.

줄기를 든 화이트의 어깨가 작게 떨렸다.

"어째서야!"

꽃점마저 등을 돌려버리자, 화이트는 끝내 원탁에 풀썩 엎드렸다.

퀸과 비등비등할 만큼 완전히 사랑에 빠진 모습이었다.

"상당히 오래된 방식의 점을 치는군————."

화이트가 돌아보자 그곳에는 성단 위에 앉은 남자가 있었다. 당당하게 다리를 꼰 모습은 벽화에 그려진 장엄한 세 천사조차 발로 차버리는 것처럼 보였다.

'말도, 안 돼………………'

그 이상적인 모습.

전신에서 흐르는 어마어마한 칠흑의 아우라.

그곳에 있는 건 틀림없이, 전승 속에 나오는 '타천사 루시퍼'였다.

블랙 콘체르토

"말도 안 돼……. 타천사, 님………… 루시퍼 님?!"

화이트가 비틀비틀 의자에서 일어나 경악으로 눈을 부릅떴다.

그 눈동자에 비치는 건 넋을 놓아버릴 만큼 장려한 검은 날개.

거기에서 흐르는 칠흑의 파동은 과거 '밤을 지배했다'고 일컬어지던 타천사 루시퍼 그 자체였다.

"오랜만이군, 성녀 화이트————."

"아…… 아아…………."

하지만 화이트는 그 목소리를 알고 있다.

깊고, 귓가에 남는 목소리.

그 목소리에, 자신의 이름을 부르는 목소리에 화이트의 전신이 떨렸다.

오랫동안 신화에서 이야기하던 존재가 눈앞에 있다. 그녀는 서 있는 것조차 어려워 그대로 힘없이 주저앉고 말았다.

위대한 세 천사가 그려진 벽화 앞에서 뻔뻔하게 성단에 앉아 당당히 다리를 꼬고 있다.

그 대담한 모습은 말 그대로 신조차 두려워하지 않는 광경이었다.

"그, 그 모습이, 당신의, 지, 진정한 모습입니까…………."

물어보는 목소리가 자연스럽게 떨렸다.

전신에 퍼지는 떨림은 통 멈추지 않았다. 피부에는 오소소 소름이 돋았다.

무리도 아니다————.

눈앞에 '진짜' 타천사의 날개를 단 존재가 나타났으니까. 그녀가 보기엔 어린 시절부터 배운 '신화'가 마침내 실체를 지닌 것이다.

경천동지라는 말로도 표현할 수 없는 수준이다.

"나에게 겉모습이란 잠시 사용하는 틀에 불과하지————."

다행인지 불행인지 화이트는 그 말을 바로 소화할 수 있었다. 천사라고 불릴 정도의 고차원적 존재에겐 '존재 방식' 자체가 다른 것이리라.

실제로 문헌에는 전장에 임할 때 수많은 천사가 갑옷을 입고 평소 모습이 마치 거짓이었다는 양 용맹한 모습을 보여주었다고 전해진다.

평범한 천사조차 그 정도이다.

위대한 빛에 반기를 들고 밤을 지배했다고까지 불리는 존재쯤 된다면 겉모습 따위에는 큰 의미가 없을 것이다.

실제로 '오오노 아키라'의 입장에선 정말 임시로 쓰는 모습일 뿐이니 전부 거짓말은 아니라는 점에서 최고로 성질이 나빴다.

"루시퍼 님……. 너무 아름다워……. 게다가………………."

가까이 있기만 해도 피부가 베일 듯 예리하게 버려진 공기.

칼날처럼 아름답고 무서운 외모. 다만 화이트의 눈으로 본 타천사는 어딘가 위태로움이 느껴지는, 내버려 둘 수 없는 분위기를 두르고 있었다.

그건 그녀의 보호 본능이자, 동시에 위대한 빛에 저항하다가 끝내 하늘에서 추방당했다는 전승 때문일 것이다.

화이트는 그 전승에, 결말에 어린 시절부터 일말의 안타까움을 느꼈다.

'이분은 역시 내가 생각했던 대로⋯⋯⋯⋯.'

화이트처럼 고지식한 모범생에게 타천사 루시퍼란 거대한 힘을 지녔으면서도 어디선가 길을 잘못 들어서 버린 서글픈 존재였다.

하늘에서 추방당했어도 자신을 굽히지 않고 무리를 거듭하며 마지막 순간까지 반항하는 소년 같은 면모를 어릴 때부터 느꼈다.

실제로 화이트의 눈앞에 있는 타천사는 그녀와 비슷한 연령대의 모습이었기에 그 인상이 한층 더 커졌다는 엉뚱한 효과를 낳았다.

"성녀 화이트. 오늘은 당신에게 말해두고 싶은 게 있다."

칠흑의 타천사, 아니, 마왕이 성단에서 내려와 화이트에게 다가갔다. 한 걸음 한 걸음 거리가 줄어들 때마다 화이트의 심장이 크게 뛰었다.

그 '밤'에, 칠흑의 날개에, 모든 것을 꿰뚫어 보는 듯한── 검은 눈동자에.

"먼저 실물을 보여주지. 잡아라."

"네⋯⋯⋯⋯."

화이트는 하얀 손을 뻗어 두 손을 마왕의 허리에 감았다. 심지어 몸을 밀착시키더니 가슴에 얼굴을 묻으며 살며시 눈을 감았다.

잡는다기보다는 완전히 연인의 포옹이었다.

마왕은 가볍게 '몸 어딘가를 붙잡으라'는 뉘앙스로 한 말이었으나, 화이트는 예전에 '기적'을 일으켰을 때를 떠올리고 대담한 행동에 나섰다.

물론 그녀 안에는 면죄부도 있다.

"이, 이 자세가 자연스러운 거죠…………? 이 자세여야 '기적'을 행사하실 수 있는 거죠……?"

"으, 음…… 그렇지………………."

화이트의 매달리는 듯한 시선에 마왕의 눈이 흔들렸다.

두 개의 커다란 둔덕이 가슴에 짓눌리자 아무리 마왕이라고 해도 머리가 어질어질해졌다.

이 남자에게는 그녀야말로 천사와도 같은 외모를 지녔다. 여기에 머리 위에서 빛나는 천사의 고리도 더해져 그 매력이 대폭으로 증가했다.

"하으으…………."

그리고 쓸데없이 고성능인 타천사의 날개가 분위기를 파악한 듯 날개를 펼치더니 화이트의 전신을 감쌌다. 밤을 지배한 날개에 안긴다는 신화 속 한 장면과도 같은 상황에 화이트의 얼굴이 채 가려지지 않을 만큼 새빨개졌다.

전혀 의도하지 않은 날개의 움직임에 마왕도 내심 절규했다.

'아까부터 뭐 하는 거야, 이 엉큼한 날개가! 가슴이 더 밀착하잖아!'

장엄한 분위기를 내면서도 내용은 완전히 콩트였다.

마왕은 자신의 상상 속 타천사처럼 멋지게 한바탕 연기를 하려고 했다. 그런데 어느새 미인계에 당하는 듯한 상황이 되고 말았다. 이전에 혼욕했을 때를 떠올린 건지 그 안색이 창백하게 질렸다.

'안 돼…………. 빨리 이 자리에서 벗어나야겠다!'

누군가가 이 모습을 봤다간 성녀를 상대로 한 외설죄 같은 걸로 화형당할 것 같다는 위기감에 마왕은 바로 《전이동》을 발동했다.

—————깃털이여, 내 몸을 데려가라—————.

그것은 이전에 적당히 읊었던 멘트.

전이동을 마법처럼 보이게 하려고 즉석에서 가져다 붙인 영창이었다.

하지만 지금 화이트에게는 그 영창이 있는 그대로 전해졌다. 예전에 본 '기적'도 이 칠흑의 날개가 행사한 거였다면서.

'또 루시퍼 님과 함께 기적을…………!'

화이트의 그런 생각을 아는지 모르는지 두 사람의 모습이 순식간에 사라지더니 풍경이 바뀌었다.

두 사람이 이동한 곳은 카지노 옥상.

화이트의 눈에 일곱 빛깔로 빛나는 화려한 네온이 들어왔다. 그 아래에 펼쳐진 것은 한촌이었다는 걸 믿을 수 없을 만큼 굉장한 활기였다.

그곳에는 수많은 노점이 가득했고, 상업지구에는 눈이 휘둥그

레질 만큼 멋진 가게도 있었다.

공사 중인 가게도 포함하면 상당한 규모의 도시였다.

"여기, 는…… 라비 마을, 인가요………?"

"그래."

"저 커다란 샘은…… 아니, 저런 숲은 여기에 없었는데……."

물어봐야 할 것, 이해할 수 없는 것이 너무 많았다.

화이트의 머리가 순간 갓난아기처럼 백지가 되었다. 아래에 펼쳐진 풍경이 믿어지지 않아 허리에 감았던 손에 힘이 들어간 나머지 한층 밀착한 자세가 되었다.

"어쨌거나 이제 떨어져도 괜찮다."

"싫습니다………."

"음?"

"앗, 아뇨! 지, 지지지지금 한 말은 잊어주세요. 혼잣말, 혼잣말이에요………."

화이트의 몸이 쭈뼛쭈뼛 떨어지자 마왕은 내심 안도의 숨을 내쉬었다. 이 천사 같은 여성의 포옹에 견딜 수 있는 남자는 이 세상에 존재하지 않을 것이다.

간신히 한숨 돌린 마왕이 심호흡한 뒤 웅변하기 시작했다.

동쪽 마을을 루나에게 헌상하게 한 일, 앞으로도 영지 내부의 활기를 보아 차차 동부의 귀족은 이쪽으로 넘어오리라는 예상.

'이 아이가 경계했다간 귀찮아질 테니까. 잘 설명해놔야지.'

요약하자면, 마왕의 주장은 성녀에게 땅을 '헌상'하는 거니까 그쪽에선 손해 보는 게 아니라는 내용이었다.

"헌상, 이라고요…………."

"무거운 세금만을 부과하고 백성을 돌보지 않는 영주는 백해무익일 뿐. 해악은 바꾸고, 영지를 다스리기에 적합한 자가 지휘해야 하지."

마왕은 그럴싸한 말을 늘어놓으며 화이트의 반응을 살폈다.

그 표정은 침착하여 거절의 색이 보이지 않았다. 실제로 이득과 손해만 고려한다면 화이트나 성당교회 측에서는 명성이 높아지는 일이기도 하니 딱히 손해 볼 게 없었다.

"동부의 땅이라면 아마 어디서도 불평하진 않을 테지만요……."

다른 장소였다면 이렇게 되진 않았을 것이다.

원래 성광국 동부는 척박한 황야가 펼쳐진 지대다.

여기에 영지를 지닌 귀족은 '가짜'나 '반푼이'라고 불리며 중앙이나 서쪽 귀족에게는 신경을 쓸 가치조차 없는 존재였다.

좋게도 나쁘게도 귀족은 힘이 없는 자에게 냉담하다.

그리고 이 나라는 노력으로 자신의 길을 개척하는 것이 지천사의 가르침이라고 교육하고 있다.

국시라고 말해도 될지도 모른다.

따라서 척박한 황야에 안주하는 자는 자신들과 같은 귀족이라고 생각하지 않는다.

"하지만 척박한 대지를 아무리 헌상해도…………."

화이트는 말을 잇기 어려운 듯 고개를 숙였다.

국내 사정을 잘 아는 사람이 본다면 동부의 토지는 돈을 받는다고 해도 사양하고 싶은 장소다. 문제만 발생하고 실익이 없다.

그런 데다 산적까지 창궐하고 있으며 사타니스트가 탄생하는 지하 그 자체였다.

리스크에 걸맞은 리턴을 바랄 수 없는 땅이다.

"눈앞에 펼쳐진 풍경이 나의 '답'이다————."

그 말에 화이트는 다시 라비 마을을 내려다보았다.

아래쪽에 보이는 건 마을이 아니고, 그렇다고 도시도 아니고, 무언가 별개의 생물 같았다. 타하라가 만들어낸 풍경은 깔끔하게 정돈되어 있어 여태까지 존재하던 도시의 개념에서 벗어나 있었기 때문이다.

계획된 대도시라고 불러야 하리라.

넓은 땅은 집요하게 골라놔서 높이 차이가 전혀 없다. 도로도 황당하리만치 넓었고 가게와 가게 사이의 거리도 크게 떨어져 있다.

이 세계에서는 좁은 토지에 얼마나 많은 건물을 쑤셔 넣는지가 유능함의 증명이었으나, 완전히 반대되는 설계방식이었다.

넓은 도로와 가게 사이의 공간.

그것들이 가져다주는 안정감과 여유는 다른 도시에는 없는 것이었다.

통행량이 많은 장소에는 꼭 십자로 길을 나눠놔서 빨간색과 하얀색의 깃발을 든 인간이 적절히 마차를 세우거나 통행인에게 신호를 보냈다.

마을 안을 자세히 보자 다양한 건축자재를 짊어진 사람들이 끊임없이 왕복하고 있었다. 고용된 마법사는 토속성 마법으로 흙을 강화하거나 고정시켰다.

마치 이차원의 광경이었다.

"왠지 축제 같네요…………."

화이트가 흘린 감상에 마왕이 웃었다.

떠들썩한 풍경이 싫지 않은 이 남자도 마을의 확장을 즐기고 있었다. 그건 언젠가 하던 샌드박스 게임의 현실판이자 게임보다 훨씬 다이나믹한 재미였다.

"축제라……. 그래. 한다면 '메가시티'를 목표로 잡아야지."

"메가……?"

"—————'천만 명'의 인구가 사는 도시를 말한다."

"천만?!"

그 말에 화이트는 경악했으나 큰 의미는 없었다. 이 남자가 했던 도시 개발 게임의 골인이 **거기**였을 뿐이다.

동시에 이 남자가 진심으로 영지 확장 및 발전을 노리고 움직이기 시작한 건 동쪽에 사는 영지민들에게는 커다란 이익을 준다.

마왕에게는 자신의 권한을 전부 부활시키기 위해서 하고 있을 뿐인 자기중심적인 행위였으나, 그로 인해 발생하는 이익을 누리는 쪽에서 본다면 구세주처럼 비칠 것이다.

그건 화이트가 봐도 마찬가지였다.

아무도 손을 대지 못했던 척박한 황야. 그런 곳을 천지를 뒤집어놓을 듯한 기세로 바꿔나가는 광경이 눈앞에 펼쳐져 있으니까.

이걸 '천상의 기적'이라고 부르지 않는다면 무엇이라 부를까.

"당신은. 나라를 새로 '건국'하실 건가요?"

"건국이라…………."

마왕은 의미심장하게 침묵했으나, 속생각은 '미쳤냐?'가 전부였다. 누가 이세계 같은 변두리까지 와서 왕이 되는 걸 바랄까.

'그런 건 꿈 많은 꼬맹이들이 하면 되고……………….'

이 남자 안에 있는 건 어디까지나 자신의 권한을 전부 되찾는 것뿐이다.

한 명의 남자로서 본다면 '오오노 아키라'는 그럭저럭 어른의 사고를 지니고 있으나, 자신이 15년에 걸쳐 만들어낸 것에 대해서는 결코 어른스러운 태도를 보이지 못했다.

이윽고 마왕이 침묵을 깼다.

"나라는 원해서 만드는 게 아니지————."

"자연스럽게, 뒤에서 따라오는 법이라는 건가요?"

적당히 넘겨버린 말에 화이트가 바로 달라붙었다. 마왕은 돌려줄 말을 찾았지만 적당한 표현이 나오지 않았다.

결국 이 교활한 남자는————.

다른 화제로 바꿔치기해서 얼버무리기로 결심했다.

"나에게는 적이 있다. 이 세계를 좌우하는 누군가지."

실제로 이 남자에게는 적이 있다.

아직 모습을 보이진 않았으나 명백한 악의와 적의를 지닌 상대가. 하지만 화이트가 듣기에 그 말이 의미하는 자는 하나뿐이었다.

타천사 루시퍼가 적이라고 부르는 상대는《위대한 빛》말고 존재할 리 없으니까.

"…………당신은 다시 저항하려는 거군요."

'그러니까 뭐가 다시냐고!'

예전부터 종종 비슷한 말을 들었던 마왕은 고뇌했다.

그런 말을 들어도 반응할 도리가 없었다.

"글쎄, 몇 번째인지는 모르지만 이번에는 내가 이긴다. 그것도 '완벽한 승리'라는 형태로."

"어, 어째서 그렇게 단언할 수 있죠?"

"나는 내가 지는 모습을 상상한 적이 없다. 게다가―――."

"게다가…………?"

마왕의 머리에 떠오른 건 8명의 측근과 그들을 거느린 대제국의 마왕.

말하자면 고작 9명이 수많은 플레이어를 물리치며 승리를 거듭해왔다. 전 세계의 폐인 플레이어와 싸워온 기억이 자신의 패배를 상상하지 못하게 만든다.

"여기에는 지금까진 없었던 '아군'도 있으니―――――."

마왕은 화이트를 정면으로 응시하며 운명적인 멘트를 입에 담았다.

확실히 고작 9명으로 싸우던 때를 생각하면 지금 상황은 훨씬 양호하다고 할 수 있다. 그야말로 모험가, 군인, 용병들도 돈에 따라서는 고용할 수 있으니까.

하지만 네온이 반짝이는 극채색의 세계에서.

세계에 둘밖에 없는 듯한 공간에서 그 말을 한 게 대단히 문제였다.

실제로 지금 그 말을 들은 화이트는 심장이 멈출 듯 충격을 받아 잠시 숨을 쉬는 것조차 잊어버린 듯 정지하고 말았으니까.

"당신은…… 저를 아군, 이라고…………?"

"물론이지. 기대하고 있다."

마왕은 필요하다면 루나와 화이트처럼 나라의 권력자를 움직이려 하고 있었고, 거기에 따를 대가를 치를 준비도 해두었다.

하지만 대화가 통하는 것 같으면서도 결정적으로 무언가가 어긋나버린 두 사람이다. 이윽고 화이트는 마왕을 향해 걸어가 그 검은 눈동자를 똑바로 바라보았다.

"저는 옛날에 무슨 일이 있었는지는 모릅니다…………. 그 앙금이 얼마나 깊은 것인지도. 하지만…………."

"음?"

"저는 이 아래에 펼쳐진 '기적'과 이 고리를 내려주신 당신을 믿습니다."

"…………기적?'

익숙하지 않은 단어에 마왕이 고개를 갸웃거렸으나, 화이트는 조용히 손을 뻗어 그 얼굴을 끌어당겼다. 어느새 마왕의 얼굴이 두 개의 언덕 사이에 파묻혀 있었다.

그 압도적인 부드러움과 포용력에 아무리 마왕이라고 해도 말문이 막혀버렸다.

"제가 반드시 당신을 지키겠습니다. 어떠한 빛에서도——."

"그, 래…………."

마왕이 어색하게 대답했다가 다급히 가슴에서 고개를 들었다.

그곳에 있다간 너무나도 기분 좋아서 움직이지 못하게 될 것 같았기 때문이다.

하지만 쓸데없이 고성능인 타천사의 날개가 힘차게 펼쳐지더니 화이트의 몸을 끌어당겨 전신을 감쌌다. 이번에는 이 또한 쓸데없이 설정되어 있던 연출 효과도 포함해서 발동한 건지 주변 일대에 반짝반짝 검은 깃털이 날렸다.

"······아············."

일곱 빛깔로 빛나는 극채색의 공간 속에서.

검은 깃털이 휘날리는 환상적인 광경에 화이트의 얼굴이 취한 사람처럼 빨개졌다.

어느새 그 두 손이 마왕의 허리에 살며시 감겼다.

"제가 꼭, 당신을 원래의 천사님 모습으로 돌려놓을게요······."

근대적인 네온이 빛나는 가운데 검은색과 하얀색의 천사가 함께하는 신비로운 광경이 만들어지자 마왕은 마음속 어딘가에서 항복 포즈를 취했다.

그녀의 고지식함과 성실함에 항복하고 싶은 기분이 들었던 모양이다.

예로부터 남자란 여자의 진심에 이기지 못하는 법이니까.

하늘의 구름과 아주 조금 가까워진 장소에서.

마왕은 과거의 아득한 날을 떠올렸다.

머릿속에서는 0시의 종이 울리며 힘차게 시동을 알렸다.

그것은 무언가의 시작이자 영원히 끝나지 않는 협주곡이다.

검은 천사가 음색을 연주하자 세계가 춤춘다.

끝나지 않는 협주곡은 어느새 세계 전체를 덧칠해나갈 것이 틀림없다.

이 남자는 전승에서 이야기하는 존재는 아니지만, 틀림없는 '세계'의 창조자이니까.

SP 잔량————1,358P.

─────2007년, 42-OMG 일본지부 본사─────

빌딩 폭파 사건으로부터 일주일, 아키라는 42-OMG의 회의
실에 서 있었다.

42-OMG는 영국에 거점을 둔 세계적으로 유명한 게임 회사
이지만, 다루는 분야가 넓어 부동산에 의료, 선박에도 거액을
출자하는 콘체른의 측면을 갖고 있었다.

다국적 기업답게 회의실에 있는 인종도 다양하다.

다들 자신만만한 표정에 복장도 자유롭기 때문에 캐주얼한 차
림새가 많았다. 고스로리 패션인 사람도 있고 레게 머리도 있다.

누가 알려주지 않는다면 여기가 회사 회의실이라는 걸 알아보
기 어려울 것이다.

"오늘은 너희에게 신입을 소개하지."

아오키가 그렇게 말하자 회의실에 있는 사람들은 별 관심이
없는 듯 옆에 선 남자에게 시선을 줬다. 이 부서는 선택받은 엘
리트가 모여 있는 곳이라 몹시 제멋대로고 자존심이 센 자가 많
았다.

"외부 옵저버로 신규 프로젝트에 참가하게 된 오오노다."

아키라가 예의 바르게 꾸벅 인사했으나 회의실에는 심드렁한
분위기가 감돌았다. 아무 말도 없었지만, 그 얼굴에는 '어차피
금방 그만두겠지'라고 적혀있었다.

실제로 아오키의 부서는 사내에서도 최전선이라고 할 수 있는 장소이기 때문에 사람이 자주 바뀐다.

격무에 견디지 못하고 떠나는 자, 주변의 재능에 절망해서 그만두는 자도 적지 않다.

"오오노는 '부장대우'로서 너희를 지휘하게 될 거야."

그 목소리에 처음으로 회의실에 있던 사람들이 반응을 보였다. 어디의 누구인지도 알 수 없는 남자가 난데없이 상사로 나타나다니 웃기지 말라는 얼굴이었다.

"헤이, 거기 보이는 보스의 숨겨진 아들인 거야?"

쾌활한 라틴계의 흑인 남성이 물었다. 그들은 직무상 다양한 인종과 섞여서 일하기 때문에 주요 언어를 유창하게 사용해서 일본어도 참으로 능숙했다.

물론 보스란 아오키를 가리키는 말이다. 주변에서도 그 비아냥에 웃었다.

"아니면 미키모토의 숨겨둔 아들? 이 회사는 좋아하지만, 직권남용은 안 되지."

호화로운 금발을 살랑이며 백인 여성이 웃었다.

회의실에 있던 모두가 아오키의 말을 농담으로 치부하려고 했다.

"이렇게 귀염성 없는 애송이가 내 아들이라니 징그럽게. 야, 자기소개 정도는 해."

그런 아오키의 목소리에 아키라는 한 걸음 앞으로 나서서 생글생글 웃었다.

이 신입이 무슨 말을 꺼낼지, 다들 아키라에게 시선을 줬다.

"여러분 앞에 있는 컴퓨터에는 제가 제작한 게임이 깔려있습니다. 지난 며칠간 밤을 새워가며 개조했지만, 아직 조잡하죠. 우선은 이걸 원안으로 잡고 세계를 1부터 다시 만들고 싶습니다."

자기소개라기보다는 이미 업무 이야기였다.

흥이 깨졌다는 듯 회의실에 있던 사람들의 얼굴이 떨떠름해졌다.

그들에게 일본인이란 성실하지만 재미도 없고 농담도 통하지 않는 로봇 같은 사람들이라는 인식이다.

제대로 이름도 대지 않고 바로 일 이야기를 시작한다니 최악이었다.

"헤이, 아키라라고 했던가? 너."

"그 게임이 제 자기소개입니다."

말을 붙여볼 수도 없는 태도에 전원이 과장된 리액션을 보이며 어깨를 으쓱했다. 팀 내부에는 일본인도 섞여 있었으나 그 얼굴에도 쓴웃음이 번져 있다.

하지만 아키라가 다음으로 뱉은 말을 듣고 전원의 얼굴이 굳었다.

"여러분은 지금부터 일주일 동안 서로 죽여주셔야겠습니다."

"왓?!"

"Oh⋯⋯⋯⋯⋯⋯."

"오오노라고 했지? 너 아까부터 무슨 소리야?"

시끄러워진 회의실에서 아키라가 말없이 퇴장했다. 설명보다는 플레이하는 게 더 빠르다고 생각한 모양이다.

그 태도는 참으로 거만해서 반감을 샀다.

"후우, 빨리 생각난 아이디어를 활용하고 싶은데…………."

사내 흡연실에 들어간 아키라는 담배를 피우며 머리를 굴렸다. 그 모습을 보면 회의실에서 일어난 소란은 안중에도 없는 모양이다.

그곳에 얼굴을 찡그린 아오키가 들어왔다.

"사람 놀라게 하는 애송아. 몇 명이 화가 나서 이 프로젝트에서 빼달라고 하던데."

"그러라고 해. 원래 나 혼자 할 생각이었으니까."

그 말을 아오키는 수긍했다.

실제로 이 애송이라면 몇 년이 걸리든 정말로 혼자서 할 거라고 생각했기 때문이다. 따라서 아오키는 완전히 다른 화제를 꺼냈다.

"…………너는 VR이라는 세계를 아냐?"

"브이알? 그게 뭔데?"

아오키는 뜸을 들이듯 궐련에 불을 붙이고는 천천히 연기를 즐겼다. 계속 기다려도 입을 열지 않는 모습을 본 아키라는 초조해진 건지 입을 열었다.

"어이, 뜸 들이지 말고 빨리 말해."

"그런 말투로는 몇 년이 지나도 말 못 해주겠는데…………. 이봐, 애송아. 무언가를 가르쳐달라고 할 때는 어떤 태도를 보이는 게 정답일까?"

"젠장! 알았어. 알겠습니다, 아오키 상무님! 아무것도 모르는
저에게 가르침을 내려주십시오!"

"그게 최선을 다한 태도냐? 나 참, 무슨 교육을 받은 건지……."

아오키는 어이없어하면서도 VR의 세계를 이야기하기 시작
했다.

VR의 역사는 의외로 오래되어서 1960년대에는 이미 시작해
있었다.

거기에서 다양한 기술혁신이 이어져, 2007년에는 게임만이
아니라 구글 지도를 시작으로 스트리트 뷰 같은 것도 등장했다.

거기에 없는데도 체감할 수 있다.

여기와는 다른 가상공간.

또 하나의 세계.

아오키가 말하는 내용에 아키라의 자세가 점점 앞으로 기울
었다.

"뭐야, 그게……. '세계'를 하나 더 만들어서 거기에 들어갈 수
있게 된다는 거야?"

"음, 요약하자면 그렇게 되지."

VR 기술이 본격적으로 알려지며 다양한 게임에 적용되는 건
몇 년이 더 지난 뒤의 일이다.

하지만 세계 최첨단 기술을 지닌 42-OMG는 이미 자사에서
개발을 진행하여 사내에서 각종 실험까지 하고 있다는 이야기
였다.

"사장님의 지시로 옛날 유럽 마을을 하나 만들었지. 'DIVE' 해 볼래?"

"갈래! 당장 가겠어! 루팡 다이빙이지 이건!"

"어, 어이, 잠깐 기다려! 궐련 아까우니까 다 피운 뒤에."

"산적 같은 얼굴로 쪼잔한 소리 하지 마!"

"누가 산적이냐!"

두 사람이 시시껄렁한 말다툼을 하며 흡연실을 뒤로했다.

다음날, 그제야 회사에서 나온 아키라는 만족스러운 얼굴로 아침 해가 떠오르는 거리를 걷고 있었다.

그 뒤로 종일 가상세계에 들어가 있었던 모양이다.

"또 하나의 세계…… 대단한데! 하하, 웃음이 멈추지 않아!"

"신난 아키라 발견~~ ♪"

"어엉?"

고개를 돌리자 어느새 등 뒤에 XX가 서 있었다.

그것도 뻔뻔하게 어깨동무를 한다는 덤을 붙여서.

"아키라, 오늘 첫 출근일이었지? 한턱 쏴♡"

"돌았냐, 너. 보통은 반대 아니야?"

"평범함의 반대로 가 보자고~. 나 이번 달 위험하거든."

"위험한 건 네 인생 그 자체겠지. 언제가 되면 취직할 건데."

아키라가 기가 막힌다는 말투로 대꾸했지만, XX는 여느 때처럼 웃기만 할 뿐이었다. 오히려 어깨에서 손을 떼고는 무슨 생각인 건지 팔짱을 꼈다.

"어쩔 수 없구나, 아키라는. 어차피 몸으로 갚으라고 말하고 싶은 거지? 이 쓰레기!"

"병원 가라. 창문에 철창살 달린 곳으로."

"가련한 나를 협박해서 교배 프레스로 씨를 뿌리려고 하는 거지?! 나는 절대 임신하지 않을 거야!"

"택시 타고 집에나 갈까."

XX의 발언을 무시한 아키라가 택시를 잡았다.

그걸 본 XX가 한층 더 소란을 피웠다.

"잠깐, 택시 탈 돈은 있으면서 내 밥은 안 사준다니, 너무하잖아!"

"시끄럽기는…………. 야, 빨리 타. 중국집이라도 가자."

"만세! 아키라 사랑해! 결혼해줘♡"

"…………징그러우니까 역시 덮밥으로 바꿀까."

"우와, 이혼할래. 위자료 내."

"너 진짜…………. 내가 천수관음이라면 모든 손을 써서 두들겨 팼을 거다."

이렇게 아키라의 희망으로 가득한 새 생활이 시작됐다. 넓은 세계를 둘러보자 길 위를 뒹구는 한 장의 나뭇잎에 불과하던 남자가 대지에 뿌리를 내린 순간이기도 했다.

훗날 역사를 이야기하는 자가 있다면 이날을 전환점으로 기록할 것이다.

오오노 아키라의 영광으로 가득한 반생과 파멸이 시작되었다고.

후기

6권을 구매해주셔서 대단히 감사합니다.

작가인 칸자키 쿠로네라고 합니다.

이걸 쓰고 있는 지금은 8월 상순인데 정말 덥네요. 장마가 이어진다 싶더니 혹서, 게다가 연초에 시작한 신형 코로나까지…….

올해는 육체적으로도 정신적으로도 무척 지쳤다는 분이 많을 겁니다.

이 6권으로 조금이라도 우울한 기분이 날아가면 좋겠는데요.

지금 시국일수록 유우 누님이 현실에 있었다면…… 하는 생각이 들기도 하는데, 백신은 만들어주겠지만 의문사가 백만 명쯤 나올 것 같군요.

그나저나 작년부터 여름에 발매되는 일이 많아졌습니다.

애니메이션 방송이 끝난 뒤 매상이 떨어지는 경우가 대부분이라고 하지만, 덕분에 소설도 만화도 순조롭게 팔리며 여기까지 올 수 있었습니다.

마왕리트를 응원해주시는 여러분께 새삼 감사드립니다.

자 그럼, 이야기도 6권에 돌입했고 마왕이 라비 마을에 돌아왔습니다.

이번 권에서 쓰고 싶었던 건 다양한 캐릭터들과의 '재회'입니다. 이야기가 어떻게 흘러가든 각 캐릭터 곁으로 돌아오는 게 마왕의 일 중 하나가 되겠죠.

MAOUSAMA RETRY-vol.6

© Kurone Kanzaki 2020

All rights reserved
Original Japanese edition published in Japan in 2020 by Futabasha Publishers Ltd., Tokyo.
Republic of Korean version published by Somy Media, Inc.
Under licence from Futabasha Publishers Ltd.

[마왕님, 리트라이!] 6

2023년 6월 15일 1판 1쇄 발행

저자 칸자키 쿠로네
일러스트 이이노 마코토
옮긴이 현노을
발행인 유재옥
본부장 조병권
담당편집자 정영길
편집1팀 김준균 김혜연
편집2팀 정영길 조찬희 박치우 정지원
편집3팀 오준영 이해빈 이소의
편집4팀 전태영 박소연
미술 김보라 박민솔
라이츠담당 김정미 맹미영 이윤서
디지털 박상섭 김지연
발행처 ㈜소미미디어
제작처 코리아피앤피
등록 제2015-000008호
주소 서울시 마포구 토정로 222, 403호 (신수동, 한국출판콘텐츠센터)
판매 ㈜소미미디어
마케팅 한민지 박종욱 최원석 박수진
경영지원 최정연
물류지원 허석용
전화 편집부 (070)4164-3962, 3963 **기획실** (02)567-3388
판매 및 마케팅 (070)4165-6888 **Fax** (02)322-7665

ISBN 979-11-384-1883-6 (04830)
ISBN 979-11-6389-652-4 (세트)